KB179753

영화로 읽는 프랑스 문화

이선우 지음

지성공간

프롤로그

"전공이 뭐예요?"

"영화 이론이요."

"그런데 왜 불문과에서 강의를 하세요?"

"……."

프랑스 유학을 마치고 한국에 돌아와 강의 활동을 시작한 후 가장 많이 받았던 이 질문은 답하기 가장 어려운 질문이기도 했다. 그만큼 연구자로서의 정체성에 대한 걱정으로 머리가 복잡한 시간을 보냈다는 얘기이기도 하다. 불어불문학을 전공한 후 영화 이론으로 석, 박사를 마쳤는데 대학에서 정식으로 처음 맡게 된 강의는 프랑스 문화 수업이었다. 내가 과연 이 수업을 이끌 만한 자격이 있는 사람일까에 대한 불안이 컸던 만큼 어떻게 하면 나의 전공을 살려서 효과적인 수업을 꾸릴 수 있을지 머리를 싸매고 고민했다. '가장 잘할 수 있는 걸 하자!'라는 결정을 내렸고, 프랑스 문화와 사회를 직관적으로 이해할 수 있는 징검다리로 영화를 활용하는 방식을 구상해 봤다. 불안한 마음으로 시작했던 첫 학기를 마치는 날, 학생들의 박수를 받으며 눈물이 날 뻔했던 기억이 여전히 생생하다.

돌이켜 보면 이 수업이 개인적인 연구의 방향에 있어서도 꽤나 큰 전환점이 되었던 것 같다. 작품의 선택과 방법론을 고민할 때도 아주 자연스럽게 그 사회의 구조나 문화적 현상과의 연관성을 떠올리게 되었다. 영화라는 것이 단순히 시각적인 즐거움만을 위해 일회적으로 소비되는 킬링 타임용 상품이 아니라, 우리가 살아가는 세상을 새롭게 성찰할 수 있는 계기를 마련하는 유용한 사회적 예술이라는 사실을 전하고 싶다는 목표가 점점 뚜렷해졌다. 그렇게 그저 열심히 하다 보니 모르는 사이 어느덧 이 책에까지 이르게 되었다.

여러 시행착오를 거치며 3년 동안 프랑스 문화 수업을 진행하면서 수차례 감상하고 분석했던 작품들을 차분히 정리했다. 시네필로서 순수한 애정을 품고 있는 영화들도 슬쩍 끼워 넣었다. 프랑스인의 가치관을 확인할 수 있는 작품들에서 시작해 프랑스 역사에 대한 이해를 높이는 데 도움이 되는 작품들, 프랑스 영화의 황금기를 이끌었던 작품들, 그리고 파리에 대한 추억을 공유할 수 있는 작품들까지 폭넓은 스펙트럼으로 대상을 선정했다.

그렇게 다 쓰고 보니, '프랑스'라는 단어를 듣고 아주 조금이라도 마음이 움찔할 사람들을 위한 책이 된 것 같다. 반짝거리는 에펠탑, 삼색기를 들고 달려오는 자유의 여신, 오크향 가득한 보르도 와인을 떠올리며 설레는 사람들도, 여행 중 파업에 재수 없이 걸렸거나 길에 나뒹구는 개똥을 잘못 밟아 불쾌했던 기억만 잔뜩

안고 돌아온 사람들도 모두 공감할 만한 구석을 찾을 수 있을 것이다. 여기에, 영화, 특히 프랑스 영화를 좋아한다면 이보다 완벽할 수는 없겠다. 프랑스는 잘 알지만 영화에 대한 지식이 약한 독자들을 배려한 부분도 있고, 반대로 어디 가서 밀리지 않는 시네필이지만 프랑스 문화에 대해서는 자신이 없는 독자들을 배려한 부분도 있다. 프랑스 문화와 영화에 입문하고자 하는 학생들을 떠올리기도 했고, 여유롭게 프랑스의 감성을 즐기고 싶은 어른들을 그려 보기도 했다. 프랑스 문화와 영화에 대한 관심과 교양을 넓히는 데 조금이라도 보탬이 될 수 있다면 필자로서는 그보다 더 큰 보람은 없으리라 생각한다.

작품을 몇 번씩 다시 보며 글의 흐름을 구상할 때마다 다양한 가상의 독자들이 눈앞에 스쳐 지나갔지만 다 쓰고 보니 사실은 나를 위한 것이기도 했던 것 같다. 짧은 시간이지만, 프랑스 문화 연구에 대한 고민과 영화에 대한 사랑으로 작은 열매를 하나 맺게 되어 다행이라는 안도감도 든다. 과거 발표했던 논문이나 칼럼을 조금 부드럽게 다듬은 글도 서너 편 포함되어 있지만 대부분은 완전히 새롭게 쓴 글이다 보니 지금 이 순간까지도 시간이 조금만 더 있었으면 하는 아쉬움이 남는다. 게다가 첫 저서인지라 분명 서툰 부분들이 있을 테지만 독자들의 넓은 아량으로 이해해 주시기를 부탁드린다. 부족함에 대한 엄격한 조언들, 더 발전된 사고를 위한 따뜻한 제안들, 공감과 격려 모두 기꺼이 기다리고자 한다.

초보 강사를 믿어 주시고 글마다 사려 깊은 조언을 전해 주신

한정주 선생님, 꼼꼼하지 못한 원고를 공들여 작업해 주신 지성공간 편집자님, 프랑스의 소중한 기억을 담은 사진들을 흔쾌히 건네준 승효, 그리고 〈프랑스어권 문화의 이해〉 수업에 동행했던 학생들에게 깊이 감사드린다. 딸이 무엇을 하든 묵묵히 응원해 주시는 부모님, 그리고 최고의 친구이자 연인이자 학문적 동반자인 남편에게 사랑을 전하고 싶다.

2021년
활기찬 봄을 기다리며
이선우

차례

프랑스인의 삶, 그리고 역사

솔리다리테, 프랑스적 삶의 상징적 가치

- 내일을 위한 시간 Deux jours, une nuit(2014)

프랑스를 대표하는 화려한 미녀 배우 마리옹 코티야르와 소외된 사람들의 이야기에 꾸준히 관심을 기울여 왔던 다르덴 형제의 조합은 어딘지 모르게 어색하게 느껴진다. 그러나 모노프리Monoprix(프랑스의 대표적인 마트 브랜드로 한국으로 치면 이마트, 홈플러스 정도를 떠올리면 될 것 같다.)에서 10유로면 살 수 있을 것 같은 민소매 티셔츠를 걸치고 화장기 하나 없는 얼굴에 부스스한 머리를 질끈 묶은 코티야르의 모습을 담은 포스터를 본 순간, 잠시나마 품었던 얄팍한 편견이 얼마나 어리석었는지 깨닫고 이 영화에 한껏 기대를 품게 된다.

〈내일을 위한 시간〉의 감독 다르덴 형제는 정확히 따지자면 프랑스인이 아니라 벨기에인이다. 벨기에는 프랑스와 지리적으로도 이웃일 뿐만 아니라 프랑스어권 중에서도 프랑스와 가장 유사한 문화와 가치관을 공유하는 국가이기에 프랑스 문화를 이야기할 때 자주 엮이곤 한다. 게다가 프랑스를 대표하는 배우들이 출연해 왔다는 사실에서도 다르덴 형제의 작품은 프랑스 영화의 맥락에서 자연스럽게 언급된다. 다르덴 형제는 1970년대 후반부터 다큐멘터리 작업을 시작했지만 본격적으로 주목을 받게 된 계기는 1996년에 발표된 〈약속〉을 통해서이다. 이후 칸 영화제 황금종려상을 두 번이나 수상하며 유럽을 대표하는 거장에 등극하면서 시네필이라면 믿고 보는 감독이 된 지 꽤 오래되었다.

다르덴 형제의 필모그래피를 관통하는 테마와 방향성은 매우 명확하다. 그들의 시선은 언제나 아래쪽을 향한다. 인간 이하의 삶을 견뎌야만 하는 이민자(〈약속〉), 어린 나이에 아이를 낳았지만 버리지도 키우지도 못하는 가난한 젊은 연인(〈차일드〉), 자신을 버린 아버지를 찾아 나서는 소년(〈자전거를 탄 소년〉), 사회의 무관심 속에 죽음을 맞이한 흑인 여성과 그녀를 외면했다는 죄책감에 시달리는 백인 여성(〈언노운 걸〉) 등 우리의 삶에서 언제든 일어날 수 있고 목격할 수 있는 작은 이야기를 통해 사회의 어두운 구석들을 들춰낸다.

〈내일을 위한 시간〉 또한 이러한 사회적 관심의 연장선상에 있는 작품으로, 이번에는 연대의 문제를 매우 직접적으로 다루고 있다. 프랑스어로는 솔리다리테solidarité라고 부르는 연대는 프랑스인들의 일상 속에 깊이 자리 잡은 대표적인 실천적 가치 중 하나이다. 파업은 연대 정신을 가장 직접적으로 보여주는 사건이다. 프랑스인들 스스로도 파업의 나라라고 자랑스러워할 정도로 파업은 프랑스에서 매우 빈번하게 일어나는 일상적인 일이며 이제는 하나의 전통이라고 해도 될 것 같다. 대중교통 파업이라도 벌어질 때면 시민들은 엄청난 불편을 감수해야 하지만 그럼에도 파업을 지지하는 비율이 더 높다. 한국인의 입장에서 보기에는 놀라울 수도 있는 이러한 사회적 현상의 바탕에는 기본적으로 솔리다리테 정신이 깔려 있다. 평등과 연대를 중요한 가치로 규정하고 있는 프랑스 인권선언에서부터 이러한 마인드는 쭉 계승되어 왔다. 사회적 약자에 대한 배려가 바탕에 깔려 있지만, 그럼에도 솔리다리테는 단순한 양보와 희생이 아니다. 자신의 권리를 찾기 위해 투쟁하는 타인들과 내가 다르지 않다는 생각, 그에 동반되는 나의 작은 불편함은 기꺼이 받아들일 줄 알아야 한다는 생각. 즉, 사회 구성원 모두가 자신의 권리를 찾기 위해 목소리를 낼 수 있는 공동체를 만들어 나가기 위한 하나의 암묵적 약속이다.

노동법 개정 반대 시위가 전국적으로 일어났던 2016년, 마르세유의 풍경. 이런 모습은 프랑스의 일상에서 매우 익숙하게 만날 수 있다.
(Superbenjamin – Own work, CC BY-SA 4.0, https://commons.wikimedia.org/w/index.php?curid=47459685)

그런데…… 눈앞에 아주 직접적이고 구체적인 이익이 달려 있다면, 그래도 과연 사람들은 망설임 없이 연대에 동참할 수 있을까? 〈내일을 위한 시간〉은 이 날카로운 질문을 무심하게 툭 던진다. 이 영화에서 다르덴 형제의 카메라는 자신의 일자리를 되찾기 위해 연대에 호소하는 한 평범한 직장인 여성의 고군분투를 거리를 둔 채 담담하게 관찰할 뿐이다. 〈내일을 위한 시간〉이라는 한국어 제목도 꽤 근사하지만, 원제는 주인공이 힘겹게 투쟁해 나가는 1박 2일의 시간을 의미하는 '이틀의 낮, 하루의 밤 deux jours, une nuit'이다. 우울증 치료를 위해 잠시 휴직을 했던 상드라는 회사에 복귀하려 하지만 경영난을 겪기 시작한 회사는 그녀의 귀환을 반기지 않는다. 그녀가 회사에 돌아오지 않으면 남아 있는 직원들에게 1000유로의 보너스를 주겠다는 회사의 제안에 동료들은 흔들린다. 한 번만 더 기회를 줄 것을 절박하게 부탁하는 상드라에게 사장은 선심 쓰듯 월요일 아침 비밀 투표를 통해 최종 결정을 하겠다는 제안을 하고, 상드라는 주말 동안 동료들의 집을 직접 찾아다니며 자신의 복직에 한 표를 보태줄 것을 부탁한다. 즉, 원제는 그녀가 자신의 행복한 일상과 정당한 권리를 되찾기 위해 애태우고 노력하는 필사적인 시간을 의미하는 것이다.

영화 내내 카메라는 상드라가 한 사람 한 사람을 찾아다니며 설득하다가 모욕을 당하거나 때로는 힘을 얻기도 하는, 아주 불편하고 민망한 여정을 조용히 지켜본다. 열 명이 넘는 사람들을 붙잡고 매번 같은 말을 반복해야만 하는 상드라를 지켜보다가 울컥하게 되는 것은 자신도 모르게 그녀에게서 나의 모습을 발견하기 때문일 것이다. 평범한 직장인 남편과 함께 한참을 키워야 할 아이가 둘이나 있고 갚아야 할 집 대출금도 남아 있는데 회사에서 잘리면 어떻게 살아야 하지? 그녀의 걱정은 우리 모두의 걱정이고, 현실적이라서 더 비극적이다. 이렇게, 많은 관객들은 그녀가 자신과 너무 닮았기 때문에 그녀를 응원하게 된다.

그런데 조금만 더 생각해 보면 동정과 공감에 바탕을 둔 응원에는 치명적인 약점이 존재할지도 모른다. 그녀가 일하지 않고도 살아가는 데 별문제가 없는 여유로운 사람이었다면…? 그렇다, 주인공의 처지가 달랐다면 누군가는 냉정해질 수도 있을 것이다. 하지만 그녀가 어떤 상황이든 우리는 그녀를 지지해야 하는 것 아닐까? 노동할 수 있는 정당한 권리를 이런 식으로 짓밟는 건 그 자체로 잘못된 거니까. 부자든 가난하든 한 인간이 사회에서 이런 식으로 대우를 받는 것은 불합리한 일이다. 대상이 누가 되었든 부당한 상황에서 어려움을 겪고 있다면 기꺼이 마음을 모으는 것, 이것이 진정한 연대이다.

〈내일을 위한 시간〉에서 중요한 지점은 상드라가 동료들을 설득하는 데 성공하는가, 아닌가 하는 단순한 문제가 아니다. 상드라와 동료들이 불편하게 마주하고 주고받는 복잡한 감정들이다. 상드라는 설득의 과정 속에서 마음에 상처를 입고, 구걸하는 비참한 기분을 느끼며 용기를 잃고 완전히 포기해 버리고 싶은 순간들을 몇 번이나 겪어낸다. 그러다가도 자신을 이해해 주고 긍정적인 대답과 응원을 건네는 동료를 만나면 언제 그랬냐는 듯 활짝 웃고 다시 길을 나선다. 1박 2일에 걸친 험난한 여정의 동반자는 남편이다. 상드라가 사람들을 만나면서 감정적으로 고통스러워할 때마다, 사람들이 불편해지는 것이 미안하고 견딜 수 없어서 포기하려고 할 때마다 남편은 곁에서 그녀에게 계속해서 용기를 불어넣어 준다. 이 든든한 지원군 덕분에 상드라는 다시 마음을 다잡고 다른 동료를 찾아 나선다.

동료들의 반응은 다양하다. 죄책감과 부끄러움을 느끼며 반성하고 연대를 약속하거나, 죄책감 때문에 오히려 양심을 애써 외면하기도 하며, 이러지도 저러지도 못한 채 애매한 대답을 주기도 한다. 현실적이고 냉정하게 이익을 따져 반응하면서 보너스를 위해 상드라의 의지를 꺾어 버리려고 교묘하게 자존심을 자극하는 사람이 있는가 하면, 무서울 만큼 폭력적으로 반응하는 사람도 있다. 혹은 불편한 상황을 피하기 위해 상드라를 아예 만나지도 않으려는 사람도 있다. 동료들은 겨우 몇 분씩 등장할 뿐이지만 이성과 감정 사이에서 갈등하며 괴로워하는 그들의 내면은 스크린 밖으로 고스란히 전달된다. 각자 자신만의 사정이 있기 때문에 상드라도 관객도 그들을 무조건 비난할 수는 없다. 그들도 지금은 보너스를 받으면서 남지만 자신 또한 언젠가는 상드라의 처지가 될 수도 있다는 사실을 충분히 알고 있을 것이다. 그럼에도, 아직 일어나지 않은 미래를 위해 지금 당장의 이익을 포기할 수 없기에 동료의 딱한 사정을 애써 못 본 척하고 싶을 뿐이다.

동료들과의 대화에서 흥미로운 포인트는, 다른 사람들은 어떤 선택을 했는지를 꼭 물어본다는 점이다. 그 어떤 대사나 행동보다도 이 질문이야말로 인간의 본성을 가장 잘 드러내고 있는 것이 아닌가 싶다. 사람들은 최대한 안전한 길을 가고 싶어 한다. 내가 옳다고 믿는 답보다는 틀렸다고 생각되더라도 다수의 뒤를 조용히 따르는 편이 마음 편하기 때문이다. 그리고 모두가 이렇게 욕망과 양심 사이에서 괴로워하는 동안 상드라도 동료들도 정작 진짜로 저항해야 할 대상을 잊고 말았다. 애초에 이 모든 일은 회사가 일방적으로 양자택일을 강제했기 때문에 시작된 것이다. 이 시스템의 권력을 상징하는 사장은 영화의 초반부와 후반부에만 아주 잠깐 등장해서는 두 번 모두 새로운 선택을 강요한다. 중간 관리자인 반장은 인물들의 대화를 통해서만 언급되다가 투표 날 아침이 되어서야 처음이자 마지막으로 얼굴을 드러낸다. 이러한 방식으로 사장과 반장을 등장시킴으로써 감독은 영화를 보는 동안 잊고 있던 근원적 문제를 깨닫게 만든다. 평범한 개인들은 이미 만들어진 시스템에 의해 조종되고 있다는 것, 그리고 손에 잡히지 않고 눈에 보이지 않는 이 구조야말로 함께 연대하여 대항해야 하는 대상이라는 사실이다. 현대 사회에서 사적 삶의 영역들은 결국 사회 구조적 문제와 연결되는 것임에도 사람들은 의외로 이 사실을 거의 항상 잊고 지낸다. 거대 시스템이라는 근본적 원인은 따로 있는데 정작 공을 개인에게 넘겨 버리고는 문제 해결을 위해 약자들이 서로에게 상처를 주도록 만드는 영화 속의 상황은 곱씹을수록 화가 난다.

상드라가, 그리고 우리가 속해 있는 이 시스템은 마지막까지도 잔인하다. 임시직으로 근무하고 있는 청년은 상드라를 돕고 싶은 마음에도 불구하고 자신의 불안한 위치 때문에 결정을 망설인다.

자신이야말로 언제고 해고당할 수 있으리라는 걱정, 아무도 직접 말하지 않았지만 이미 인지하고 있는 이 조용한 협박에 저항할 수 없기에 독자적 의지에 따라 선뜻 상드라를 돕겠다고 말할 수 없다. 그의 걱정은 현실로 드러난다. 투표가 끝난 뒤 사장은 선심을 쓰듯 상드라를 복직시키는 대신 임시직 청년을 해고하겠다는 제안을 한다. 연대를 위해 그토록 애썼던 상드라에게 신념을 저버리고 다른 동료를 배신하라고 종용하는 것이다. 그러나 멋지게도, 상드라는 그 달콤한 제안을 당당하게 거부하고 나오며 얼굴 가득 미소를 띤 채 남편에게 전화를 걸어 "우리 잘 싸웠지?"라며 스스로를 대견해한다. 그녀는 그 순간 누구보다도 행복하며 충분히 그럴 자격이 있다.

누군가에게는 지극히 평범했겠지만 누군가에게는 치열했던 1박 2일에 걸친 소박한 이야기를 통해 영화는 중요한 질문을 던진다. 상드라가 복직되지 못했으니 주말 동안 그녀가 한 일들은 다 소용없는 짓인 걸까? 굳이 말하지 않아도 우리 모두 대답을 알고 있다. 다르덴 형제는 솔리다리테라는 대단해 보이는 가치의 필요성을 사적이고 일상적인 차원으로 옮겨와서는 어떠한 설득도 하지 않고 조용히 보여주기만 할 뿐이지만 관객은 그 어떤 영화보다도 깊은 울림을 경험하게 될 것이다.

톨레랑스의 한계는 어디까지인가?

— 신과 인간 Des hommes et des dieux(2010)

톨레랑스tolérance는 프랑스어를 전혀 모르는 사람들도 듣자마자 의미를 설명할 수 있을 정도로 널리 알려진 단어이다. 그리고 아무 검색창에나 이 단어를 입력해 보면 '프랑스는 톨레랑스의 나라…'와 거의 흡사한 문장으로 시작하는 글들이 함께 등장하곤 한다. 맞다, 일반적으로 '관용'으로 번역되는 톨레랑스는 앞서 이야기한 솔리다리테와 더불어 프랑스를 대표하는 가치이다. 조금 더 자세히 말하자면, 톨레랑스는 개인의 견해와 신념을 자유롭게 표현할 수 있도록 허용하는 태도, 즉, 타인의 자유에 대한 존중이며, 타인과 조화롭게 공존해 나가기 위해 반드시 갖춰야 할 중요한 덕목이라 할 수 있다. 오늘날에는 문화적 차이에 대한 존중이라는 의미로 주로 사용되고 있지만, 역사적으로 살펴보면 톨레랑스는 신앙의 자유와 관련하여 처음 등장하였다. 서양의 역사에서 가톨릭의 엄청난 영향력과 상대적으로 배척받았던 신교 사이의 갈등에 대해서는 굳이 언급할 필요는 없으리라 생각한다. 이런 역사적 흐름 속에서 18세기에 계몽주의가 퍼지면서 구체제와 가톨릭적 관습을 비판하고 개인의 사상과 표현의 자유가 주목받기 시작하면서 중요한 사회적 가치로 자리 잡게 된 것이 바로 톨레랑스이다. 즉, 톨레랑스는 종교와 관련해서 처음으로 제기된 개념이지만 시대의 변화에 따라 범위를 확장해 나가며 프랑스인들의 일상 속에 자연스럽게 스며들게 되었다.

이렇게 원론적인 설명만 들으면 평화로운 세상을 만들어 나가기 위해 이만큼 중요한 가치가 또 없겠다는 생각이 든다. 실제로 많은 사람들은 톨레랑스 정신을 지키며 사는 것이 필요하다고 당당하게 말한다. 그런데 가끔은 우리가 고민 없이 이 단어를 남용하고 있는 것은 아닌지, 과연 그렇게 쉽게 지킬 수 있는 것인지에 대한 의문이 들기도 한다. 2010년 칸 영화제에서 심사위원 대상을 받은 자비에 보부아Xavier Beauvois 감독의 〈신과 인간〉은 진정으로 톨레랑스를 지킨다는 것이 무엇을 의미하는지, 그리고 그것이 얼마나 고귀하면서도 어려운 일인지를 보여준다. 이 영화는 기본적으로 종교적 신념을 바탕으로 하는 사랑과 희생에 관한 메시지를 담고 있다. 하지만 조금 더 확장해서 생각해 본다면, 극단적인 톨레랑스의 실천을 보여주었던 수도사들의 이야기를 통해 톨레랑스의 의미와 한계에 대해서 진지하게 고민하게 만드는 어려운 작품이기도 하다. 특히, 주인공들이 처한 상황의 딜레마가 이슬람교와의 갈등에서 기인한다는 점을 고려한다면, 종교의 다름이 폭력과 테러로 이어지고 있는 오늘날의 현실 속에서 우리가 가져야 할 마음가짐에 대해서도 생각해 볼 수 있는 기회를 준다.

〈신과 인간〉은 1996년 실제로 일어났던 사건을 바탕으로 연출되었다. 알제리의 한 시골 마을에서 일곱 명의 프랑스인 수도사들과 한 명의 프랑스인 의사가 하나님의 소명을 실천하며 검소하게 살아간다. 영화가 시작되면 평화로워 보이는 산을 배경으로 고요한 일출의 풍경이 등장하고, 수도사들이 작은 예배당에 모여 아침 기도를 시작하는 성스러운 장면으로 연결된다. 그런데 촛불과 희미한 등으로 겨우 밝힌 이 작고 허름한 수도원이 프랑스가 아니라 알제리라는 사실을 알고 나면 갸우뚱하게 된다. 알제리는 대표적인 이슬람 국가가 아니던가. 수도사들이 과연 이곳에서 안전하게 살 수는 있을지에 대해서부터 걱정이 드는 것이 당연하다. 수도사들은 가톨릭을 전도하기 위한 종교적 목적 때문에 이곳에 머무르는 것이 아니다. 그들이 종교적인 의미를 띠는 행위를 하는 것은 예배당 안에서일 뿐이고, 실제로 이곳에서 행하는 일의 대부분은 의료 시설이 전무하고 빈곤에 허덕이는 마을 주민들을 돕는 것이다. 또한, 외출하거나 노동을 할 때는 종교적 복장이 아니라 일반적인 의복을 착용함으로써 종교적 신분을 굳이 드러내려 하지도 않는다. 한마디로, 종교의 차이를 넘어 순수한 인류애를 실천하고자 다른 문화와 열악한 시설을 기꺼이 견뎌 가며 알제리의 시골 마을에서 살기를 스스로 선택한 것이다.

우리의 일반적인 편견과는 다르게 수도사들과 이슬람교를 믿는 주민들 사이에서는 종교적인 다름으로 인한 갈등이나 충돌은 전혀 일어나지 않는다. 오히려 정반대이다. 영화 초반 마을의 한 노인은 친척 여자아이가 히잡을 쓰지 않았다는 이유로 이슬람 근본주의자들에게 살해를 당한 비극적 사건에 대한 억울함을 수도사들에게 털어놓는다. 이 마을의 사람들은 히잡을 쓰는 행위만으로 종교적 믿음을 평가하는 근본주의자들의 폭력을 비난하며,

그들이야말로 코란을 제대로 이해하지 못한 사람들이라고 단호하게 말한다. 주민들은, 종교의 본질에 대한 고민은 없이 표면적인 것에 집착하는 근본주의자들이 표방하는 종교적 신념의 불합리성을 간파하고 있는 것이다. 같은 종교를 믿는 근본주의자들의 만행을 프랑스 수도사들 앞에서 비난하는 이 아이러니한 상황은, 우리가 지금까지 이슬람교에 대해 갖고 있던 편견을 깨는 의미 있는 장면이다. 이렇게 이슬람교를 믿는 사람들 사이에 폭력과 분열이 발생한 상황에서, 주민들의 아픔을 진심으로 나누며 위로하는 사람들은 가톨릭 수도사들이다.

마을 주민들과 수도사들 사이에 끈끈한 연대가 피어날 수 있는 것은, 부르는 이름만 다를 뿐 같은 신 아래에 놓인 근본적으로는 다르지 않은 인간들이라는 사실을 이해함으로써 종교를 뛰어넘는 인류애를 공유하고 있기 때문이다. 기독교에는 성경이 있고 이슬람교에는 코란이 있지만 이 두 경전은 모두 평화를 이야기하고 있다는 점에서 본질적으로는 같은 가치를 지향하고 있음을 이미 체득한 것이다. 그렇기 때문에 수도사들은 이슬람식으로 진행되는 마을의 행사에도 흔쾌히 참석하여 주민들의 기쁨을 공유하는 열린 마음으로 살아간다. 마을 주민들과 프랑스인 수도사들이 보여주는 어우러진 삶의 모습은 거창한 의미를 부여하지 않아도 서로 다른 종교를 가진 이들의 공존 가능성을 여실히 증명한다.

그러나 이들의 평화로운 삶은 지속되지 못한다. 알제리 내전이 발생하면서 이슬람 근본주의자들과 정부군이 대치하는 상황이 지속되고, 이 과정에서 수도원 근처에서 작업하던 크로아티아인 노동자가 살해당하는 사건이 발생한다. 상황이 심각해지자 정부군은 수도사들에게 보호해 주겠다는 제안을 먼저 건네지만, 수도사들의 대표자인 크리스티앙은 과감하게 그 제안을 거절하고 자력으로 버티는 결정을 내린다. 부패한 정부의 보호를 받는 것은 부끄러운 일이라는 그의 소신에서 비롯된 선택이다. 하지만 이 과정에서 다른 수도사들은 크리스티앙의 결정이 독단적이라며 불만을 품기도 한다. 이 순간부터 수도사들은 한 치의 부끄러움도 없이 살기 위해 어떠한 어려움도 감내해야 한다는 성직자로서의 사명감과 생존하고자 하는 인간적 욕망 사이에서 흔들리기 시작한다.

얼마 지나지 않아 근본주의자들이 무장한 채 수도원에 들이닥치고 부상자를 치료할 의사와 약을 요구하지만 크리스티앙은 마을 주민을 도와야 한다는 이유로 그들의 요구를 거절한다. 관용이 비인도적인 폭력을 위해 이용되어서는 안 된다는 확고한 신념이 있기 때문이다. 그리고 그날이 마침 크리스마스라는 크리스티앙의 말에 근본주의자들은 일단 조용히 돌아간다. 그러나 이 일을 겪은 후 수도사들은 죽음이 눈앞까지 다가왔다는 사실을 직감하고 두려움에 떨게 된다. 보이지 않는 총구의 위협을 느낀 수도사들은 프랑스로 돌아갈 것인지 이곳에 남을 것인지를 두고 의견 분열을 겪으며 인간적인 고뇌에 더욱더 깊게 빠지게 된다. 나이가 많은 수도사들은 살아오는 동안 이미 많은 일들을 겪었기에 마음의 준비도 되어 있고 이 상황을 감내하겠다는 의지를 보여주는 반면, 젊은 수도사는 삶에 대한 집착 때문에 예민해지고 순교의 의미에 회의를 품는 혼란스러운 감정을 보여주기도 한다. 죽음에 대한 그의 두려움은 너무나도 자연스러운 것이다. 만약 그가 자신의 안위를 위해 혼자 떠난다고 하더라도 아무도 그를 비난할 수는 없을 것이다. 그는 종교인이기 이전에 평범한 인간이기 때문이다. 괴로운 고민 끝에 수도사들은 결국 모두 남기를 선택한다. 이러한 결정은 마을 주민들에 대한 책임감과 소명 의식이라는 철저하게 희생적이고 이타적인 신념에 기인한다. 또한, 무력에 굴복하는 것은 부당하다는 것을 잘 알고 있기 때문이기도 하다.

세상은 이들에게 아군이 아니면 적군이라는 이분법적인 선택지만을 제시하지만, 주인공들은 자신들을 둘러싼 모든 상황을 포용하고자 한다. 마을 사람들을 보살피면서 동시에 그들과 자신들을 괴롭히는 근본주의자를 살리기 위해 치료하는 장면이나, 수도원에 찾아와 위협했던 근본주의자의 시신 앞에서 진심으로 애도를 표하는 크리스티앙의 모습은 보통의 사람이라면 행하지 못할 관용의 정신을 보여준다. 더하여, 크리스티앙은 무장 세력을 진압하려는 정부군 장교와의 대화에서 이 사람의 죽음을 기뻐한 사람들의 수치심을 지적하지만 정부군은 그의 마음을 당연히 이해하지 못한다. 증오를 증오로 갚고, 죽음을 죽음으로 되돌려 줘야 한다는 속세의 사람들이 갖는 일반적인 감정으로는 감히 헤아릴 수 없는 관용의 극치를 보여주는 것이다. 더하여, 정부군은 무장 세력을 치료해 줬다는 이유로 수도원에 강제로 난입하여 반감을 드러내기도 한다. 마을 주민들을 위해 봉사했지만 정부로부터 신념을 의심받고, 죽어가는 사람을 살려줬지만 반군은 종교적 차이만으로 적으로 간주한다. 수도사들은 모두에게 버림받은 것이다. 이렇게 세상은 그들에게 등을 돌렸지만, 이들이 끝까지 자신들이 옳다고 믿는 신념을 지키고 모든 것을 포용하고자 하는 모습은, 핍박과 음해 속에서도 희생적 죽음을 초연하게 받아들인 예수의 길을 닮아 있다.

알제리 정부의 귀국 권유에도 불구하고 남기로 마음의 결정을 내린 뒤 프랑스에서 찾아온 동료 수도사와 함께 다 같이 모여 와인을 곁들인 저녁 식사를 하는 시퀀스가 이어진다. 최후의 만찬을 자연스럽게 연상시키는 이 장면은 〈신과 인간〉에서 가장 오랫동안 기억에 남는 아름다운 순간이다. 테이블에 빙 둘러앉은 수도사들의 모습을 카메라는 오른쪽에서 왼쪽으로 천천히 트래블링으로 이동했다가 다시 왼쪽에서 오른쪽으로 훑어가며 평온하고 기쁜 표정들을 보여준다. 그러나 카메라가 다시 오른쪽에서 왼쪽으로 이동하는 순간 수도사들의 얼굴에서는 숨길 수 없는 슬픔이 드러난다. 이어서 눈가가 젖은 수도사 한 명 한 명의 미묘한 표정을 클로즈업으로 자세히 담아낸다. 이 시퀀스는, 모든 것을 내려놓고 희생을 바탕으로 하는 톨레랑스의 정신을 수호한 자들의 복잡한 내면을 대사 한 마디 없이도 오롯이 전달해 낸다. 이들이 신의 말씀을 따르고자 하는 성직자이며 동시에 두려움을 가진 인간이라는 사실을 다시 한 번 실감하는 안타까운 순간이다. 카세트에서 흘러나와 화면을 꽉 채우는 차이코프스키의 '백조의 호수'는 아름답고도 비극적인 분위기를 고조시킨다. 그러나 이 감동은 오래가지 못한다. 그날 밤 근본주의자들은 수도원에 들이닥쳐 약을 훔치고 수도사들을 납치한다. 겨우 숨어 있던 두 명을 제외한 나머지가 잡혀가고 테러범들이 프랑스 정부에 거래를 제안하기 위한 인질이 되고 만다. 어떻게든 살아남기를 애타게 바라는 우리의 소망과는 다르게, 영화는 그대로 끝나고 에필로그를 통해 이들이 결국 사살되었음을 알려준다.

〈신과 인간〉에는 종교적 가치에 기반하고 있기 때문에 평범한 사람들보다 훨씬 더 많은 것을 인내하고 관용할 수 있는 인물들이 등장한다. 더하여, 특수한 상황을 제시하고 있는 것도 사실이다. 하지만 이렇게 극단적인 이야기를 통해 사람들이 가볍게 던지는 톨레랑스라는 가치를 진정으로 실천하는 것의 어려움을, 그리고 상황에 따라 언제든 변질될 수도 있다는 허약함을 보여준다. 이 영화를 통해 우리는 '무조건적인 사랑과 자기희생을 바탕으로 하는 톨레랑스를 통해 행복에 이를 수 있는가?'라는 물음에 봉착하지만, 사실 이에 대한 답은 그 누구도 내놓을 수 없으리라는 것 또한 이미 알고 있다.

앞서 잠깐 언급한 대로, 영화의 첫 장면은 고요한 산의 풍경이었다. 이후에도 중간중간 카메라는 자연의 풍경을 공들여 포착해낸다. 수도사들이 납치당한 뒤 텅 비어 버린 오래된 수도원의 공간들도 천천히 하나하나 카메라에 담긴다. 주인공들이 오기 전에도 아주 오랫동안 쭉 그 자리에 존재해 왔던 수도원 또한 자연의 일부이기 때문이다. 변함없고 고요한 이 거대한 자연은 신의 섭리를 의미한다. 그리고 이 안에서 신의 질서를 거스르는 인간들의 분열과 갈등은 영구한 자연의 풍경과 대비된다. 종교를 갖고 있지 않더라도, 결국 죽음을 맞이하면 이슬람교도도 가톨릭 교도도 아닌 그냥 하나의 인간으로만 남는 것이 아니던가. '아멘'과 '인샬라'가 본질적으로 같은 의미를 담고 있는 것처럼, 제목인 〈신과 인간〉에서의 신은 하나님이나 알라를 의미하는 것이 아니라 우리 모두의 신을 의미한다.

이 영화를 톨레랑스와 연결하여 선택한 것은 최근 몇 년 동안 프랑스에서 벌어지고 있는 이슬람교와의 갈등을 자연스레 떠올리게 만들기 때문이다. 2000년대 들어 프랑스에서는 톨레랑스의 위기라는 표현이 심심치 않게 등장하기 시작했고, 이는 이슬람교를 둘러싼 문제들로부터 비롯된 측면이 크다. 대표적인 사건이 바로 '샤를리 에브도Charlie Hebdo' 테러이다. 2015년 1월 7일 샤를리 에브도라는 이름의 풍자 저널 본사에 자동 소총을 든 괴한들이 침입하여 무고한 사람들에게 총격을 가하는 비극적인 일이 벌어졌다. 그들이 이 언론사를 타깃으로 삼은 것은, 바로 자신들의 종교를 조롱했다는 이유에서였다. 샤를리 에브도는 성역 없이 '까는' 풍자 언론으로 유명하지만 그중에서도 유난히 이슬람과 관련된 소재가 많았던 것이 사실이다. 프랑스 내에 존재하는 수많은 이슬람 이민자들을 공격하는 뉘앙스를 계속해서 노골적으로 드러내 왔음을 부정할 수 없다. 이 사건은 프랑스 사회 내에 톨레랑스를 둘러싼 논쟁을 불러왔다. 톨레랑스의 정신에 근거한다면 언론을 통해 발표되는 표현의 자유는 수호되어야만 한다. 하지만 동시에 다른 종교와 그 종교를 믿는 사람들의 행위 또한 관용의 시선으로 받아들일 수 있어야 한다. 즉, 표현의 자유와 종교의 자유가 충돌함으로써 톨레랑스를 적용하는 우선순위를 정해야만 하는 아주 어려운 문제가 제기된 것이다. 사실, 이러한 딜레마는 일상 속에서 이미 오래전부터 시작되었다. 2004년 제정된 '공립학교 내 종교적 표시 금지법'은 사실상 이슬람의 히잡을 타깃으로 삼은 것이라는 비판과 동시에 톨레랑스와 배치된다는 논란에서 여전히 자유롭지 못하다. 이처럼 톨레랑스는 개인의 가치관과 상황에 따라 이중적으로 적용되거나 기준이 흔들릴 수 있고 판단이 달라질 수 있는 아주 까다롭고 어려운 가치이다.

샤를리 에브도 외에도 프랑스에서는 극단주의자들에 의한 테러가 적지 않게 발생했고, 무고한 시민들이 목숨을 잃는 사건이 연달아 일어났다. 이런 비극적 사태를 더 이상 허용하지 않겠다는 의지를 보여주고자 올랑드 전 대통령은 테러에 대해서만큼은 철저하게 불관용의 원칙을 적용하겠다고 공개적으로 선언한 바 있다. 2차 세계대전 시기 전체주의에 의한 아픔을 겪으면서 프랑스는 비인도적 행위에 대해서는 철저하게 불관용 원칙을 적용하겠다고 밝힌 역사가 있다. 이후 일상 속에서는 관용의 정신을 보이고자 노력했던 프랑스인들이 결국 다시 한 번 불관용의 원칙을 천명할 수밖에 없게 된 것이다.

파리 노트르담 대성당에서 열린 크리스마스 미사 풍경

파리 5구에 위치한 이슬람 사원
종교의 평화로운 공존은 점점 더 어려운 숙제로 느껴진다.

비극적인 테러를 연달아 겪고 있는 프랑스인들을 향해 영화에 등장했던 고결한 수도사들처럼 사랑과 관용으로 폭력에 저항하라고 권하는 건 무책임하다. 하지만 근본주의자들에 의한 폭력으로 인해 평화로운 방식으로 종교를 믿는 무고한 이슬람교도들에 대한 관용을 포기하는 일이 많아지고 있다는 점은 분명 톨레랑스의 위기라 할 수 있다. 톨레랑스의 정의와 실천에 대해 다시 한 번 고민해 봐야 할 시점이 아닌가 하는 생각이 든다.

욕망이 꽃피운 예술

- 왕의 춤 Le Roi danse(2000)

어떤 나라들은 국가명을 들었을 때 바로 떠오르는 군주의 이름이 한두 개 정도는 있다. 중국의 진시황, 영국의 헨리 8세, 독일의 오토 대제, 러시아의 표트르 대제……. 그러면 프랑스는? 수업 시간에 학생들에게 질문을 던져 보면 어김없이 루이 14세와 나폴레옹으로 나뉘지곤 한다. 나폴레옹도 상당히 매력적인 인물이지만, 루이 14세는 오늘날 프랑스를 대표하는 문화 예술을 꽃피우는 데 절대적인 기여를 했다는 점에서 조금 더 중요하게 이야기할 필요가 있다. 태양왕으로 불리며 장수하기까지 했던 절대 군주 루이 14세의 가장 찬란했던 시기를 흥미진진하게 살펴볼 수 있는 작품으로 2000년에 발표된 〈왕의 춤〉을 권하고자 한다. 내용만 본다면 왕의 일대기를 좇는 지루한 역사물처럼 느껴질지도 모르지만, 단순히 교육용 역사 영화로 치부하기엔 상당히 아까운 작품이다. 무엇보다도 이 영화는 눈과 귀를 호강하게 만드는 시각적, 청각적 디테일의 힘이 대단하다. 태양왕 시기의 호화로운 프랑스 왕정을 상징적으로 표현하는 바로크풍의 화려한 배경과 의상, 그리고 끊임없이 흘러나오는 관현악의 선율은 〈왕의 춤〉의 가장 큰 매력이다. 그런데 아이러니하게도 이것은 단점으로 작용하기도 한다. 실제로 프랑스 내에서는, 스펙터클을 향한 찬사와 동시에 볼거리에만 치중한 고루한 역사물이라는 상반된 평가가 등장했다. 영화의 핵심을 무엇으로 보느냐에 따라 전혀 다른 평가가 가능하다는 점에서 더욱더 직접 볼 필요가 있는 작품이 아닐까 싶다.

제라르 코르비오Gérard Corbiau 감독의 〈왕의 춤〉은 루이 14세로부터 총애받았던 두 예술가, 륄리와 몰리에르를 통해 당시 프랑스 예술의 발전 양상을 흥미진진하게 감상할 수 있는 작품이다. 루이 14세는 예술에 관심이 많았고 실제로 프랑스 예술의 부흥을 위해 많은 업적을 남겼지만, 그중에서도 발레를 유난히 사랑했던 것으로 알려져 있다. 이탈리아 출신의 작곡가 륄리는 왕이 마음껏 춤을 출 수 있는 음악을 만들었으며, 프랑스를 대표하는 극작가 몰리에르는 귀족과 성직자를 풍자하는 작품을 통해 왕의 가려운 곳을 긁어 주었다. 이 세 인물의 이야기에 집중하다 보니 자연스럽게 발레, 무곡, 연극 등 다양한 예술을 재현하는 데 영화의 많은 부분이 할애되고 있다. 이 과정에서 예술은 이상화된 순수한 아름다움으로 그려지는 대신 만드는 자와 향유하는 자 모두의 욕망을 위해 이용된다. 즉, 예술은 철저하게 권력을 위한 수단으로 존재하는 것이다.

〈왕의 춤〉은 태양왕 한 개인의 이야기가 아니라 예술을 향한 열정과 세속적 욕망 사이에서 휘둘리는 여러 인물들의 은밀한 사정과 복잡한 관계에 관한 것이다. 아마도 이 영화의 주인공을 굳이 꼽아야 한다면 루이 14세가 아니라 륄리라고 해야 할 것 같다. 좋은 시절을 다 보내고 노쇠해진 륄리가 왕을 위한 연주회를 여는 장면으로 영화는 시작된다. 하지만 왕은 연주회에 끝내 모습을 드러내지 않는다. 사랑하는 왕이 앉아 있어야 할 의자가 비어 있는 것을 보며 원망과 분노의 감정에 휩싸여 격정적으로 지휘를 하던 륄리는 지팡이처럼 생긴 지휘봉으로 자신의 발을 찍어버리는 실수를 한다. 심각한 부상을 입고 죽음을 앞둔 륄리의 눈앞에 주마등처럼 스쳐 지나가는 왕과의 행복했던 시간들이 플래시백을 통한 회상의 방식으로 전개된다.

〈왕의 춤〉은 지루하게 모든 역사를 꼼꼼하게 훑어내는 대신 긴 시간을 간단하게 건너뛰고 중요한 순간들에 집중하는 방식을 선택한다. 이 과정에서 감독의 상상력을 통해 새롭게 재현된 이야기들도 있지만 기본적으로 역사적 고증에 충실하다. 그래서 영화의 흐름을 쭉 따라가면 루이 14세가 가장 큰 권력을 누렸던 시기의 상황을 꽤나 디테일하게 확인할 수 있다. 루이 14세는 춤과 음악을 사랑하는 아름다운 소년의 모습으로 처음 등장한다. 루이 13세가 사망했을 때 왕위 후계자였던 루이 14세는 아직 너무 어린 나이였다. 어쩔 수 없이 엄마 안 도트리슈와 재상 마자랭이 섭정을 하게 되었고 그는 오랫동안 허울뿐인 왕이었다. 이러한 상황을 이해하고 보면, 1653년 어린 루이가 왕족과 귀족들 앞에서 발레 공연을 선보이는 시퀀스는 이 영화에서 가장 인상적이면서 상징적인 순간이다. 열네다섯 살 앳된 얼굴의 금발 소년이 머리 뒤에 태양 모양의 장식을 달고 황금빛으로 칠해진 손과 발을 절도 있고 우아하게 움직이며 "권력puissance", "쾌락plaisir", "광명lumière"이라는 단어를 음미하듯 내뱉는 모습, 그리고 화려한 불꽃과 함께 무대 위로 오르는 그 순간 우리는 태양왕의 탄생을 목도하는 것이다. 무대에서 '프롱드의 난(亂)' 당시 자신에게 대항했던 귀족들마저도 포용하고자 하는 관대함을 보여 주는 소년의 위엄 있는 모습은 이후 그가 어떤 의미로든 대단한 왕이 될 것임을 믿어 의심치 않게 만든다. 이 첫 번째 발레 시퀀스는 그가 더 이상 어린아이가 아님을 만천하에 공표하는 신고식의 역할을 한다. 이 멋진 발레 공연 이후 8년이 지나 1661년, 성인이 된 루이는 마자랭의 죽음에 맞춰 드디어 자신이 직접 통치할 것을 밝히고 엄마에게 정치에서 물러나 줄 것을 통보한다. 그리고 드디어 본격적인 루이 14세의 절대 왕정 시대가 펼쳐지게 된다.

제목이기도 한 '왕의 춤'은 이후에도 루이 14세의 흥망성쇠를 상징하는 핵심적인 장치로 반복해서 등장한다. 1670년 서른이 넘은 루이 14세의 발레 공연은 앞서 언급한 첫 번째 발레 시퀀스와 완벽한 대조를 이룬다. 언제나처럼 자신의 모습을 빛나게 해 줄 무대에 오르지만 그는 더 이상 날렵하고 멋지게 춤을 소화해 낼 수 없다. 가쁜 숨을 들이쉬며 겨우 춤을 시작하지만 결국 얼마 못 가 발을 헛딛고 넘어지고 만다. 아주 단순한 팩트만 놓고 보자면, 노화로 인해서 몸이 옛날 같지 않기 때문이라고 할 수도 있겠다. 하지만 더 이상 발레를 출 수 없게 된 그의 모습은 어린 시절 완벽한 춤을 추던 장면과 명확하게 대비되며, 조금씩 떨어지기 시작하는 그의 평판은 물론이고 이후 내리막길을 걷게 될 절대 왕정, 부르봉 왕조의 운명을 상징하기도 한다. 실제로 루이 14세는 많은 업적을 남겼지만 욕심이 과했던 만큼 사망할 때쯤에는 나라의 재정 상태가 매우 안 좋았다. 예술에 대한 애정뿐만이 아니라 모든 영역에 걸쳐 그는 열정과 욕심이 넘치는 인간이었다. 특히, 루이 14세는 전쟁광이었다. 역사적으로 모두가 기억할 만한 큰 전쟁이 일어난 것은 아니지만 인간의 역사가 그렇듯 이 시기에도 크고 작은 전쟁들은 계속 벌어지고 있었다. 〈왕의 춤〉은 전쟁에 대해서는 직접적으로 언급하고 있지 않지만 루이 14세가 전장에 나가기 전 전투복을 갖춰 입고 초상화를 그리는 장면에서 교차편집을 통해 전투 장면을 삽입함으로써 그의 야망을 짧지만 강렬하게 묘사하고 있다. 그런데 정복욕에는 돈이 들기 마련이다. 유능한 재무대신 콜베르가 죽고 나자 프랑스는 전쟁으로 돈이 새는 걸 막을 수가 없게 된다. 더하여, 신교도들에게 종교의 자유를 허용한 낭트 칙령을 폐지한 루이 14세의 선택은 결정타였다. 당시 경제력이 있던 위그노들*이 종교적 박해를 피해 대거 프랑스를 떠나면서 국가적인 경제력 손실로 이어진 것이다. 이런 악재들이 겹치다 보니 태양왕이 죽고 겨우 70여 년이 지나 경제 파탄으로 인해 혁명이 일어날 수밖에 없었다.

예술에 대한 열정과 위엄을 증명하는 무대로 기능한다는 점에서 왕의 춤 시퀀스는 권력과 예술의 결합을 효과적으로 표현하는 장치라 할 수 있다. 왕이 무대에 오를 때면 “Le Roi danse!(르 루아 당스!)”라는 외침이 울려 퍼지는데, 한국어 자막에서는 이 문장이 “왕의 무곡”이라고 번역되어 있다. 이 프랑스어 문장은 정확하게 번역하면 “왕께서 춤을 추신다!”라는 감탄문으로 왕의 춤이 시작될 때의 신호라고 할 수 있다. 영화에서 왕의 춤은 루이 14세의

* 프랑스의 신교도들은 위그노huguenot라 부른다.

욕망과 권력을 드러내면서 다른 한편으로는 기쁨, 고통, 증오, 분노 등 누구에게도 털어놓을 수 없는 내밀한 감정을 표출하는 매개이기도 하다.

예술을 사랑하는 왕의 곁에는 그만큼 열정적인 예술가들이 있었다. 륄리는 왕의 후원 아래 새로운 음악 장르를 시도함으로써 프랑스 음악사에 한 획을 그은 인물이다. 그는 원래 이탈리아인으로 처음 프랑스에 왔을 때는 비천한 신분이었지만, 무용수로 궁에 들어가게 되었고 이후 루이 14세의 눈에 띄어서 궁정 발레 작곡가가 된다. 그리고 왕궁의 음악 총감독까지 맡으면서 프랑스인으로 귀화한다. 영화에서도, 프랑스인으로 인정받고 보다 높은 위치까지 오르기를 간절히 소망하는 륄리의 욕망이 강조되는데, 이러한 륄리에게 음악은 철저하게 왕을 위한 것이었다. 그는 자신의 아이가 태어나는 순간에도 병든 왕의 회복만을 기도하며 밤새 바이올린을 연주하는 인물로 묘사된다. 륄리는 루이 14세의 취향을 누구보다도 세심하게 살폈으며 어떻게든 왕의 마음에 들기 위해 애썼다. 더하여, 왕을 향한 륄리의 충성심은 출세욕을 넘어 동성애적 감정으로까지 그려진다.

그리고 몰리에르가 있다. 굳이 설명이 필요 없을 정도로 유명한 프랑스 희극 작가인 몰리에르는 루이 14세 옆에서 륄리 못지않게 승승장구했던 인물이었다. 그런데 왕의 비호를 받는 것과는 별개로 그의 작품은 귀족들이 보기에는 상당히 천박하고 불쾌한 내용을 담고 있었다. 그중에서도 『타르튀프』는 종교인들의 부패성과 이중성을 풍자한 희극으로, 당시 귀족들의 분위기를 고려할 때 당연히 반발이 엄청날 수밖에 없었지만 루이 14세의 지지를 등에 업고 상연할 수 있었다. 바로 이 작품의 한 장면이 영화에도 그대로 등장한다. 타르튀프는 독실한 신앙심을 가진 남자 주인공의 이름인데, 사실 알고 보면 색도 밝히고 돈도 밝히는 속물적인 인간이다. 얼굴이 붉어질 정도로 민망한 장면이 연출되니 성직자들과 귀족들은 불쾌함을 감출 수 없다. 결국 연극 도중 성직자들은 기도를 하며 공개적인 거부 의사를 밝히고 루이 14세의 어머니를 비롯한 귀족들도 불편한 기색을 드러낸다. 하지만 왕권이 종교 아래 놓이는 것을 견딜 수 없었고, 그렇다고 직접적으로 종교를 억압할 수도 없던 루이 14세는 예술을 통해 현실을 풍자하는 몰리에르의 극을 즐겁게 관람한다. 이렇게 왕의 보호 아래 한평생 잘나갔던 몰리에르지만 그도 죽음만은 피할 수 없었다. 영화에서 몰리에르의 마지막 순간은 자신의 작품 『상상병 환자』를 직접 연기하다가 무대에서 죽는 매우 극적인 방식으로 연출되는데 실제로 몰리에르는 이 공연 도중 쓰러지고 이후 며칠간 앓다가 죽었기에 이 정도면 영화적 허용으로 볼 수 있을 것 같다.

이 두 명의 장바티스트Jean-Baptiste(몰리에르의 본명과 륄리의 이름은 똑같이 장바티스트이다.)들은 예술을 정치적 무기로 삼아 왕의 취향에 맞는 작품을 통해 살아남고자 노력했다. 그 과정에서 질투도 하고 때로는 협력하기도 하며 다양한 예술 형식이 탄생하는데 큰 기여를 한다. 륄리는 춤을 사랑하는 왕의 관심을 끌고자 무곡을 작곡하며 승승장구했지만 루이 14세가 더 이상 춤을 출 수 없게 되면서 위기를 맞게 된다. 왕은 무곡에 시들해지고 몰리에르의 희극에 관심을 더 기울인다. 륄리는 이 상황을 어떻게든 타개하고자 애쓰고 몰리에르의 제안을 따라 극중에 발레를 삽입하는 '코메디 발레'라는 새로운 장르를 시도하기도 한다. 하지만 자신의 의도와 재능을 마음껏 드러낼 수 없음에 불만을 품은 륄리는 결국 몰리에르를 밀어내고 자신의 음악이 주인공이 되는 무대를 만들고자 한다. 그리하여 탄생한 것이 바로 '서정적 비극'이다. 이름이 꽤나 거창한 이 장르는 간단하게 말하면, 이탈리아 오페라와 구분되는 프랑스식 오페라를 의미한다. 영화에서도 드러나듯이, 당시 프랑스인들에게 오페라는 이탈리아의 잡종 장르로 무시받았지만, 결국 륄리는 이러한 편견을 뒤집는 데 큰 역할을 하게 된다. 그래서 실제로 륄리는 프랑스 오페라의 기본 틀을 확립했다는 평가를 받고 있다.

영화에서는 공연 예술에 더해 루이 14세의 또 다른 관심사가 등장한다. 루이 14세가 권력의 정점에 있을 때 예술을 후원하는 것과 동시에 자신의 힘과 권위를 보여주기 위해 공을 들인 부분이 건축이었다. 그중에서도 베르사유 궁전은 화룡점정이라 하겠다. 황폐한 늪지대에 불과한 동네에 화려한 궁을 건설하겠다는 계획을 듣고 모두가 허무맹랑하다고 생각했지만 그는 결국 자신의 이상을 구현해 냈다. 정원을 설계한 '르 노트르Le Nôtre'와 왕실 수석 건축가인 '르 보Le Vau'처럼 베르사유를 세우는 데 중요한 역할을 했던 핵심 인물들도 깨알같이 영화에 등장한다. 그런데 우리는 베르사유 궁에 대해 이야기할 때 화려한 바로크 스타일만을 언급한다. 예를 들어, 베르사유에서 가장 유명한 '거울의 방'은 호화로움의 극치를 보여준다. 그러나 조금만 거리를 두고 살펴보면 이 화려함의 기반에는 절대 왕정의 분위기를 그대로 반영한 고전주의적 요소가 깔려 있음을 발견할 수 있다. 베르사유 궁은 건물도 정원도 기본적으로 비례와 균형의 아름다움을 추구하기 위해 좌우 대칭으로 설계되어 완벽한 균형미와 통일성을 보여준다. 당시 이웃 유럽 국가들에서는 바로크가 대세였지만 프랑스는 절대 왕정의 영향력 아래 규범, 통제, 질서와 같은 가치를 형식미로 구현해 냈던 것이다. 이처럼, 베르사유는 모순되어 보이는 두 경향인 고전주의와 바로크를 훌륭하게 결합한 복합적인 건축물이다. 게다가, 에펠탑과 더불어 프랑스에서 가장 많은 관광객을 끌어들이는 효자 관광지가 되었으니 베르사유 궁전 건축이야말로 루이 14세가 후대를 위해 가장 잘한 일인 것 같기도 하다.

거울의 방(Myrabella / Wikimedia Commons, CC BY-SA 3.0, https://commons.wikimedia.org/w/index.php?curid=15781169)

베르사유 궁전의 정원

그런데 베르사유 궁 건축은 단순히 왕의 위엄을 세우기 위한 것만은 아니었다. 사실 루이 14세는 루브르 궁을 싫어했다. '프롱드의 난' 당시 루브르에 거의 감금된 상태로 있던 트라우마 때문에 파리를 벗어나고 싶어 했다고 한다. 물론, 더 중요한 목적은 바로 왕권 강화이다. 궁의 호화로움 자체도 압도적인 데다가, 예술을 사랑하는 왕 덕분에 멋진 공연과 연회가 끊이지 않으니 귀족들도 혹할 수밖에 없는 곳이 베르사유였다. 귀족들의 반란을 겪어 본 왕의 입장에서는 왕의 건재함을 과시하고 귀족들의 힘을 어떻게든 약화시키고 싶었을 것이다. 베르사유를 만들어 놓으니 이제는 귀족들이 모두 찾아와 놀기 시작하면서 반란 따위는 잊은 채 화려한 생활에 젖어 들어갔다. 자연스럽게 미식 문화도 발전해 나갔다. 다채로운 음식을 즐기는 것은 귀족들의 사교 생활 중 하나가 되었고 이런 연회 문화는 프랑스 미식 발전에도 큰 영향을 끼친다. 루이 14세는 실제로 미식가이기도 했지만, 진귀하고 맛있는 음식이 차려진 연회를 자신의 위엄과 권력을 과시하기 위한 수단으로 삼았다. 그래서 아주 구하기 힘든 음식뿐만이 아니라 매우 비싼 식기들만을 사용했다고 전해진다.

핵심적인 포인트들만 정리해서 소개했지만 이 분량에는 다 담기 어려울 정도로, 〈왕의 춤〉은 프랑스 문화 예술과 관련된 다채로운 디테일을 확인할 수 있는 종합선물세트 같은 영화이다. 그러나 어쨌든 영화를 끌어가는 핵심 축은 루이 14세와 륄리의 이야기이고 이 두 인물의 사이가 점점 멀어지면서 영화도 마무리를 준비한다. 초상화를 그릴 때도, 성관계를 맺을 때도, 그리고 병마와 싸우며 죽음이 눈앞에 닥친 위기의 순간에도… 삶의 모든 순간 음악을 필요로 했던 왕이었지만 결국엔 음악에 흥미를 잃고 륄리도 외면한다. 영화의 후반부, 륄리가 몰리에르 없이 혼자 준비하고 상연한 공연 앞에서의 루이 14세의 냉담한 표정은 왕의 마음이 떠났음을 직설적으로 전달한다. 그리고 이 장면은 영화의 첫 장면과 오버랩되며 륄리가 부상당한 현재의 시점으로 돌아온다. 평생 동안 왕의 사랑을 갈구하던 륄리는 왕의 얼굴도 보지 못한 채 쓸쓸하게 죽음을 맞이한다. 그리고 루이 14세는 베르사유 정원의 일몰을 바라보며 "오늘 저녁에는 음악이 전혀 들리지 않는구나."라는 한마디를 툭 던질 뿐이다. 100분 내내 귀를 가득 채우던 화려한 음악 대신 정적만이 남은 채 영화는 끝이 난다.

장면 하나하나를 외울 정도로 많이 본 작품이지만 혹시라도 놓친 부분이 있을까 싶어 다시 보다가 문득 얼마 전 봤던 한국 영화 〈천문〉이 떠올랐다. 세종대왕과 장영실의 브로맨스는 루이 14세와 륄리의 관계와는 많이 다르지만, 한글로 관심이 옮겨가며 자신에게 소홀해진 세종대왕을 향해 예전 같은 총애를 갈구하는 장영실의 절박한 모습은 어딘지 모르게 륄리와 닮아 있다. 버림받은 후 '사랑이 어떻게 변하니?'라고 묻는 듯한 상처 받은 눈빛까지도. 그러나 장영실의 과학에 대한 탐구와 왕을 향한 애정을 욕심 없는 순수한 열정으로 그려낸 〈천문〉과는 달리, 〈왕의 춤〉은 예술가의 세속적 욕망을 미화하지 않는다. 또한, 신하를 향한 왕의 마음을 애틋하게 꾸며내지도 않는다. 이 영화는 왕의 이기적인 권력욕, 그리고 왕의 총애를 받았던 예술가들의 지극히 현실적인 욕망을 직접적이고 적나라하게 묘사한다. 왕의 후원을 등에 업고 더 높이 출세하고자 하는 륄리와 몰리에르의 뚜렷한 목적의식은 예술과 예술가에 대해 우리가 쉽게 품곤 하는 낭만적이고 나이브한 환상을 무너뜨린다. 하지만 어떤 욕망에서 출발했든 이렇게 훌륭한 예술 작품을 남겨 놓았다면 그것만으로도 충분히 의미가 있지 않을까. 〈왕의 춤〉은 예술과 욕망의 관계, 성공의 수단으로서의 예술을 조명함으로써 감각적 즐거움을 넘어 하나의 예술 작품이 탄생하게 된 사연을 돌아보게 만든다. 영화 미학적으로 대단한 무언가가 있는 것도 아니고, 내용 또한 프랑스 관객들에게는 뻔한 이야기겠지만, 우리의 입장에서는 프랑스의 역사와 예술을 부담 없이 접할 수 있는 꽤 흥미로운 텍스트가 될 것이다.

혁명의 깃발 아래 감춰진 이야기들

– 원 네이션 Un peuple et son roi(2018)

여름에 프랑스를 여행한 경험이 있는 사람들은 아마도 7월 14일의 기억을 잊을 수 없을 것이다. 대혁명을 기념하기 위해 오전에는 샹젤리제에서 군인들이 행진을 하고 저녁에는 에펠탑을 배경으로 화려한 불꽃놀이가 펼쳐지는 그날은 온종일 프랑스 전역이 들썩들썩한다. 1년 중 가장 중요한 날로 기념할 정도로 1789년의 혁명은 오늘날 프랑스의 모습을 갖추는 데 있어 결정적인 영향력을 끼친 역사적 사건이다. 실제로 프랑스 사회의 근간을 이루는 대표적인 가치관들은 모두 혁명의 정신을 계승하고 있다고 봐도 과언이 아니다. 따라서 프랑스를 알기 위해서는 혁명의 시기를 반드시 살펴볼 필요가 있는데, 안타깝게도 한국에 개봉한 그 많은 프랑스 영화들 중에 대혁명을 다루고 있는 작품을 찾기는 의외로 쉽지 않다. 당연히 프랑스 내에서야 장편 영화, 텔레비전용 영화, 다큐 등 다양한 형식의 작품들이 지속적으로 발표되었지만 아마도 프랑스인에게만 어필할 수 있으리라 생각했는지 외국에서는 이 작품들을 접하기가 어렵다. 그나마 제라르 드파르디외가 출연한 〈당통〉이 있긴 하지만, 거의 40년 전에 만들어진 영화이다 보니 솔직히 젊은 세대에게는 지루하게 느껴지는 것이 당연하다. 그래서 혁명과 관련된 수업 시간에는 소피아 코폴라 감독의 〈마리 앙투아네트〉나 휴 잭맨이 장발장으로 출연한 〈레미제라블〉 정도를 소개할 수밖에 없었다. 프랑스 역사의 가장 중요한 시기가 외국 감독이 연출하고 영어 대사로 진행되는 작품을 통해 소비되는 상황이 웃기기도 하고 아쉽기도 했다. 게다가 〈마리 앙투아네트〉는 철저하게 마리 앙투아네트라는 한 인물의 개인사에 집중하고 있으며, 〈레미제라블〉에서 중요하게 다뤄지는 사건은 대혁명이 아니라 혁명 후 40여 년이 더 지난 뒤 일어난 1832년의 봉기이다. 혁명의 시기를 제대로 담아낸 영화에 대한 갈증에 허덕이고 있을 때, 드디어 〈원 네이션〉을 만났다.

2018년 발표된 피에르 숄레Pierre Schoeller 감독의 〈원 네이션〉은 우리가 가장 궁금해하는 바로 그 시기, 1789년부터 루이 16세가 처형될 때까지의 기간에 집중하고 있다. 이 3년을 '1789년 자유의 향기', '1791년 배신의 시간', '1792년 여름 다가오는 반란', '1792년 가을 심판의 날이 다가오다'라는 소제목을 중심으로 4막의 형식으로 구분하여 내러티브를 전개한다. 중요한 전환점들을 일종의 테마로 제시하여 관객의 입장에서도 직관적으로 시대의 분위기를 파악할 수 있도록 돕는다. 더하여, 혁명 직후 혼란스러운 분위기를 둘러싼 디테일한 상황 묘사는 〈원 네이션〉의 장점 중 하나이다. 소재가 소재이다 보니 이 영화가 개봉했을 때 프랑스 내에서도 꽤 많은 저널에서 앞다투어 평가를 내놓았는데 극과 극으로 양분되는 경향이 상당히 두드러졌다. 그럼에도 당시 역사 고증과 연기, 연출 디테일 등에 대한 긍정적인 반응이 훨씬 많았다. 무엇보다도 영화의 메시지와 지향하는 바가 매우 명확하게 전달되고 있고, 바로 이 부분이 혁명 시기를 배경으로 한 다른 작품들과의 차별점이라는 측면에서 〈원 네이션〉을 긍정적으로 바라볼 수 있다. 〈원 네이션〉은 '왕 vs 민중', '군주제 vs 공화국', '신분제 vs 평등' 등의 단순한 이분법적 대립을 지양한다. 혁명의 이면에는 다양한 집단 사이의 치열한 이익 계산이 오고 갔으며 같은 집단으로 묶인 사람들 사이에서도 서로 다른 가치로 인해 복잡한 갈등이 빚어질 수밖에 없던 당시의 상황을 세심하게 재현해 낸다.

영화는 루이 16세가 빈민 아이들의 발을 씻겨 주는 세족식 장면으로 시작한다. 얼핏 보기엔 성스러운 느낌마저도 들지만, 이미 우리의 입장에서는 작위적이고 위선적인 의례 행사에 지나지 않음을 알고 있다. 가난한 민중의 발을 씻겨 주는 마음으로 백성들을 진심으로 걱정했다면 왕은 칭송받으며 부귀영화를 오래오래 누리다가 행복하게 삶을 마쳤을 것이다. 아니, 적어도, 두 손이 묶인 채 기요틴에서 목이 잘리는 비극은 겪지 않았을지 모른다. 루이 16세가 자신의 발을 씻겨 주는 모습을 물끄러미 바라보던 아이는 순진하게 "저 곧 나막신 생겨요."라고 속삭인다. 왕은 대답 대신 고개를 들어 미묘한 표정을 짓는다. 영화가 끝나고도 그 표정의 의미에 대해 계속 생각하게 만드는 이 인트로 시퀀스는 고요하지만 꽤나 강렬한 여운을 남긴다. 왕의 등장으로 영화를 열었지만 이후 루이 16세, 마리 앙투아네트, 로베스피에르, 마라, 생쥐스트 등 역사서의 수많은 페이지를 장식한 인물들은 철저하게 조연의 위치에 머문다. 이 영화가 개봉하기 전까지 가장 관심을 받았던 배우는 아마 루이 가렐일 것이다. 수많은 영화에서 퇴폐적인 프랑스 젊은이의 전형을 보여줬던 이 배우는 섹시한 아우라를 완전히 벗어던지고 혁명의 목표와 과정을 치열하게 고민하는 고지식한 선비 로베스피에르로 새로 태어나는 데 성공했다. 하지만 배우로서 루이 가렐이 갖는 비중이나 나의 개인적인 팬심과는 상관없이 로베스피에르는 영화에서 상황을 조용히 바라보고 미래를 설계하는 관찰자의 입장에 머물고 있으며, 스포트라이트는 이름 없이 사라진 민중들에게 집중된다.

〈원 네이션〉의 가장 큰 미덕은, 한두 명의 주요 인물을 내세우는 대신 혁명에 참여한 다양한 인간 군상 각자의 이야기를 하나씩 엮어 모자이크처럼 그 시대를 그려낸다는 점이다. 물론, 주인공에 해당되는 인물들이 존재한다. 가난 때문에 아이마저 잃고 세상이 변해야 한다는 것을 절감하게 된 평범한 세탁부 프랑수아즈, 혁명에 함께 동참한 그녀의 친구와 이웃들, 그리고 닭 도둑의 낙인이 찍힌 채 떠돌다 어느 날 갑자기 프랑수아즈 앞에 나타난 청년 바질. 하지만 감독은 이들에게 특별한 역할이나 거창한 서사를 부여하지 않는다. 오히려 주인공치고는 캐릭터가 너무 밋밋하다는 생각이 들 정도로 평범하게 묘사한다. 혁명이라는 대의명분이 눈부시게 빛날 때 그 그늘에 가려져 보이지 않던 평범한 존재들이 사실은 그 시대를 이끌어간 힘이라는 감독의 관점을 엿볼 수 있는 지점이다. 민중이나 시민이라는 집단으로 뭉뚱그려져 지칭되었던 사람들이 바로 〈원 네이션〉의 주인공인 것이다. 그리하여 관객은 격동의 시기를 거치며 인생의 희비극을 겪어 나가는 이들의 삶에 자연스럽게 동참한다. 1789년 이후 세상이 바뀌었다고 하지만 실제로는 하나도 바뀐 것 없이 궁핍한 삶을 지속해야 했던 대다수 민중들의 고된 일상과 인간적인 감정은 스크린을 가득 채운다. 실제로 여러 자료를 보면, 당시 프랑스의 경제 상황은 매우 심각했다. 18세기에 전쟁도 줄고 의학이 발달하면서 인구도 증가하고 전반적으로 경제가 성장하긴 했지만, 물가 상승률이 임금 상승률을 훨씬 앞지르게 되었고 농사를 지을 자기 땅이 없는 대다수 사람들의 삶의 조건은 악화되었다. 게다가, 흉년으로 빵 가격이 미친 듯이 치솟으면서 1789년 7월 중순에 최고가를 찍게 된다. 그래서 민중들이 빵을 달라고 베르사유로 몰려오며 혁명이 시작되었다는 에피소드가 하나의 상징으로 회자되곤 하는 것이다. 이러한 경제적 위기에 더해 계몽사상의 영향으로 사람들이 이성적으로 사고하고 자기 권리에 대해 인식하게 되면서 새로운 사회를 꿈꾸게 되었으며 이러한 일반 민중의 행복에 대한 열망이 혁명의 원동력이었다.

세족식 인트로가 끝나고 우리는 바로 1789년 7월 14일 격동의 현장으로 초대된다. 지금은 '7월 혁명 기념비'가 있지만 당시 바스티유 광장에는 바스티유 감옥이 떡하니 자리 잡고 있었다. 혁명이 일어난 직후 사람들은 이 구시대 억압의 상징을 점거하고 부수는 일부터 시작한다. 물론 그때 감옥에서 풀려난 사람들이 대단한 정치범이 아니라 미미한 경범죄자들이었다고는 하지만, 감옥을 점거했다는 행위 자체가 구체제의 몰락을 상징하는 사건이었다. 사람들이 탑 위에 올라가 견고해 보였던 바스티유의 벽을 부수자 감옥에 가려져 있던 하늘이 드러난다. 바스티유의 그늘 아래에서 어둡고 축축하게 살던 사람들이 처음으로 눈부신 햇빛을 마주 볼 수 있게 된 장면은 이 영화에서 가장 인상적인 시퀀스이다. 그러나 햇빛을 받으며 그들이 꿈꿨을 밝은 미래는 아직 요원하다는 사실을 얼마 못 가 깨닫게 된다는 점에서, 돌이켜 보면 이 장면은 잔인하기도 하다.

바스티유 광장에 세워진 '7월 혁명 기념비'(By Marie Thérèse Hébert & Jean Robert Thibault – P1090086 France, Paris, place de la Bastille, la Colonne de Juillet et l'Opéra Bastille Uploaded by paris 17, CC BY-SA 2.0, https://commons.wikimedia.org/w/index.php?curid=27113836)

혁명이 평등의 가치를 실현하기 위한 초석이었다는 점에는 이견의 여지가 없을 것이다. 성직자, 귀족, 그리고 부르주아와 평민을 가르는 차별적인 계급 구분은 유효성을 잃게 되었다. 봉건제를 폐지하고, '인권선언'을 공표하고, 언론과 종교의 자유를 선언하고, 시민이 선거권과 피선거권을 가질 수 있도록 헌법이 제정되어 나갔다. 이제는 모두가 평등하다고 말한다. 하지만 실제로 계급은 여전히 존재했다. 왕과 귀족의 권위가 무너지자 그 자리를 부르주아들이 대체하고자 한다. 대부분의 부르주아들은 일반 민중이 아니라 자신들이 혁명 이후의 사회를 이끌어가야 한다는 확고한 믿음이 있었다. 그들은 경제적인 부유함을 바탕으로 교육받고 풍요롭고 세련된 생활을 누리며 가난한 평민들과는 다른 계급으로 스스로를 인식하고 있었다. 그렇기 때문에 의회의 핵심을 구성하고 있는 부르주아들은 평민의 의회 참여에 거부감을 보였다. 국민 의회 장면에서 일반 민중 대표로 참석한 한 남성은 평민이라는 이유로 의회를 이끌어가는 부르주아들로부터 가차 없이 비웃음을 당한다. 사소해 보이는 이 에피소드는 실질적인 계급의 구분이 분명히 존재했음을 확인시켜준다. 물론, 부르주아들의 이율배반적인 태도를 경멸하며 만인의 평등을 주장하는 로베스피에르와 같은 급진적인 인물도 있었지만 그가 제대로 힘을 얻기까지는 시간이 필요했다.

계급은 평민과 부르주아 사이에만 존재하는 것이 아니었다. 남성과 여성 또한 명확한 위계질서로 구분되었다. 혁명에 참여했지만 그 역할을 제대로 인정받지 못했던 여성의 존재를 강조하고자 영화 초반부터 감독은 여성들의 적극적 행위에 주목한다. 베르사유에서 열린 국민 의회에 참석하기 위해 무리를 지어 진격하는 여성들의 모습을 오랜 시간 비춤으로써 시민으로서 자신의 권리를 찾고자 하는 여성들의 의지를 보여준다. 그녀들 모두 가슴에 삼색휘장을 단 평등한 '시민'이지만 의회에서 그녀들의 목소리는 철저하게 무시당한다. 평민 남성들과의 관계에서도 여성은 하나의 인격체로 대우받지 못한다. 남성들은 함께 투쟁한 여성들이 스스로를 시민이라고 칭하자 어이가 없다는 듯 웃음을 터뜨린다. 이렇게 '평민' '여성'은 이중의 차별을 겪으며 사회에서 가장 무시당하는 열등한 존재로 치부된다. 게다가 법적인 신분의 구분은 없어졌지만 세금을 내야 시민으로 인정받을 수 있었는데 당시 재산권이 없던 여성은 당연히 시민이 될 수 있는 전제 조건 자체를 충족할 수가 없었다. 혁명은 철저히 남성을 위한 것이었다.

혁명 직후 심란하게 2년이 흐르고 '배신의 시간'이라는 부제가 붙은 1791년이 된다. 루이 16세는 프랑스를 떠나려고 도망치다가 결국 잡혀 오고, 의회는 혁명을 끝낼 것인가 그대로 밀고 갈 것인가를 두고 논쟁을 벌인다. 그토록 오래 지속되어 왔던 군주제를 하루아침에 끝낸다는 것이 말처럼 쉬운 일은 아니다. 우리는 당시 사람들 모두가 평등을 꿈꿨으리라 당연하게 믿지만 실제로는 평민들 또한 새로운 사회 질서에 적응하지 못하고 있었다. 왕을 눈앞에서 보자 경외심에 공손하게 무릎을 꿇는 바질, 그리고 왕비가 지나가다가 던진 손수건을 보물처럼 간직하고 있는 프랑수아즈를 보면 아무리 부정적인 것이라 하더라도 몸과 마음에 배어 있는 과거의 권위로부터 벗어나는 것이 결코 쉽지 않음을 알 수 있다. 천 년이 넘게 쭉 지켜왔던 왕정 체제가 무너지고 이젠 모두가 평등하다는 사실을 스스로 받아들이기까지는 생각보다 훨씬 긴 시간이 필요한 것이다. 그럼에도 민중들은 혁명을 지속해야 한다는 의지를 포기하지 않고 마르스 공원에 모인다. 그리고 비극이 일어난다. 라파예트가 계엄령을 내려 이들에게 총을 발사하고 많은 사람들이 목숨을 잃는다. 귀족이긴 하지만 인권선언 작성에 가장 큰 공헌을 했다고 알려진 인물이 민중에게 등을 돌린 것이다. 그는 기존 질서를 뒤엎는 혁명이 아니라 헌법에 기초한 왕정을 지지했다. 우리가 단순하게 떠올리는 '혁명'의 의미는 각자의 이해관계와 상황에 따라 서로 다르게 받아들여진 것이다. 감독은 혁명 시기 벌어졌던 현실적이고 복잡한 이야기들을 최대한 사실적으로 디테일하게 연출함으로써 시대에 대한 이해의 폭을 넓힌다.

험난한 시간을 거쳐 결국 1792년 공화국이 선포되고 다음 해 왕은 처형된다. 루이 16세는 영화에서도 나오듯이 위엄이 넘치는 왕은 아니었다. 조상들이 등장하여 부르봉 왕조가 끝나 버린 것을 질타하자 죄책감에 괴로워하며 변명하는 꿈을 꿀 만큼 뻔뻔하지도 못하다. 그저 왕이 될 운명으로 태어나 주어진 대로 살아왔을 뿐이니 지금 자신이 처한 상황을 그 누구보다도 가장 이해할 수 없는 것이 어쩌면 당연하다. 혁명 세력들 역시 루이 16세에 대한 개인적인 악감정이 있던 것은 아니다. 그의 처형을 결정하기까지의 과정은 순탄치 않았다. 공회 의원들은 한 명씩 단상으로 나와 왕의 처형에 대한 자신의 의견을 밝힌다. 생쥐스트에서 시작되어 로베스피에르의 기나긴 연설을 거치면서 해가 지고 촛불이 밝혀진다. 이후 마라의 호명 투표 제안에 따라 프랑스의 각 지역을 대표하는 의원들이 등장하여 왕의 처형을 두고 자신의 선택을 공개적으로 밝히는 릴레이 투표 시퀀스는 무려 12분을 꽉 채운다. 그러는 사이 날이 밝고 결국 루이 16세의 사형 집행 판결이

내려진다. 어떤 관객에게는 매우 지루하게 느껴질 이 에피소드는 '왕의 목을 베다'라는 문장으로 간단하게 정리된 사건에 이르기까지 얼마나 많은 고민이 수반되었는지를 보여준다. 일반 민중들 또한 마찬가지였다. 왕에 대한 충성심을 끝까지 버리지 못하고 그를 단죄하는 것에 분노하는 인물의 등장을 통해 민중들 내에서도 통일되지 못하고 의견이 갈라지고 있음을 알 수 있다. 완전히 다른 세상을 꿈꾸는 혁명적인 사람들과 전통에서 벗어나지 못한 채 권위에 대한 향수를 품은 사람들이 여전히 공존하는 것이다. 하지만 루이 16세의 존재는 그 자체가 혁명의 이념을 부정하는 것이기에 그는 기요틴에서 죽음을 맞이할 수밖에 없었다. 감독은 왕의 목을 베는 시퀀스를 극적으로 장식하지 않는다. 특별한 영화적 기교도 필요 없을 만큼 이 사건은 그 자체로 의미가 있기 때문이다. 한 치의 망설임도 찾아볼 수 없는 담담한 시선으로 루이 16세가 기요틴에 눕혀지고 곧바로 목이 잘리는 순간을 객관적으로 담아낸다. 머리가 잘린 왕의 몸뚱이는 하이 앵글로 잡히면서 초라함만이 더해질 뿐이고, 높게 들어 올려진 왕의 머리는 구경거리로 전락한다.

물론 우리는 이것이 끝이 아님을 잘 알고 있다. 공화국, 제정, 왕정, 공화국… 몇 년 주기로 새로운 체제가 들어서고 무너지고를 반복하며 불안정한 정치 상황은 계속된다. 그 사이, 누구나 봤을 법한 들라크루아의 〈민중을 이끄는 자유의 여신〉의 소재가 된 '영광의 3일'이라 불리는 1830년 7월 혁명도, 노동자 계급이 주축이 된 1848년 2월 혁명도 일어난다. 그 과정 속에서 몇몇 유명한 이름만이 남아 있지만 그 바탕에는 잡초와도 같은 생명력으로 꿋꿋하게 버텨낸 민중들이 있었다. 혁명은 부르주아들이 득세하는 계기가 되었을 뿐 대다수 민중들의 삶은 실질적으로 나아진 게 없었기에 이들은 왕정 때와 다를 바 없는, 아니 더욱 궁핍한 삶에서 벗어나지 못했다. 우리가 생각하는 평등한 세상을 만들기까지는 훨씬 더 긴 시간이 필요했다. 1789년은 긴 마라톤의 출발점이었을 뿐 결승점이 아니었다. 이처럼, 프랑스의 근간을 갖추기까지의 오랜 시간을 견뎌냈던 이름 없는 평범한 사람들을 조명했다는 점에서 〈원 네이션〉은 충분히 의미가 있다.

한편, 감독은 영화라는 예술이 보여줄 수 있는 이미지의 아름다움을 놓치지 않으려 노력한다. 바스티유 감옥에 가려져 있던 햇빛을 처음으로 마주하게 되는 장면이나, 궁을 점거한 민중들에 의해 왕족이 쓰던 침구가 뜯기면서 수많은 깃털들이 마치 눈처럼 내리는 장면은 몽환적인 느낌의 미장센으로 연출되어 희망의 메시지를 전달한다. 후반부 왕의 처형을 둘러싸고 벌어진 공회 토론 장면 사이사이에는 바질이 유리 공예를 익히는 장면이 교차편집으로 연출된다. 처음으로 유리 공예를 배우는 바질은 화덕 앞의 뜨거운 공기를 견디지 못해 자꾸만 뒤로 물러서지만 오랜 시간을 참아내고 연습해서 결국 완벽한 구 모양의 작품을 완성하는 데 성공한다. 데일 것 같고 숨이 턱턱 막혀오는 상황에서도 인내하고 매달리면 결국엔 원하던 것을 이룰 수 있으리라는 조금은 뻔한 메시지를 담고 있지만 이는 당시 민중의 운명에 대한 적절한 비유이다. 물론, 이런 연출을 두고 클리셰에 그치고 있다는 비판도 있고, 역사적 소재가 자유로운 영상미 구현을 제한하는 요인이 될 수 있는 것도 사실이다. 그럼에도 격동의 순간 사이사이에 잠시나마 고요하게 감상할 수 있게 만드는 시적인 연출은 이 영화의 또 다른 매력이라고 봐도 무방할 것 같다.

궁에서 세족식을 거행하는 왕의 모습으로 시작했던 영화는 프랑수아즈와 바질이 허름한 다락방에서 아기와 함께 즐거운 시간을 보내는 장면으로 끝난다. 공화국이 선포된 해에 태어나 '마리 피크 에갈리테Marie Pique Égalité'(Égalité는 프랑스어로 '평등'을 의미한다.)라는 이름을 갖게 된 아이는 아직 아무 힘도 없다. 걸을 수도 없으며 말을 하지도 못한다. 태어난 지 얼마 되지 않은 이 갓난아이가 조금씩 자라듯이 혁명을 통해 심어진 씨앗이 제대로 열매를 맺어 진정한 평등이 이뤄질 때까지는 인내가 필요할 것이다. 그리고 이 과정을 거쳐 프랑스는, 영화의 원제인 '민중과 그들의 왕'으로부터 번역 제목인 '하나의 국가'로 다시 태어났음을 우리는 모두 알고 있다.

자유, 평등, 박애는 누구를 위한 것인가?
– 영광의 날들 Indigènes(2006)

"프랑스라는 단어를 들었을 때 가장 먼저 떠오르는 이미지가 뭔가요?"

프랑스 문화 수업을 진행할 때면 학생들에게 가장 처음으로 던지는 질문이다. 에펠탑, 베르사유 궁전, 혁명, 루브르 등 프랑스 역사와 예술의 발전을 보여주는 대표적인 상징들이 어김없이 등장한다. 이처럼 많은 사람들의 머릿속에 프랑스는 문화와 예술의 나라, 혁명을 통해 이룩한 자유가 숨 쉬는 곳이라는 긍정적인 이미지로 떠오르곤 한다. 이러한 가치들이 오늘날의 프랑스를 단단하게 지탱하고 있는 큰 축이라는 사실을 부정할 수는 없을 것이다. 하지만 과연 프랑스는 이렇게 멋지기만 한 나라일까…? 냉정하게 말하자면, 우리는 프랑스라는 나라를 제대로 평가할 만큼 프랑스를 잘 알지 못한다. 물리적인 거리도 상당하고, 역사적으로 직접 얽힌 적도 없다. 다양한 미디어가 가공해 낸 피상적인 이미지들을 통해 간접적이고 부분적으로 경험하면서 각자의 머릿속에 만들어 놓은 프랑스에 대한 환상이 있을 뿐이다.

화려한 문화유산을 건설하고 혁명의 이념을 확립하는 긴 시간 동안 그들은 대외적으로 자신들의 영향력을 넓히고자 부단히도 노력해 왔다. 직설적으로 말하자면, 프랑스인들이 자랑스러워하는 오늘날의 모습은 온전히 자신들만의 능력으로 평화롭게 이룩해 온 것이 아니다. 이 지점에서, 프랑스가 식민지를 확장해 온 역사를 간단하게나마 상기할 필요가 있을 것 같다. 프랑스 제국주의의 역사는 꽤 오래전부터 시작되었으며, 아프리카처럼 가까운 지역뿐만이 아니라 인도와 저 멀리 아메리카 대륙에도 식민지를 건설했을 만큼 프랑스는 영토 확장에 열정적이었다. 19세기 중반부터 식민지 개척에 본격적으로 뛰어들었다고 알려져 있지만, 사실 프랑스는 16세기부터 해외로 눈을 돌리기 시작했다. 태양왕 루이 14세는 내부적으로 자신의 권위를 드높이고자 노력하면서 이를 위한 하나의 방편으로 끊임없이 다른 지역과 전쟁을 벌이고 땅을 넓히는 데 혈안이 되어 있었다. 당시 아메리카 대륙에도 식민지를 만들었는데 미국 남부의 루이지애나주의 이름이 바로 이 루이 14세에서 기원한 것이 이를 증명한다. 17세기에는 퀘벡, 몬트리올, 세네갈, 인도로까지 식민지를 확장해 나갔다. 나폴레옹 시대에도 프랑스는 지속적으로 정복 전쟁을 벌였다. 그러나 18세기 이후 유럽 내에서 힘이 약해지면서 프랑스는 어쩔 수 없이 식민지를 영국과 미국에 양도하게 된다. 하지만 프랑스인들은 그대로 포기하는 대신 19세기 후반 다시 식민지 건설에 적극적으로 뛰어드는데, 이는 1870년 보불 전쟁에 패한 뒤 자존심을 회복하기 위한 것이기도 했다.

20세기에 들어서 프랑스의 역사는 더욱 심란해졌다. 1, 2차 세계대전을 직접 겪으면서 꽤 많은 피해를 입기도 했고 국내 정치 상황도 계속 불안정했지만 이 와중에도 프랑스는 대외적으로 영향력을 잃지 않기 위해 노력하면서 제국주의 노선을 끈질기게 유지해 왔다. 그래서 가장 본격적이고 실질적인 식민지 팽창 정책은 양차 세계대전 사이라 할 수 있으며 이 시기에는 주로 아프리카와 인도차이나에 집중했다. 그중에서도 가장 공을 들인 곳은 알제리, 튀니지, 모로코를 묶는 마그레브 지역이다. 바로 이 지역과 얽힌 불편한 역사와 관련하여 한 편의 영화를 살펴보고자 한다. 우리는 그동안 다양한 영화를 통해서 프랑스적 가치의 발전 과정이나 문화 예술의 변화를 긍정적인 관점에서 이야기해 왔다. 하지만 식민주의와 관련해서만큼은 프랑스라는 국가를 그 어느 때보다도 엄격하고 비판적인 시선으로 평가할 수밖에 없을 것 같다.

프랑스는 2차 세계대전이 끝난 뒤 정치적으로 정신없는 시간을 보내게 되었다. 드골이 정권을 잡고 있다 사임한 후 쉴 새 없이 대통령과 내각이 계속 바뀌었다. 이런 국내의 정치적 혼란에 더해서 대외적으로도 프랑스는 이런저런 총체적 위기를 겪게 되는데 가장 중요한 두 개의 사건이 모두 식민지와 관련된 것이었다. 우선, 당시 식민지였던 인도차이나가 독립을 위해 전쟁을 벌이고 프랑스는 패배한다. 그리고 거의 같은 시기에 알제리 전쟁이 터진다. 알제리 독립을 주장하는 알제리민족해방전선이 들고 일어난 꽤나 큰 규모의 봉기로 시작되었다. 프랑스도 처음에는 강경하게 대응을 했지만 워낙 대규모의 저항이었기에 결국 1962년 알제리 독립이 선언되기에 이른다. 이 기간 동안 프랑스군은 알제리에서 끔찍한 만행을 많이 저질렀고 이와 관련하여 프랑스 내부에서도 좌파 지식인들은 비판의 목소리를 강하게 높이기도 했다. 이처럼 알제리는 가장 가까운 시기까지 프랑스의 지배 아래 있었고, 무려 132년이라는 긴 기간 동안 식민 통치를 경험했기에 지금까지도 프랑스와 알제리 사이에는 해결되지 않은 문제들이 남아 있다. 게다가, 독립 후 프랑스로 노동 이민을 떠난 알제리인들이 상당히 많다 보니 그만큼 프랑스 내에서 차별도 가장 심하게 당하는 나라가 되었다.

영화 〈영광의 날들〉은 알제리에 대한 프랑스인들의 이중적 태도를 직접적으로 비판하며 프랑스의 자성을 촉구하는 작품이다. 감독 라시드 부샤렙Rachid Bouchareb은 이름에서도 이미 드러나는 것처럼 '알제리계' 프랑스인이다. 파리에서 태어났고 국적도 프랑스인이지만 알제리라는 부모의 뿌리에 더 큰 애정을 갖고 알제리로 대표되는 북아프리카 지역과 프랑스의 불편한 관계를 대면하고자 하는 용기를 보여주었다. 이처럼 이슬람 이민자가 자신들의 관점에서 자신들의 이야기를 소재로 삼아 연출한 영화를 '시네마 뵈르cinéma beur'라고 부르기도 한다. 시네마 뵈르는 이민자들이 겪는 정체성의 혼란과 더불어 프랑스인들이 굳이 언급하고 싶어 하지 않는 어두운 역사와 그에 대한 복합적인 감정까지도 확인할 수 있다는 점에서 프랑스 영화에만 존재하는 특별한 장르라 할 수 있다. 이 맥락에서 이야기할 수 있는 〈영광의 날들〉은 2차 세계대전 당시 독일 나치에 맞서 프랑스를 지켜낸 이슬람 군인들의 이야기를 담고 있다. 1943년 프랑스 군대는 프로방스 상륙 작전으로 시작하여 알자스 지방까지 진격해 나감으로써 결국 영토를 회복하게 된다. 그리고 이 기나긴 전투의 중심에는 북아프리카에서 온 용병들의 희생이 있었다. 하지만 그들은 자신들의 역할과 가치를 제대로 인정받지 못했으며 이러한 상황은 안타깝지만 현재형이기도 하다는 것을 〈영광의 날들〉은 담담하면서도 신랄하게 폭로한다.

이 영화의 한국어 제목인 '영광의 날들'은 'Days of glory'라는 영어 제목을 번역한 것인데, 프랑스어 원제는 의미도 느낌도 전혀 다르다. '앵디젠indigènes'. 원주민이라는 의미의 이 프랑스어 단어는 영화에서 프랑스인 장교가 이슬람 군인들을 조롱하는 의미로 사용한다. 이 표현을 들은 이슬람 군인은 자신들을 원주민이나 무슬림이 아니라 그냥 '병사'라고 불러줄 것을 부탁하지만, 프랑스인에게 이들은 자신들과 동등한 병사가 결코 될 수 없는 하찮은 존재들일 뿐이다.

〈영광의 날들〉은 때로는 잔인할 만큼 사실적으로 프랑스인과 북아프리카인의 관계를 재현해 낸다. 영화는 1943년 알제리와 모로코 등지에서 프랑스군으로 참전할 젊은이들을 모집하는 장면으로 시작된다. 프랑스군에 지원하는 청년들은 아주 단순하게 본다면 두 가지 경우로 구분된다. 프랑스도 '나의 조국'이라고 생각하면서 프랑스를 위해 참전하는 경우, 다른 하나는 단순히 돈을 벌기 위해서 용병으로서의 정체성을 확실히 인지하고 참전하는 경우이다. 굳이 언급할 필요도 없겠지만 첫 번째 경우에 해당되는 인물들을 볼 때 관객의 입장에서는 깊은 안타까움을 느끼게 된다. 아무리 이들이 스스로 프랑스인이라고 생각할지라도 진짜 프랑스인들은 뼛속까지 차별적인 시선으로 이들을 대하기 때문이다. 심지어 어렸을 때 프랑스인에 의해 가족이 몰살된 기억이 있는 청년마저도 프랑스를 위해 전쟁에 참여하기도 하고, 프랑스인으로 알려져 있던 한 장교는 자신이 아랍 혼혈이라는 사실을 다른 병사한테 들키자 화를 내며 끝까지 비밀로 할 것을 요구하기도 한다. 이처럼 프랑스 사회에 편입되어 프랑스인들 사이에서 평범하게 살아가기를 원하지만 끝까지 거부당하는 이슬람 군인들의 다양한 사정들을 재현함으로써 감독은 과연 프랑스는 이들에게 어떤 존재인가를 진지하게 묻고 있다.

영화는 매우 직설적인 방식으로 프랑스인들의 만행을 고발하는데, 혁명으로 이룩한 자유, 평등, 박애 정신에 바탕을 둔 공화국의 대표적인 상징들은 거꾸로 프랑스의 이중성을 폭로하고 비꼬기 위한 장치로 적극 활용된다. 초반부, 전쟁에 참여하기 위해 모인 알제리 병사들이 조국을 위해 충성을 다하겠다며 프랑스 국가인 '라 마르세예즈La Marseillaise'를 부르는 장면이 등장한다. 그리고 그 앞에는 삼색기가 멋지게 휘날리고 있다. 식민 지배를 당하는 국가의 원주민들이 자신들의 주권을 빼앗고 차별하는 프랑스의 국기와 국가 앞에서 충성을 맹세하는 모습은 이후 이들이 겪게 될 모욕감과 배신감을 떠올린다면 그저 씁쓸해질 수밖에 없는 장면이다. 배 안에서 일어난 식사 배급 시퀀스는 사소한 부분까지도 뿌리 깊은 차별이 존재함을 적나라하게 보여주는 대목이다. 병사들에게 배식을 하는데 용병들에게만 토마토를 먹지 못하게 제한하면서 분란이 발생한다. 남의 나라 위해서 목숨 걸고 싸우는 것도 억울한데 먹는 걸 가지고 차별하니 용병들의 서러움이 폭발하는 건 당연한 수순이다. 결국 어떻게 수습은 되지만 용병들의 불만은 이미 터져 나온 상태이고 이들을 달래기 위해 프랑스인 장교는 갑자기 라 마르세예즈를 선창한다. 이게 도대체 무슨 상황인가 싶은 생각이 들려는 찰나 용병들이 함께 따라 부르기 시작한다. 이 장면은 관객의 입장에서 가장 답답하고 속 터지는 순간이 아닐까 싶다. 이처럼, 삼색기, 라 마르세예즈와 같은 프랑스의 가장 중요한 상징들이 영화 속에서는 부정적인 뉘앙스로 반복해서 등장한다.

토마토는 약과일지 모르겠다. 프랑스인 군인은 휴가도 보내주지만 이슬람 용병들은 항상 전장에 남아 있어야 하고, 당연히 진급에서도 밀린다. 일반 병사들 사이에서도 프랑스인들이 대놓고 아랍인을 무시하는 장면도 자주 볼 수 있다. 한 아랍인 병사는 프로방스에서 프랑스 여성을 우연히 만나게 되고 두 남녀는 자연스럽게 사랑에 빠진다. 다시 군대로 돌아간 남자와 남겨진 여자는 편지를 주고받으며 서로의 사랑을 확인하려 하지만, 프랑스인들은 이들의 사랑을 두고 보지 않는다. 군대 내 편지를 관리하는 부서에서 이들의 편지를 차단하여 아예 연락을 끊어 버린다. 프랑스인들이 보기에 프랑스 여자와 이슬람 남자는 절대 이루어질 수 없는, 이루어져서는 안 되는 관계이기 때문이다. 프랑스인들의 자기중심적인 태도는, 아프리카 출신 군인들을 모아 놓고 위문 공연으로 발레를 보여주는 시퀀스에서도 다시 한 번 확인할 수 있다. 발레는 〈왕의 춤〉에서 확인했듯 매우 프랑스적인 예술이다. 아프리카인들은 당연히 이 정서를 이해할 수 없고 동시에 무시당하는 불쾌감을 느끼자 공연을 거부하고 중간에 자리를 뜬다. 상대적으로 가벼운 에피소드로 보일 수도 있지만, 모든 것을 자기 기준으로 생각하는 프랑스인들의 이기적이고 배려 없는 면모를 직관적으로 표현한 장면이라 할 수 있다.

이처럼 디테일한 사건들 하나하나를 통해 감독은 비판적인 뉘앙스를 전달하면서 다른 한편으로는 전투 장면에도 상당히 많은 시간을 할애함으로써 이 영화가 전쟁을 배경으로 하고 있다는 점을 잊지 않는다. 그런데 이는 그저 리얼리즘적이고 스펙터클한 전쟁 신을 연출하기 위함이 아니다. 첫 전투 시퀀스의 경우, 전술 전략에 무지한 사람의 시선으로 보더라도 용병들을 총알받이로 쓰고자 하는 프랑스군의 의도를 바로 이해할 수 있다. 적은 저 높은 곳에 이미 자리를 잡고 있는데 용병들에게는 개활지를 무조건 전진해서 적진을 탈환하라는 명령이 떨어진다. 충분히 예상할 수 있듯, 이 과정 속에서 수많은 용병들은 총에 맞아 목숨을 잃거나 부상을 당하고, 프랑스인 장교들은 한참 떨어진 곳에서 손에 피 한 방울 묻히지 않고 망원경을 통해 안전하게 바라보고 있다. 프랑스의 전쟁인데, 희생되는 건 식민지에서 온 아무 상관없는 용병들인 것이다. 결국 용병들이 삼색기를 적진에 꽂는 것으로 전투는 종결되고 정말 조국에 승리를 가져다준 것처럼 기뻐하는 병사들의 모습은 가장 혼란스러운 순간 중 하나이다. 영화의 후반부에 이르면 용병들은 마침내 북쪽 알자스 지방에 도착한다. 그리고 남아 있던 독일군과 최후의 총격전을 하게 되고 이 전투에서 아랍인 용병들은 단 한 명만 제외하고 모두 사망한다. 모든 상황이 정리되고 나서야 프랑스인 군대가 도착하는데, 앞서 도착한 아랍인 소대가 다 죽었다는 상황을 전달받지만 이들에겐 전혀 신경을 쓸 필요가 없는 일로 치부된다. 이처럼, 영화 전체를 통틀어 등장하는 거의 모든 프랑스인들은 우리가 그동안 생각해 보지 못했던 프랑스의 추악한 민낯을 적나라하게 드러낸다.

영화 속 주인공들에게, 프랑스를 위해 희생한 용병들에게 프랑스는 어떤 의미일까? 감독은 '무덤'을 반복적으로 담아냄으로써 대답을 대신한다. 앞서 언급한 초반부 전투가 끝난 뒤, 전장에 급하게 만들어진 희생자들의 무덤은 꽤 오랜 시간 동안 조용히 스크린을 채우고 있다. 그리고 영화가 거의 끝날 때쯤에는 마지막 전투에서 용병들이 죽음을 맞이한 알자스 지방에 만들어진 희생자들의 묘지가 등장한다. 60년이 지난 뒤 유일한 생존자가 동지들의 묘를 찾아와 유심히 살펴보는 장면에서 클로즈업된 묘비에는 '프랑스를 위해 죽다'라는 문구가 새겨져 있다. 결국 이들에게 프랑스는 무덤이었을 뿐이다. 영화가 다 끝나고 나면 몇 문장의 에필로그가 이어지면서 아직도 프랑스 정부가 식민지 국가의 유공자들에게 연금을 제대로 지급하지 않고 있다는 사실이 공개된다. 감독은 영화의 마지막 순간까지도 에두르지 않고 강한 어조로 프랑스를 향한 자신의 날카로운 메시지를 전달하는 것이다.

〈영광의 날들〉을 통해 짐작할 수 있는 프랑스의 식민 지배 시기의 비윤리적인 행위들과 관련하여 프랑스 내부에서는 긍정적으로 미화하려는 시각이 존재한다.

파리 근교 보비니에 위치한 이슬람 군인 묘지(By Mohatatou - Own work, CC BY-SA 4.0, https://commons.wikimedia.org/w/index.php?curid=57537709)

예를 들면, 2005년에는 학교 교과 과정에 프랑스가 제국주의를 통해 이룬 업적들을 긍정적으로 평가하는 내용을 포함해야 한다는 법이 제정되었다. 하지만 양심은 살아 있기에, 이 법은 프랑스 내부에서도 지식인들과 언론의 거센 반발에 부딪혔고, 과거 식민지였던 국가들에서도 격렬하게 항의를 하는 바람에 결국 1년 만에 삭제되었다. 그런데 이런 태도는 잊을 만하면 튀어나온다. 사르코지 전 대통령은 식민지배와 관련해서 참회를 거부하는 뉘앙스의 발언을 여러 번 뱉은 바 있다. 사르코지는 1960년까지 프랑스의 식민지였던 세네갈의 수도 다카르의 한 대학교에 프랑스 대통령의 자격으로 방문한 적이 있었다. 그런데 당시 연설에는 과거의 세대들이 자행한 범죄에 대해 지금의 세대에게 반성을 요구해서는 안 된다는 뉘앙스의 발언이 등장한다. 식민 지배를 벗어난 지 100년도 채 지나지 않은 한국인의 입장에서는 씁쓸한 기분을 지울 수 없다. 일본의 총리가 한국의 대학교에 와서 이런 강연을 했다고 생각해 본다면 바로 공감할 수 있을 것이다. 물론, 이후 올랑드 전 대통령의 경우에는 식민화 사업을 옹호하는 것은 잘못되었다고 인정하기도 했다. 프랑스 내 우파와 좌파의 입장 차이가 드러나는 지점이라고 볼 수도 있겠다. 그러나 정치적 입장 차이를 넘어 이 문제에 대한 접근과 평가와 관련해서는 여러 복잡한 관점들이 얽혀 있기에 프랑스 내에서도 여전히 정리가 안 된 상태로 남아 있다.

프랑스인들은 혁명을 통해서, 인권선언을 통해서 만인이 평등하다고 주창했으면서 정작 식민 지배를 통해 원주민들을 노예와 다름없는 상황으로 만들었다. 이는 그들이 말하는 인권이 결국은 백인 프랑스인들에게만 해당된다는 걸 스스로 증명하는 일종의 자가당착이라 할 수 있다. 혁명으로 자유를 성취한 나라, 만인이 평등함을 전 세계에 당당하게 알린 나라, 일상에서도 톨레랑스를 실천하는 나라… 프랑스라는 이름을 둘러싸고 있는 이 근사한 미사여구들이 공허하게 들리는 순간이다. 프랑스의 가치는 결국 자신들만을 위한 것이었나 하는 배신감이 드는 것도 당연하다. 지금도 여전히 제국주의와 식민 사업의 역사를 정당화하는 목소리가 있다는 사실 또한 실망스러운 부분이다. 이러한 맥락에서, 〈영광의 날들〉은 프랑스에 대해 막연한 환상만을 품고 있던 사람들에게 객관적이고 정확하게 프랑스라는 국가를 바라볼 수 있는 의미 있는 기회가 되지 않을까 한다.

나의 유년기, 나의 가족,
나의 프랑스에 보내는 사랑 노래

– 마르셀의 여름 La Gloire de mon père(1990)

영화를 분석과 연구의 대상으로 보기 시작하면서 겪게 된 가장 큰 고충은, 어떤 영화가 되었든 여유로운 마음으로 감상하기가 힘들어졌다는 점이다. 영화가 담고 있는 메시지와 상징을 찾는 것에만 집중하거나, 디테일한 미장센 하나하나에 신경을 곤두세우기도 한다. 하지만 이런 직업병에도 불구하고 예상치 못한 순간 스르륵 무장 해제시키는 영화를 만나는 경우가 아주 가끔 있기도 하다. 〈마르셀의 여름〉은 바로 그런 영화 중 하나이다. 이 작품은 앞서 살펴본 영화들처럼 프랑스 역사를 장식한 대단한 사건이나 인물을 다루고 있는 것도 아니고, 묵직한 메시지를 전달하는 것도 아니며, 탁월한 영상 미학을 구현하는 것도 아니다. 하지만 이제 막 20세기에 진입한 시기, 지방 도시에서 살아가는 한 프랑스 가족의 소소한 이야기를 그려내고 있는 이 영화를 보고 있노라면 당장이라도 남프랑스로 떠나고 싶어지면서 프랑스를 향한 무한한 애정이 샘솟는다. 〈마르셀의 여름〉은 작가 마르셀 파뇰Marcel Pagnol의 유년기 4부작 시리즈 중 1957년에 발표된 첫 번째 작품『내 아버지의 영광La Gloire de mon père』을 원작으로 한다. 이 시리즈는 마르셀 파뇰 본인의 어린 시절을 바탕으로 집필한 자전적 소설이기에 주인공의 이름 또한 마르셀 그대로 등장한다. 이 작품을 영화로 옮겨온 감독 이브 로베르Yves Robert는 간간히 배우로만 얼굴을 비췄을 뿐 사실 영화감독으로서의 커리어가 출중한 인물은 아니었다. 하지만 〈마르셀의 여름〉의 경우에는 영화적 욕심을 부리지 않고 담백하고 귀여운 원작의 분위기를 충실하게 살리는 연출로 꽤 좋은 평가를 받았다. 가끔은 촌스럽거나 진부하다 싶은 부분이 있음에도 꾸준히 사랑받는 것은 무엇보다도 평범한 프랑스인들의 보편적 감수성을 자극하기 때문일 것이다. 〈마르셀의 여름〉은 한 프랑스 가족의 이야기이면서 한 소년의 성장담이며, 프로방스에 보내는 러브레터이자 프랑스가 가장 아름다웠던 시기에 대한 향수이다.

자애로운 어머니와 엄격하지만 정 깊은 아버지 사이에서 첫째 아들로 태어난 마르셀이 가족과 친구와 관계를 맺어가면서 성장해 나간다는 내용이 영화의 가장 기본이 되는 테마라 할 수 있다. 이렇게만 들으면 밋밋한 성장 영화라는 생각이 들 수도 있겠지만 〈마르셀의 여름〉이 소년의 성장을 보여주는 방식은 매우 섬세하다. 특히, 부모와 자식 사이에서 자연스럽게 주고받는 감정의 변화를 디테일하게 포착한다. 그중에서도 가장 흥미로운 지점은 아버지와 아들, 어머니와 아들 사이의 미묘한 관계이다. 아버지와 어머니를 향해 품는 마르셀의 감정의 차이를 우리는 여러 장면을 통해 확인할 수 있다. 마르셀은 어머니에 대해서는 무한한 애정을 느낀다. 어머니가 샘의 물을 마시는 모습을 지긋이 바라보는 장면이나 휴가를 떠나는 길에 어머니가 걷기 힘들어하자 신

발을 바꿔 신기는 장면 등에서 이 소년이 어머니를 얼마나 끔찍이 아끼는지가 생생하게 전달된다. 영화가 끝날 때까지도 마르셀에게 어머니는 세상에서 가장 소중한 존재이다. 보통은 이런 경우 오이디푸스 콤플렉스를 떠올리겠지만 굳이 정신분석학적 용어를 통해 이 작품의 따뜻한 분위기를 망치고 싶지는 않다. 한편, 마르셀에게 아버지는 슈퍼 히어로이다. 수많은 학생들 앞에서 위엄 있게 수업을 진행하는 교사인 아버지의 모습은 어린 마르셀에게는 그저 대단해 보일 뿐이다. 한편, 부모의 눈에 마르셀은 세상에서 가장 특별한 아이이다. 시골 마을 오바뉴에서 보낸 꼬맹이 시절 마르셀은 어머니가 장을 보는 동안 잠깐씩 아버지가 수업을 하는 교실의 맨 뒷자리에 앉아 있으면서 자연스럽게 글자를 깨우친다. '서당 개 삼 년이면 풍월을 읊는다.'라는 말도 있으니 뭐 그리 대단한 일이냐고 할 수도 있겠지만 부모의 마음은 또 다른 것이다. 마르셀이 글을 읽을 줄 안다는 사실을 우연히 알게 된 아버지는 자신의 아들이 천재가 아닐까 하는 자랑스러운 표정을 감추지 못하고, 어머니는 혹시라도 마르셀이 어딘가 아픈 것은 아닐까 걱정을 한다. 아무리 똑똑하고 냉철한 사람이라도 자식 앞에서 바보가 되는 건 백 년 전이나 오늘날이나 똑같은 것 같다. 아주 초반부에 해당되는 이 장면까지만 보더라도 이 영화가 널리 사랑받는 이유가 조금은 드러나지 않았나 하는 생각이 든다. 프랑스인의 삶에 대한 이야기면서 결국엔 모든 가족에 대한 이야기이기도 하기 때문이다.

마르셀이 조금 더 크면서 〈마르셀의 여름〉은 본격적으로 아버지를 향한 아들의 복잡한 감정에 집중한다. 세상에서 가장 위대해 보였던 아버지의 모습에 조금씩 균열이 나기 시작한 계기는 바로 이모부의 등장이다. 마르셀은 이모와 공원에 산책을 갔다가 우연히 낯선 아저씨와 안면을 트게 되고 이 아저씨는 얼마 지나지 않아 이모와 결혼한다. 그런데 이모부는 아버지와 맞는 구석이 하나도 없다. 공립 학교의 교사라는 직업에서 어느 정도 예상이 가능하듯 아버지는 성당 결혼식에 거부감을 가질 정도로 종교를 싫어하는 반교권주의자이다. 항상 이성적이고 논리적이며 명징한 정신을 위해 아버지는 술도 마시지 않는다. 반면, 돈 많은 고위 공무원인 이모부는 독실한 가톨릭 신자이며 좋은 게 좋은 화통한 스타일이다. 어머니와 이모가 친한 만큼 아버지와 이모부도 자주 만날 수밖에 없는데 이 두 남자 어른의 가치관은 사소한 것에서부터 부딪히기 시작하여 때로는 팽팽하거나 험악한 분위기까지 이르기 일쑤이다. 아버지와 이모부의 캐릭터는 개인적인 성격 차이를 넘어 현대 사회에 진입하는 프랑스 사회의 새로운 가치관과 여전히 남아 있는 과거 가치관의 충돌을 상징한다. 이모부의 생각과 행동은 오랜 세대에 걸쳐 당연하게 받아들여진 프랑스의 전통적 이미지를 그대로 보여준다. 반면, 아버지는 시대의 변화를 긍정적으로 받아들이는 교육자답게 이성과 과학과 합리에 기반을 둔 현대적 이미지를 반영한다. 영화에서는 여러 에피소드를 통해 20세기에 진입하는 프랑스인들의 기대를 증명하기도 한다. 1900년은 마르셀의 동생 폴이 태어난 해이기도 하고, 동시에 아버지가 승진하게 되어 그 지역을 대표하는 도시 마르세유에서 가장 큰 학교로 발령받은 해이기도 하다. 새로운 세기를 여는 첫해에 만난 학생들에게 아버지는 과학에 대한 엄청난 기대감을 드러내며 문명의 진보를 찬양하는 일장 연설을 한다. 신기술은 마르셀 가족의 일상 속에서도 발견된다. 이모부의 집에서 가스로 요리하는 걸 보고 감탄하는 장면이나 전화를 놓을지 말지에 관한 대화, 그리고 사진이 일상화된 모습 등은 모두 시대의 변화를 상징하며 이는 미래를 향한 사람들의 부푼 기대감을 증폭시킨다. 도시에 살며 기술 발전의 혜택을 누리는 마르셀 가족은 당시로서는 전형적인 도시인의 모습을 대표한다.

여름 방학을 맞아 마르셀은 처음으로 도시를 떠나 새로운 세상을 맛보는 경험을 한다. 매일 오가던 익숙한 길을 벗어나 이모네와 함께 휴가를 보내기 위해 오른 여정에는 사방을 둘러싼 프로방스의 멋진 풍경이 이어진다. 프로방스는 프랑스인들이 은퇴 후에 가장 살고 싶어 하는 곳으로 꼽을 만큼 사랑받는 지역이다. 눈이 부시게 내리쬐는 청명한 햇살, 겨울에도 온난한 지중해성 기후, 마음만 먹으면 볼 수 있는 바다… 누군들 로망이 아니겠는가. 한국에서는 프로방스가 라벤더의 이미지로 굳어져 있지만, 사실 이 지역은 주위가 온통 바위산으로 둘러싸여 있는 곳이기도 하다. 프로방스를 대표하는 화가 세잔이 즐겨 그렸던 '생트빅투아르 산'의 이미지를 떠올려 보면 쉽게 감이 잡힐 것이다. 마르세유를 벗어나 온 가족이 무거운 짐을 끌고 열심히 걸어 도착한 프로방스의 별장은 오랜 시간 고생해서 올 만한 가치가 있었다. 그리고 이 새로운 곳에서도 아버지는 여전히 세상에서 가장 완벽한 모습을 보여준다. 근처 시골 마을에 외출했던 아버지는 우연히 페탕크 경기에 참여하게 된다. 페탕크는 바닥에 목표 지점을 정해 놓고 쇠공을 최대한 가깝게 던지는 놀이로 프랑스인들의 삶에서 가장 친숙한 일상 스포츠이다. 지금도 공원에 가면 페탕크를 하는 할아버지들을 어렵지 않게 볼 수 있기도 하다. 아버지가 페탕크를 하는 할아버지들 무리에 합류하여 기가 막힌 실력을 보여주자 마을 사람들은 박수갈채를 보낸다. 그리고 우리의 마르셀은 아버지의 멋진 모습에 자랑스러운 마음을 감추지 못한다. 하지만 아버지의 좋은 시절은 딱 여기까지였다. 이곳에서 방학을 보내는 동안 아버지의 절대적 위대함은 본격적으로 위태로워지기 시작한다.

프로방스 라벤더밭의 풍경(By Andyblind – Own work, Public Domain, https://commons.wikimedia.org/w/index.php?curid=12564165)

세잔이 자주 그림을 그렸다는 곳에서 바라본 먼 '생트빅투아르산'의 풍경

이모부는 아버지에게 사냥을 제안한다. 그런데 사실 아버지는 사냥을 해 본 적이 없다. 평생 도시에서 책만 보고 공부하던 선비 같은 아버지가 사냥을 잘하는 게 오히려 더 이상한 일이겠지만, 이모부와의 자존심 싸움에서 밀리지 않기 위해 아버지는 거짓말까지 한다. 대충 봐도 좋아 보이는 총을 준비한 이모부에게 고물상에서 몰래 사 온 총을 자신의 아버지로부터 받았다며 보여주지만, 마르셀은 아버지의 말이 거짓임을 이미 알고 있다. 아이라고는 해도 그 정도쯤은 눈치를 챌 정도의 나이가 된 마르셀은 아버지의 불안한 마음을 감지하고 동시에 아버지를 이렇게 만든 상황이 억울하고 불만스럽다. 게다가, 이모부와 사냥을 나가기 전 사냥감들에 대해 대화를 나누던 도중, 이모부는 야속하게도

최고의 사냥감이 뭔지 아냐며 아버지에게 농담처럼 퀴즈를 낸다. 사냥을 해 본 적 없으니 사냥감에 대해서도 당연히 알 리가 없는 아버지는 어떻게든 넘겨보려 애쓰다가 결국 "나는 모르겠네."라고 고백해 버리고 만다. 마르셀은 세상에서 제일 똑똑한 줄 알았던 아버지가 자신의 무지를 인정하는 모습을 보며 실망하고 한편으로는 이모부에게 아버지가 지는 것 같아 견딜 수 없고 부끄럽기만 하다.

사냥을 떠난 날 사냥 초보인 아버지는 역시나 한 마리도 잡지 못하고 이모부만 신나게 성공한다. 어른들이 자신을 사냥에 데려가지 않으려는 것을 알고 몰래 뒤쫓아 오다가 이 장면을 훔쳐보던 마르셀의 억장은 무너진다. 아버지와 이모부의 뒤를 따르다가 길을 잃기도 하며 혼자 고군분투하던 마르셀은 다행히도 다시 어른들을 발견하는데 마침 그 순간 아버지가 최고의 사냥감이라 불리는 '황제 자고새'를 잡은 현장을 눈앞에서 목격한다. 그리고 자기도 모르게 기쁜 마음에 소리를 지르며 벌떡 일어선다. 영화의 원제인 '아버지의 영광'을 두 눈으로 확인하게 되는 순간이다. 마르셀이 두 손 가득 황제 자고새를 번쩍 쳐드는 순간 팡파르가 울려 퍼지며 벅차오른 마르셀과 아버지의 뿌듯함이 화면을 가득 채운다. 그동안 이모부에게 기가 죽어 있던 아버지는 으쓱해져서는 들뜬 채 산을 내려오고 은근슬쩍 자랑하고픈 마음에 핑계를 대고는 새를 들고 마을로 향한다. 아버지가 잡은 새를 본 마을 사람들은 모두 다 아버지의 뒤를 따라오며 호들갑스러운 칭찬을 한마디씩 던지고 아버지는 한껏 어깨에 힘이 들어간다. 그리고 이 영광의 순간을 남기기 위해 사진까지 찍는다. 언젠가 낚시를 하다 월척을 낚은 일을 사진으로 남긴 동료를 보며 유치하다는 듯 코웃음 쳤던 아버지가 이제는 아이처럼 당신의 자랑스러운 순간을 간직하고 싶은 마음에 흔쾌히 사진 찍는 것을 본 마르셀은 아버지의 새로운 모습이 혼란스럽다. 더하여, 이 사진을 찍어 선물로 건네준 사람이, 아버지가 거부감을 보였던 마을 성당의 신부라는 사실도 꽤 의미심장하다. 여름 방학 동안 아버지는 엄격하게 지켜왔던 기존의 신념을 깨고 조금 더 마음에 솔직해지고 관대해지는 법을 배우게 된 것이다. 마르셀이 아버지의 아이 같은 속마음을 어렴풋이나마 알 수 있을 만큼 자라는 동안, 이미 어른인 아버지도 함께 자랐다. 앞으로 마르셀이 클수록 아버지의 큰 키는 점점 더 작아질 것이고, 위대한 아버지에서 친구 같은, 아이 같은 아버지가 될 것이다. 그리고 그것이 부모와 자식의 자연스러운 삶의 흐름임을 우리는 모두 알고 있다.

아버지의 이야기와는 별개로 이 시골 마을은 도시에서만 자라온 마르셀에겐 그야말로 신세계이다. 아침마다 자연 풍경을 먼저 보고 듣기 위해 덧문을 누가 열 것인지를 두고 동생과 치열하게 경쟁할 만큼 이 공간은 아이들을 들뜨게 만든다. 게다가 집에서는 항상 어린 두 동생들과 함께 지내야 했던 마르셀은 아버지와 이모부의 사냥을 쫓던 도중 우연히 릴리라는 동년배 친구를 만나게 되면서 우정을 쌓아 나간다. 동네의 구석구석을 잘 알고 산을 능수능란하게 탈 줄 아는 이 시골 소년과의 우정은 마르셀에게 그 무엇보다도 큰 행복감을 준다. 이 두 아이는 살아온 곳이 다른 만큼 경험한 것도 전혀 다르다. 마르셀은 릴리에게 도시의 이야기를 들려주고, 릴리는 마르셀에게 시골에서만 배울 수 있는 자연에 대한 지식을 서로 가르쳐 주며 두 소년은 그해 여름 쑥쑥 자란다. 하지만 만남에는 헤어짐도 있는 법. 매미 소리가 잠잠해지고 드디어 여름 방학이 끝날 때가 되었다. 집에 돌아가는 것이 너무 싫은 마르셀은 릴리와 함께 시골에서 살기로 결심한다. 별장을 떠나기 전날 밤 마르셀은 부모님께 이곳에서 은자(隱者)가 되겠다는 편지를 써 놓고 몰래 집을 나선다. 하지만 릴리와 함께 들어선 새벽의 숲에서는 온갖 짐승들의 소리가 스산하게 들려오고 결국 마르셀은 겁에 질려 헐레벌떡 집으로 돌아온다. 혼날까 봐 걱정했는데 다행히도 편지는 그 자리에 있었다! 하지만 부모님은 이미 모든 것을 다 알고 계셨다. 그저 아이의 마음이 다치지 않게 하려고 아무것도 모르는 척하신 것뿐이다. 마르세유의 집으로 돌아가는 날은 비가 내린다. 그리고 릴리와의 작별 인사는 눈물겹다. 그야말로 "눈물 같은 비에 젖으면서" 두 소년은 애틋하게 헤어진다. 중학교에 갈 준비를 해야 하는 시기가 된 마르셀에게 이런 여름은 다시 찾아오지 않을지도 모르기에, 그리고 첫 감동은 결코 다시 경험할 수 없는 것이기에 그만큼 소중한 시간이었을 것이다.

이곳에서 보낸 매 순간마다 인생 최고의 행복을 갱신했던 마르셀이 보기에 어른들은 냉정하기만 하다. 이렇게 아름다운 곳을 떠날 때가 되었는데 어른들은 아쉬워하기는커녕 앞다투어 시골 생활에 대한 불만을 토로하고 도시로 다시 돌아가는 것을 환영한다. 물론 어머니는 이 순간에도 아들의 아쉬움을 아는 듯 어떤 불평도 하지 않는 유일한 사람이다. 아버지가 짐을 꾸리는 것을 보며 마르셀은 "죽은 여름을 관에 넣듯 아버지는 못질을 했다."라고 표현한다. 무심하게 짐을 싸는 아버지의 모습이 마르셀에게는 마치 자신의 행복한 시간에 사망 선고를 내리는 것처럼 매정하게 느껴졌던 것이다. 하지만 어른들이 이곳에서 보낸 시간들을 진심으로 지겨워한 건 결코 아닐 것이다. 사람들은 나이를 먹으면서 떠나야 할 때, 포기해야 할 때가 있다는 것을 배워간다. 아이처럼 앞날에 대한 걱정이나 고민 없이 이 순간의 온전한 행복을 느끼기보다는 이후의 삶을 미리 생각하고 준비하는 것에 익숙해져 간다. 슬프지만 그것 또한 성장이다. 마르셀이 지금 겪고 있는 그 시간들을 이미 다 지나왔기에 어른들은 이제는 행복했던 시간을 정리하고 다시 일상으로 돌아갈 준비를 해야 한다는 것을 안다. 어쩌면 그래서 아쉬운 마음을 달래기 위해 더욱 태연한 척하는 것이 아닐까. 일부러 앞에서 언급하지 않았지만 사실, 〈마르셀의 여름〉은 노인이 된 마르셀이 회상하는 형식을 취하면서 보이스 오버를 통해 이야기 중간중간 상황과 감정에 대한 설명을 덧붙이는 방식으로 전개되어 나간다. 물론 영화 내내 우리 눈에 보이는 것은 소년 마르셀뿐이다. 하지만 회상을 하고 있는 노년의 마르셀은 영화에 등장하는 어른들보다도 나이가 훨씬 많을 테니 그들의 마음 또한 이미 다 알고 있을 것이다.

영화는 아버지가 잡은 커다란 새 두 마리를 두 손에 번쩍 들고 자랑스러워하는 마르셀의 모습을 다시 보여주며 끝난다. 잊을 수 없는 그해 여름 아버지의 영광은, 프랑스인에게는 마르셀 개인의 추억을 넘어 프랑스의 영광과도 오버랩될 것이다. 19세기 후반부터 1차 세계대전 전까지 프랑스는 풍요롭고 행복한 시기를 보냈다. 모든 것이 반짝거렸고 미래는 장밋빛일 것만 같은 시간들이었다. 오죽하면 아름다운 시기라는 의미의 '벨 에포크Belle Époque'라는 표현을 붙였을까. 게다가 영화의 모든 장면들은 인상주의 화가들의 그림에서 익히 보았던 풍경을 그대로 빼닮았기에 더욱 낭만적인 느낌이 든다. 하지만 1차 세계대전이 시작되면서 이런 행복은 두 번 다시 찾아오지 않았고 그래서 이 시기는 신화화된 채 프랑스인들의 집단적 향수로 남아 있게 되었다. 나의 아버지가 가장 멋져 보였던 그 시간과 프랑스가 위대했던 시간이 겹쳐질 수밖에 없다는 점에서 〈마르셀의 여름〉이 프랑스인들에게 갖는 의미는 훨씬 더 크지 않을까 하는 생각이 든다. 이 시기를 직접 경험한 사람들은 이제 더 이상 이 세상에 없겠지만, 생애 처음 커다란 새를 사냥하고 아들 앞에서 자랑스럽게 촬영한 아버지의 사진이 선명히 남아 있듯 좋은 시절에 대한 애틋함과 향수는 세대를 거쳐서도 기억될 것이다.

오늘날의 프랑스

찬란했던 청춘의 혁명
– 몽상가들 Innocents: The Dreamers(2003)

프랑스 교육, 이상과 현실의 벽 사이
– 클래스 Entre les murs(2008)

이민자 문제, 영화와 현실의 온도 차
– 언터처블: 1%의 우정 Intouchables(2011)

모든 사랑은 아름답다
– 가장 따뜻한 색, 블루 La Vie d'Adèle: Chapitres 1 et 2(2013)

찬란했던 청춘의 혁명
– 몽상가들 Innocents: The Dreamers(2003)

해당 글은 2019년 2월 『프랑스문화예술연구』에 발표한 논문 「2000년 이후 프랑스 영화에서 68세대를 회상하는 관점」의 일부를 수정하여 재구성한 것임을 밝혀 둔다.

프랑스 혁명이라고 하면 아주 자연스럽게 1789년의 대혁명을 떠올리게 된다. 하지만 그로부터 200년도 지나지 않아 프랑스 역사에는 혁명이라 불리는 사건이 다시 한 번 등장했다. 한국에서 '68혁명'이라는 명칭으로 통용되는 1968년 5월의 사태는 정치가 아니라 문화의 자유를 위한 혁명이었다. 벌써 50년도 더 지난 일이지만, 프랑스인들의 문화적 가치관을 뒤흔들어 놓은 68혁명의 영향력은 오늘날까지도 유효하다. 또한, 프랑스만의 특수한 현상이 아니라 1960년대 유럽을 비롯한 전 세계를 관통하는 거대한 물결이었다. 68혁명은 하나의 통일된 사상으로 간단하게 정리할 수 있는 현상이 아니다. 이 운동의 중심 세력들은 각기 다른 이념을 표방하는 다양한 집단들로 이루어져 있었기에 여러 분야에서 변화를 주장하는 목소리들이 폭넓게 존재했다. 68혁명의 정신에 영향을 끼치거나 영향을 받은 정치적, 철학적 담론들은 단순히 이론적 차원에 머문 것이 아니라 문화와 예술을 경유해 일상의 영역까지 확대되었다. 이념적 투쟁은 68혁명의 근간을 구성하는 주요한 지점임에는 틀림없지만, 사실 68혁명은 사적인 삶에 더 큰 영향을 끼친 사건이었던 것이다. 개인주의의 승리라는 68혁명의 의의에 걸맞게, 영화 〈몽상가들〉은 공적 이데올로기보다는 사적인 이야기를 통해 과거를 재발견하고자 한다.

이탈리아 감독 베르나르도 베르톨루치Bernardo Bertolucci가 메가폰을 잡고 프랑스를 대표하는 당대의 청춘스타 에바 그린과 루이 가렐이 출연한 〈몽상가들〉은 한국에 개봉한 프랑스 영화 중 68혁명을 다루고 있는 거의 유일한 작품이라는 점에서 의미가 있지만, 안타깝게도 선정적인 연출로 더 입소문을 탔다. 감독의 대표작 중 하나인 〈파리에서의 마지막 탱고〉(1972)가 던진 충격이 크다 보니 상업적인 이유에서 선정성이 유독 부각된 것일지도 모르겠다. 하지만 사실 베르톨루치는 상당히 정치적인 색채가 강한 감독이다. 1964년 발표한 〈혁명전야〉는 68혁명을 영화와 관련지어 이야기할 때 가장 먼저 언급되는 선구자적 작품이다. 프랑스의 낭만주의 작가 스탕달의 소설 『파르마의 수도원』(1839)을 1962년으로 옮겨온 이 작품은 부르주아적 삶과 공산주의적 신념 사이에서 고뇌하는 한 청년의 이야기를 담고 있다. 보편적 윤리를 위반하는 숙모와의 은밀한 관계, 종교에 대한 비판적 시선, 반항적인 이념과 모순되는 안락한 현실 상황에서 기인하는 불안정한 정신세계를 묘사하고 있는 이 작품에서 베르톨루치는 혼란스러운 시대적 분위기를 모던한 영화 미학을 통해 표현했다. 기성 질서에 대한 반발과 사회 변혁에 대한 욕망을 그 누구보다 먼저 이야기한 〈혁명전야〉는 68혁명의 정신을 이해하는 데 있어 중요한 작품이라 할 수 있다. 그로부터 40여 년이 지난 후 베르톨루치는 동일한 시기의 프랑스로 관심을 돌린다. 〈몽상가들〉은 1968년 2월부터 5월까지 파리를 배경으로 세 명의 19살 시네필들의 치기 어린 모습을 담아낸다. 이 작품은 68혁명에 관한 영화이면서 동시에 영화에 관한 영화라는 점에서 프랑스 영화를 좋아하는 관객이라면 그냥 지나칠 수 없는 작품이다.

68혁명을 촉발시킨 자유로운 젊은이들의 이상은 1960년대 프랑스 영화계에 큰 영향을 미치고 있던 누벨바그의 정신과 연결된다. 누벨바그는 소위 아버지의 영화라 불리는 기존의 프랑스 영화에 반기를 든 젊은 작가들이 주축이 되어 새로운 영화를 추구했던 혁신적 움직임이었다. 작가들의 정체성에 걸맞게, 누벨바그 작품들을 관통하는 핵심 테마는 '젊음'이었으며, 당시의 문화 코드를 대표하는 반항적이고 자유로운 젊은이들을 주인공으로 삼는 경우가 많았다. 한편, 1968년 2월 벌어진, 시네마테크 프랑세즈의 관장 앙리 랑글루아Henri Langlois 해임 사태에 대한 영화계의 거센 반발이 68혁명의 중요한 징후로 언급되기도 한다. 영화적 콘텍스트를 적극적으로 차용하고 있는 〈몽상가들〉은 앙리 랑글루아 해임에 반발하는 영화인들의 시위 장면으로 시작한다. 첫 시퀀스뿐만이 아니라, 내러티브와 미장센을 구축하는 데 있어 프랑스 영화의 레퍼런스를 적극적으로 활용하는 전반적인 스타일을 고려해 보건대, 베르톨루치는 랑글루아 해임 사태를 68혁명의 불씨를 당긴 사건으로 평가하고 있음을 짐작할 수 있다.

2005년 파리 12구로 자리를 옮긴 시네마테크 프랑세즈(By Fred Romero from Paris, France – Paris – Cinémathèque Française, CC BY 2.0, https://commons.wikimedia.org/w/index.php?curid=97178822)

풍부한 영화적 콘텍스트를 바탕으로 1968년을 재현하는 과정에서 베르톨루치는 68혁명의 신화를 부정한다. 68혁명은 프랑스 사회에 끼친 영향과 의의에 있어서 매우 중요한 사건임은 분명하지만, 지나치게 신화화되었다는 비판의 목소리도 있다. 〈몽상가들〉에서 68혁명은 정치적 이데올로기와 같은 거대 담론으로부터 벗어나, 지극히 개인적이고 은밀한 이야기에 초점을 맞추면서 탈신화화, 탈낭만화의 과정을 거친다. 영화에 등장하는 68세대는 권위에 맞서 싸운 투사가 아니라 현실과 불화를 겪으며 이상적 공동체에 대한 환상을 꿈꾸고 동시에 새로운 세상을 동경하는 '몽상가들'이다. 무엇보다도, 68혁명의 가장 중요한 목표였던 '아버지'의 그림자를 벗어나는 것에 실패하는 미성숙한 아이이기도 하다.

68혁명에 대한 가장 보편적인 정의는 '문화혁명'이다. 마오주의를 필두로 한 사회주의 사상들이 전면에 드러나는 동안, 일상의 영역에서는 기존의 질서에 도전하는 젊은이들의 새로운 문화코드, 소위 반문화라 불리는 현상들이 유행했다. 그중에서도 섹슈얼리티의 해방은 매우 큰 부분을 차지했다. 68혁명의 도화선은 어찌 보면 매우 사소한 사건이었다. 낭테르 대학에서 여학생 기숙사에 남학생의 출입을 금지하는 기숙사 규칙에 대해 학생들이 반발을 일으켰고 이는 전반적인 교육의 질에 대한 불만으로 확대되어 결국 5월의 대규모 시위로까지 번지게 된다. 즉, 68혁명의 직접적인 동기는 정치도 경제도 아닌 일상 속 성 억압에 대한 반발이었다. 그리고 성 해방을 외치는 목소리는 68혁명의 열기가 사그라진 후에도 지속적으로 확대되었다. 가톨릭 전통의 보수성을 벗어나지 못한 기성세대를 비웃듯, 68의 청년들은 성을 통해 자신들의 권리와 자유를 적극적으로 드러내고자 했다. 급진적인 성 해방에 대한 이러한 열망은 비슷한 가치관을 공유한 젊은이들끼리 자신들만의 이상적인 공동체를 형성하고자 하는 의지로 연결되기도 했다. 이러한 분위기에서 탄생한 대표적인 움직임이 바로 히피 문화이다. 반전의 정신을 바탕으로 평화로운 공동체를 만들고자 하는 목표에서 시작된 히피 문화는 1960년대 성의 개방성을 바탕으로, 자본주의에 대한 거부, 부르주아적 삶에 대한 부정적 태도를 반영하는 대안 커뮤니티의 대표적인 예이다. 외양적으로는 자신들만의 독특한 옷차림과 헤어스타일을 구축함과 동시에 히피 운동의 주요 행위 중 하나는 프리섹스와 LSD와 같은 환각제 복용이었다. 이러한 히피 문화는 이상적 공동체라는 테마를 통해 영화 속에서 모방된다.

프랑스인 이란성 쌍둥이 테오와 이자벨, 그리고 미국인 청년 매튜, 이렇게 세 젊은이들은 쌍둥이 부모님의 저택에 자신들만의 파라다이스를 구축한다. 쌍둥이의 저택은 판타지 속에 안주하기 위한 보호막으로 기능하면서 히피 공동체의 부르주아 버전을 보여준다. 주인공들은 이 안락한 둥지 안에서 금기를 깨는 성적인 모험을 계속해서 시도한다. 내기에서 진 테오가 자신의 여동생과 친구가 보는 앞에서 수음을 한다거나, 테오 앞에서 이자벨과 매튜가 성관계를 맺는 장면은 일반적인 상식을 뛰어넘는 기이한 행위들이다. 그런데 성에 대한 금기가 전혀 없는 듯 보였던 이자벨이 알고 보니 성관계 경험이 없었다는 사실이 밝혀지는 장면이 등장하면서 매튜와 관객 모두를 충격에 빠뜨린다. 이 에피소드는 주인공들의 이상과 실재 사이의 간극을 폭로하면서, 근친상간의 뉘앙스를 풍기던 쌍둥이 남매가 서로에게 품고 있는 감정이 에로틱한 것이 아니라 유아적 애착 단계에 머물러 있는 것임을 증명한다. 한마디로, 이들에게 성적 해방은 상상적 지향점에 불과하며 현실 속 인물들의 의식은 아직 어린아이의 수준에 남아 있는 것이다. 그리하여 세 인물이 옷을 다 벗은 채 거실에 설치한 천막 안에 다 같이 잠들어 있는 장면은 태아가 어머니의 자궁 안에 웅크리고 있는 이미지를 환기시키면서 도발적이거나 혁명적인 의미를 완전히 상실하고 만다.

이들이 자신들만의 작은 세상에서 성적 놀이와 영화 지식의 향유에 몰두하고 있는 동안, 파리의 거리는 이미 혁명의 물결로 술렁이고 있었다. 깜깜한 영화관 스크린 위 이미지가 세상의 전부인 줄 알던 이 시네필들의 머릿속에서 현실은 영화의 이미지로 대체되고, 영화(상상)와 현실을 구분하지 못하는 상태가 지속된다. 창밖에서 펼쳐지는 치열한 현실로부터 거리를 두고 부모님의 저택에 처박힌 채 자신들만의 유토피아를 꿈꾸는 이 아이들은 혁명가가 아니라 '몽상가'에 가깝다. 거리에서 날아든 돌멩이가 집 창문을 깨고 세상의 소리가 들려오는 순간이 되어서야 이들은 꿈에서 깨어 현실로 나선다. 즉, 그들에게 당시의 파리는 진정한 혁명의 공간이 아니라 쾌락과 유희를 위한 낭만적 배경이었을 뿐이다. 세 젊은이들은 자유와 저항을 외치면서 자신들만의 이상적 공동체를 만들고자 했지만 그 안에서 그들은 오히려 현실 감각을 잃고 자폐적 세상에 침잠하고 있었다. 그들이 건설한 공동체는 적극적인 현실 저항의 의미가 아니라, 현실 도피의 보호막에 불과하다.

〈몽상가들〉에는 영국과 미국의 문화에 심취해 있던 68세대의 감수성도 디테일하게 묘사된다. 가장 눈에 띄는 것은 영화와 음악이다. 앞서 언급했듯, 1950년대 말부터 프랑스 영화계는 '품질 영화cinéma de qualité'라고 불리는 전통적 스타일에 대한 반발에서 시작된 누벨바그의 영향력 아래 있었다. 젊은 감독들은 기존의 영화 문법 체계에서 벗어난 새로운 영화를 시도함과 동시에, 다른 한편으로는 미국의 B급 영화 감독들에게 열광했다. 기존 권위에 대한 반항 정신은 젊은이들로 하여금 미국으로 대표되는 새로운 문화에 눈을 돌리게 했다. 영화 속에서 주인공들은 고다르의 〈국외자들〉의 루브르 질주 장면을 따라 하면서 누벨바그에 대한 오마주도 잊지 않지만, 다른 한편으로는 하워드 혹스, 니콜라스 레이, 새뮤얼 풀러와 같은 미국 영화감독들을 향해 끊임없는 찬사를 바친다. 지미 헨드릭스의 "Third stone from the Sun"을 배경으로 에펠탑을 훑으며 내려오는 오프닝 시퀀스, 테오의 집에 붙어 있는, 마릴린 먼로의 얼굴로 대체된 들라크루아의 〈민중을 이끄는 자유의 여신〉, 찰리 채플린과 버스터 키튼, 지미 헨드릭스와 에릭 클랩튼을 두고 벌이는 테오와 매튜의 설전 장면 등은 영국과 미국의 문화에 대한 동경을 보여주는 대표적인 예이다.

68혁명의 대표적인 슬로건 중 하나인 '상상력을 권좌로L'imagination au pouvoir'는 다양한 의미로 읽힐 수 있겠지만, 예술적인 측면에 적용한다면, 기존의 체제 속에서 예술로 인정받아 온 것들로부터 탈피하고 더 나아가서 새로운 세대만의 혁신적인 문화를 만들어 내고자 하는 의지의 표현으로 해석할 수 있다. 상상력에 대한 긍정은 새로운 예술 형식의 도래와 그에 대한 열광으로 자연스럽게 연결된다. 그런데 기성 문화의 전복을 외치던 당시 젊은이들 사이에 유행했던 것들은 자신들이 새롭게 만들어 낸 문화가 아니라 미국과 영국으로부터 흡수한 것이었다. 새로운 문화에 대한 열망은 기존의 프랑스 문화 전통에 있어서는 거부나 단절을 의미할 수 있겠지만, 결국에는 외부에서 빌려온 것이라는 한계를 넘지 못하는 것이다. 영화에서는, 긍정적이든 부정적이든, 영미권의 문화가 68세대에게는 대체된 문화 이데올로기로서 받아들여졌음을 지속적으로 암시한다.

이 부분에서 미국인 매튜의 역할도 흥미롭다. 베르톨루치 감독은 프랑스에 잠시 체류하러 온 매튜를 내러티브의 화자로 등장시킴으로써 '미국인의 눈에 비친 68혁명'이라는 흥미로운 관점을 상정한다. 즉, 내부자의 주관적 시선이 아니라 외부인의 관찰적 시선에 담긴 68세대와 당시 파리의 모습을 보여주고자 하는 것이다. 매튜는 처음에는 쌍둥이 남매에게서 프랑스에 대한 낭만과 환상을 발견하고 매혹되지만, 결국에는 자신이 동경했던 두 인물이 사실은 유아적이고 미성숙하며 때로는 가식적인 이미지로 포장되어 있음을 깨닫고 실망하게 된다. 결국, 영화의 엔딩 시퀀스에서, 대치 중인 경찰을 향해 폭력 행위를 감행하려는 테오를 말리던 매튜는 그를 설득할 수 없음을 깨닫고 쓸쓸히 혼자 돌아선다. 테오와 이자벨이 거리로 나와 혁명의 물결에 적극적으로 동참하는 이 마지막 장면은 많은 해석의 여지를 남긴다. 테오의 마지막 모습 위로 들려오는 에디트 피아프의 유명한 샹송 "Non, je ne regrette rien.(아니요, 나는 아무것도 후회하지 않아요.)"의 제목이 강렬해서인지, 주인공들이 몽상가에서 투쟁가로 다시 태어나는 결정적 순간으로 해석하는 관점이 많다. 하지만 불과 몇 분 전까지만 해도 세상과 담을 쌓고 고급 와인에 취해 나체로 뒤엉켜 있던 그들의 모습을 떠올린다면 이 장면을 그렇게까지 진지하게 받아들일 필요는 없을 것 같다. 오히려, 매튜로 대표되는 제3자의 이성적 입장과 대비되는 프랑스 68세대의 감상주의와 나르시시즘으로 볼 만한 여지가 더 크다. 열정에 취한 68세대의 영웅주의를 꼬집기 위해 베르톨루치는 중립적이고 냉정한 기준이 필요했고, 미국인 청년에게 그 역할을 맡긴 것이다.

이런 이야기를 거치면서 〈몽상가들〉은 젊은이들이 저항과 공격의 대상으로 삼았던 기성세대와의 관계에 대해 다시 한 번 생각하게 만든다. 당시 젊음의 이미지는 무엇보다도 기성세대와의 단절과 반항의 이미지로 구축되었다. 젊은이들을 하나로 결집시키는 가장 큰 구심점은 기존 질서의 전복이었다. 이전 세대와의 단절을 선언하고 청년 중심의 새로운 사회를 만들어가고자 하는 의지는 '서른이 넘은 자는 아무도 믿지 마라.Ne faites confiance à personne de plus de 30 ans.'라는 슬로건에서도 읽을 수 있다. 그들은 '아버지'로부터 억압받고 있다고 믿었기에 그 영향력으로부터 벗어나고자 했다. 따라서 68세대를 평가하는 데 있어서 가장 중요한 것은 결국 '과연 그들은 아버지로부터 벗어났는가?'라는 화두일 것이다. 권위를 부정하고 개인의 무한한 자유에 가치를 부여하는 반항적인 세대로 기억되고 있지만, 〈몽상가들〉의 주인공들은 저항의 궁극적인 목표를 이해하지 못한 것처럼 보인다. 영화 속에서 권위는 가정에서의 실제 아버지로 구체화되어 드러난다. 그들은 아버지에 반항하면서도, 정작 아버지의 부재를 극복해 낼 수 있는 힘을 보여주지 못한다. 주인공들은 아버지를 억압적인 공권력과 동일한 층위에 놓고 저항의 대상으로만 설정해 버림으로써, 자신들이 방황할 때 기댈 수 있고 필요할 때 감싸줄 수 있는 따뜻한 아버지마저도 부정한다. 결국, 아버지의 권위를 거부하지만 동시에 아버지의 그림자를 벗어나지 못하는 혼란스럽고 모순적인 태도를 보인다.

테오와 이자벨은 전형적인 부르주아 집안에서 풍부한 문화적 자양분을 공급받으며 자라났다. 지식인 아버지의 보수적이고 방관적인 태도를 신랄하게 비난하며 조롱하는 패기를 보이지만, 정작 이들은 아버지의 경제적 풍요로움을 일말의 죄책감이나 부끄러움도 없이 마음껏 누린다. 부모가 여행을 떠나면서 남기고 간 수표를 일찌감치 탕진해 버리고, 아버지의 고급 와인을 마음대로 꺼내 마시는 이 젊은이들의 모습은 그저 부모 잘 만난 금수저로 비칠 뿐이다. 후반부, 한데 모여 나체로 자고 있는 아이들의 모습과 그들이 어질러 놓은 집을 보고 충격을 받지만, 다시 수표를 남기고 조용히 집을 떠나는 부모의 대응은 관대한 체념으로 읽힘으로써 주인공들의 미성숙함을 더욱 강조한다. 아버지를 공격하고 비난하지만, 정작 그로부터 오는 안락함은 포기하지 못하는 주인공들은 기성세대에 대한 저항의 정당성을 스스로 약화시킨다. '아버지에 대한 저항'을 외치던 인물들이 '아버지의 유산'에 기대는 모순적인 태도는 부르주아적 기성 사회에 반기를 들었다고 평가받는 68세대의 미성숙한 민낯을 노출한다.

〈몽상가들〉은 실제로 존재했던 과거의 사건을 그려낸 역사 영화라는 점을 넘어, 감독이 그 시대를 직접 체험했다는 점에서 더욱 의미가 있다. 68혁명 당시 20대의 청년이었던 베르톨루치는 한참의 시간이 흐른 뒤 자신의 청춘에 큰 영향을 미쳤던 과거의 사건을 다시 떠올리며, 신화화되었던 젊은 시절의 기억들에 대한 내밀한 고백을 넌지시 풀어놓는다. 청춘의 초상을 회상하는 과정에서, 카메라 뒤의 감독은 의도적으로 거리를 두기도 하고, 또는 자신을 주인공에게 투영하기도 한다. 그리고 과거의 우리들은 강인한 투사가 아니라, 나약하고 방황하던 소년이었을지도 모른다고 용감하게 고백한다. 베르톨루치가 긴 시간이 흐른 후 자기 반영적인 텍스트를 공개한 것은 그저 향수를 불러일으키기 위함이 아니다. 이 작품은 68혁명에 대한 환상을 벗겨냄으로써 보다 객관적이고 현실적으로 과거를 다시 바라보고자 하는 68세대 스스로의 성찰적 태도를 보여준다. 복합적인 감정이 드러나지만 미화나 후회처럼 단순한 입장에 치우치는 것을 경계한다. 〈몽상가들〉을 통해 감독을 포함한 68세대는 68혁명에 대한 향수를 부정하지 않으면서, 동시에 냉정하게 과거의 나를 마주할 수 있을 것이다. 그리고 '저항을 외쳤던 우리는 진정으로 자유로웠던 걸까?', '우리는 혁명에 성공했는가?', '우리의 시대는 끝난 것인가?' 등의 질문을 자신에게 그리고 관객에게 던진다. 이런 맥락에서, 이 영화의 가장 핵심적인 테마는 '청춘'이다. 인물들의 이야기는 '청춘'에서 시작되고 '청춘'으로 귀결된다. 이제는 인생의 황혼기에 접어든 프랑스 청춘들의 모습은 반세기가 지난 오늘날 한국 청춘들의 마음을 울렁이게 만드는 부분이 있다. 공감일 수도 있고 교훈일 수도 있겠지만, 시대를 뛰어넘어 언제나 존재하는 젊음의 정신을 보여준다는 점에서 〈몽상가들〉은 충분히 매력적인 작품이다.

프랑스 교육, 이상과 현실의 벽 사이

– 클래스 Entre les murs(2008)

언젠가부터 한국의 서점가에는 프랑스식 육아와 관련된 책이 심심치 않게 눈에 띄기 시작했다. 결혼을 하고 아이를 키우는 친구들이 나를 만나서는 프랑스에서는 정말 이러냐며 이것저것 묻던 걸 보면 꽤 유행이었던 것 같다. 가정에서의 육아를 넘어 한국의 대학 입시나 대학 제도의 문제점, 그리고 기초 교육 과정에서 행해지는 주입식 교육의 문제점들을 개선해야 한다는 논의가 끊임없이 오고 가는 과정에서도 다시 한 번 프랑스를 롤모델로 삼는 경우를 목격할 수 있었다. 모 일간지에서는 일종의 기획 칼럼으로 프랑스의 교육 제도와 교육 현장을 긍정적인 관점에서 소개하는 글도 종종 등장했던 것으로 기억한다. 한국에서 1980, 90년대에 청소년기를 보낸 대부분의 사람들이 그렇듯, 나 역시 좋은 대학에 가는 것이 인생의 가장 중요한 목표이며 일단 많이 외우는 것이 최고라는 전형적인 주입식 교육을 받으며 자랐기에 한국의 교육 현실에 대해 불만스럽게 생각하는 지점들이 많다. 당연히 수정해야 할 필요가 있다고는 생각하지만, 이 과정에서 프랑스의 상황을 무조건 이상적으로만 해석하고 권장하는 여론을 접할 때면 걱정스러운 마음이 들기도 한다. 특히, 창의적이고 자율적인 교육을 보장하는 평등한 시스템이라는 점에서 프랑스 교육제도는 높은 평가를 받고 있다. 분명 많은 부분 맞는 말이라고 생각하고 근원적 취지에는 동의하지만 한편으로는 분명히 존재하는 맹점에 대해서도 짚고 넘어가는 일이 필요하지 않을까 하는 생각이 든다.

로랑 캉테Laurent Cantet 감독이 2008년 발표한 〈클래스 Entre les murs〉는 한국인들이 동경하는 프랑스 교육의 이상과 현실 사이의 괴리를 적나라하게 보여줌으로써 우리가 기존에 갖고 있던 프랑스 교육에 대한 환상을 와장창 깨는 작품이다. 로랑 캉테는 동시대 프랑스 영화계에서 존재감을 드러내고 있는 감독이지만 상대적으로 한국에서 널리 알려진 이름은 아니다. 단편과 텔레비전용 영화 작업을 거친 후 2000년 〈인력자원부〉를 통해 장편 데뷔를 한 후 지금까지 10편이 채 안 되는 작품을 연출했는데, 작품이 담고 있는 메시지나 감독의 개인적인 행보를 보면 좌파적인 색채가 강하게 드러난다. 〈클래스〉는 파리의 한 중학교에서 벌어지는 교사와 아이들 간의 이야기를 통해 어린 시절부터 인종 차별과 열악한 경제적 상황으로 인해 학업 의지를 잃어 가는 학생들의 모습과, 한편으로는 위기에 처한 교권 등 다소 비관적인 공교육 현장을 리얼리즘적인 시선으로 담아냄으로써 오늘날의 프랑스 교육 현실에 대해 문제를 제기한다. 이 영화의 내러티브를 이끌고 가는 중요한 에피소드들은 픽션이지만, 등장하는 아이들은 실제로 이 학교에 다니는 학생들로 영화에서 자신의 본명을 그대로 사용함으로써 현실감을 더하여 마치 다큐멘터리를 보는 듯한 느낌이 들도록 연출되었다.

영화는 카페에 혼자 앉아 있는 남자의 얼굴을 클로즈업으로 비추며 시작한다. 왠지 모르게 심각하고 우울해 보이는 표정의 남자가 뭔가를 결심한 듯 남은 커피를 비우고 카페를 나선다. 그의 뒤를 따라 도착한 곳은 학교이다. 이어서 이 남자를 포함한 교사들이 모여 서로 소개를 하고 인사를 나누는 개학 날 교무실의 풍경이 펼쳐진다. 이 학교에서 오래 근무한 나이 지긋한 한 남자 교사는 농담처럼 "한 해가 지나갔을 때 모두들 용기를 잃지 않으셨으면 하는 마음뿐입니다."라는 말을 던진다. 이 말을 들은 젊은 교사들은 모두 웃지만 얼마 지나지 않아 학생들과 함께하는 시간 동안 용기를 잃지 않는 것이 거의 불가능에 가까운 일임을 뼛속까지 실감하게 될 것이다. 그리고 이어서 선생님들은 각자의 학급으로 돌아가 아이들과 첫 시간을 시작하며 드디어 지옥 같은 새 학기에 돌입한다. 어른만 한 덩치의 중학생들은 마치 유치원생들처럼 교실에서도 막무가내로 떠들고, 학생들을 통솔하려는 선생님에게 반항하거나 말장난을 거는 비협조적인 태도로 일관한다. 3분 남짓한 이 짧은 시퀀스는 이 학교에 관한 핵심적인 정보를 모두 전달한다.

영화의 배경이 되는 학교는 이민자 2세의 비율이 매우 높아서 한 학급 안에도 정말 다양한 인종의 아이들이 섞여 있다. 모로코, 알제리 등의 북아프리카 학생들과 코트디부아르, 말리와 같은 서아프리카 학생들, 그리고 중국인 학생들까지 만날 수 있다. 오히려, 프랑스의 이미지를 대표하는 전형적인 백인 학생들이 드물다. 이러한 인종 구성은 이 학교가 위치한 동네의 전형적인 특징을 보여준다. 영화에 등장하는 학교는 파리에서도 외곽 지역과 면해 있는 20구에 위치해 있다. 이 지역은 파리 내에서도 이민자가 많이 거주하고 소득 수준이 낮은 편에 속한다. 그러다 보니 아이들도 부모들도 교육에 대한 관심이나 의욕을 거의 보이지 않는다. 중학생인데 아주 초보적인 프랑스어 단어도 모르고, 당연히 정확한 문법 구사는 기대할 수도 없다. 학생들은 무언가를 배운다는 것에는 관심이 없고 수업 시간 내내 선생님의 말꼬리를 잡고 신경전을 벌이기에 바쁘다. 단 몇 장면만 봐도 누구든 교사에게 깊은 동정심을 품게 될 것이다. 영화의 시작과 동시에 카메라에 담겼던 교사의 어두운 표정을 이해하게 만드는 이 학급의 풍경은 다행히도 프랑스 중학교의 일반적인 모습은 아니다. 중산층 백인 학생들이 주로 다니는 파리 5구나 6구의 학교 분위기는 아마도 전혀 다를 것이다. 그렇다면 감독은 민주적이고 자율적인 프랑스 교육 현장의 아름다운 모습을 보여주는 대신 왜 굳이 특수성이 있는 문제적인 학교를 배경으로 선택한 것일까 하는 의문이 드는 것이 당연하다.

앞서 언급한 것처럼 로랑 캉테가 좌파적인 뉘앙스를 담아내는 감독이라는 점을 떠올린다면 이 의문에 대한 대답은 의외로 금방 찾을 수 있다. 감독은 프랑스 공교육의 이상이 붕괴되어 버린 현실을 보여주면서 이것이 지역적 문제, 인종적 문제, 사회 계층의 문제와 매우 긴밀하게 연결되어 있음을 고발하고자 한다. 이는 영화가 바탕으로 하고 있는 동명의 원작 소설을 쓴 작가 프랑수아 베고도François Bégaudeau가 전하고자 한 메시지이기도 하다. 시나리오 작업에 더해 직접 주인공 선생님의 역할을 맡으며 영화에 적극적으로 참여한 베고도는 실제로 영화에 등장하는 학교와 인접한 지역의 중학교에서 담임교사를 맡은 적이 있었고 이때의 경험을 바탕으로 소설을 집필했다. 영화 속에서 선생님 프랑수아는 종종 아이들에게 실망과 환멸을 느끼기도 하지만, 한편으로는 이 아이들에게 예의와 규칙을 가르쳐야 한다는 책임감, 포기해서는 안 된다는 사명감을 품고 있기도 하다. 지치고 감정적으로 어려움을 겪는 와중에도 프랑수아가 자신의 이성과 신념을 놓을 수 없는 이유는, 부정적인 방향으로만 흘러가는 이 총체적 난국의 원인은 아이들이 아니라 이 사회의 시스템에 있다는 사실을 잘 알고 있기 때문이다. 이 지점이 바로 우리가 깊이 생각해 봐야 할 프랑스 교육의 이면이다.

일반적으로 프랑스 교육의 가장 큰 장점을 이야기할 때 국가가 중심이 되어 평등한 공교육 시스템을 잘 확립했다는 점을 꼽곤 한다. 역사적으로 프랑스의 교육 기관은 오랜 기간 가톨릭의 영향력 아래에 운영되어 왔다. 또한, 신분도 높고 경제력도 좋은 귀족이나 부르주아 집안의 자제들에게만 교육을 받을 수 있는 기회가 허용되었다. 하지만 18세기 계몽주의 철학자들은 종교적 영향력에서 벗어나 국가가 주도하는 공교육의 필요성을 제안했다. 혁명을 거치고 19세기를 지나면서 교육에 대한 논의와 인프라를 구축하고자 하는 시도들이 활발해지고 마침내 19세기 말 쥘 페리Jules Ferry에 의해 무상, 의무, 그리고 비종교성이라는 프랑스 공교육의 원칙이 확립되고 이후 이 원칙의 범위를 확장하고 조금씩 다듬어 오며 오늘날까지 이르게 된 것이다.

프랑스 교육에 대해 떠올릴 만한 또 다른 장점으로는 민주적이고 평등한 교사와 학생의 관계라 할 수 있다. 이는 어쩌면 프랑스라는 이름이 품고 있는 아우라에 의한 것일지도 모른다. 사실, 프랑스는 20세기 중반까지만 해도 학교의 규율과 교사의 역할이 매우 권위적이었다. 1933년 발표된 장 비고Jean Vigo 감독의 〈품행제로〉라는 영화는 당시의 억압적인 프랑스 교육 현장을 적나라하게 담아내고 있다. 1920, 30년대 기숙사 중학교를 배경으로 교사들이 보여주는 권위적이고 모순적인 태도를 고발함으로써 억압적인 제도권 교육을 직접적으로 비판한 이 작품은 1946년까지 상영 금지 처분을 받기도 했다. 또한, 1959년 발표된 프랑수아 트뤼포François Truffaut의 〈400번의 구타〉에 등장하는 학교와 교사를 보면 이 시기까지도 교육 현장의 분위기는 크게 달라지지 않았음을 확인할 수 있다. 이 답답한 풍경은 68혁명을 기점으로 확 바뀌게 된다. 일상 속에서의 모든 권위를 타파하고 보수적인 기성세대의 질서를 뒤엎고자 했던 1968년의 사건들을 겪으면서 교사의 권위가 약해지고 학생과 동등한 위치라는 인식을 갖게 되는 등 오늘날 우리가 떠올리는 민주적인 모습을 갖추게 된 것이다. 이러한 변화는 분명 긍정적인 측면이 훨씬 많지만, 학생과 교사가 자칫 선을 지키지 못하는 일이 발생하면 무질서하고 혼란스러운 상황으로 흘러가기도 쉽다. 영화 중반쯤 한 젊은 교사가 교무실에 들어오자마자 더 이상 견딜 수 없다며 학생들에 대해 막말을 쏟아내고 좌절하는 장면에서 이 불안감이 현실이 되고 있음을 확인할 수 있다.

〈클래스〉는 한 해 동안 한 학급의 담임교사와 학생들 사이에 일어나는 소소한 에피소드들을 보여줄 뿐이지만 그 과정에서 학생들과 교사 사이의 갈등은 아슬아슬하게 고조되어 간다. 대부분 시간이 지나면 자연스레 해결되는 사소한 해프닝들이지만, 돌이킬 수 없는 상황으로 치닫는 경우도 있다. 영화에는 다양한 캐릭터의 학생들이 등장하는데 그중에서도 말리에서 이민을 온 부모를 둔 술레이만이라는 남학생은 수업에는 관심도 없고 교사 프랑수아에게 공격적인 태도로 일관하는 트러블메이커로 등장한다. 교사들과의 회의 도중 술레이만에 대한 담임선생의 부정적인 평가를 듣게 된 반 친구들은 술레이만에게 그대로 말을 옮기고 이로 인해 수업 도중 술레이만은 욕설과 함께 프랑수아에게 대들다가 몸싸움에 이어 교실을 나가 버리고 만다. 이 사건으로 인해 결국 술레이만은 퇴학 처벌을 받게 된다. 일반적인 픽션 영화였다면 학생이 뉘우치고 교사가 포용하는 훈훈한 반전이라도 있었을지 모르겠지만, 〈클래스〉의 카메라는 퇴학 처분을 통보받고 엄마와 함께 학교를 나서는 술레이만의 쓸쓸한 뒷모습을 담담하게 지켜볼 뿐이다. 이러한 상황은 일상적인 일은 아닐지 몰라도, 프랑스의 정규 교육 과정에 적응하지 못한 이민자 2세 아이들에게는 언제든 일어날 수 있는 일이기도 하다.

이민자의 비율이 상당히 높은 오늘날의 프랑스 사회에서 교육과 관련하여 가장 심각한 문제는 바로 고등학교까지의 의무 교육 과정에서 배제되거나 포기해 버리는 이민자 출신 아이들이 적지 않다는 점이다. 프랑스에는 바칼로레아라고 하는 고등학교졸업자격시험이자 대학입학자격시험이 존재한다. 바칼로레아는 합격률이 80%가 넘는 소위 물시험이라는 비판을 받기도 하지만, 기본적인 사고력을 바탕으로 논술과 구술의 형식으로 치러지는 형식을 생각한다면 여전히 객관식 중심으로 구성되는 한국의 시험에 익숙한 우리의 입장에서는 쉽지 않아 보인다. 그런데 〈클래스〉에 등장한, 중학교 과정에서 기본적인 프랑스어도 제대로 쓸 줄 모르고 의미를 이해하지도 못하는 학생들이 고등학교에 진급하고 무사히 바칼로레아를 통과할 수 있을지에 대해서는 선뜻 자신할 수 없다. 아마도 이들 중 많은 아이들은 고등학교를 진학할 때부터 공부를 포기하고 직업학교에 가게 될 가능성이 크다. 결국, 학습 능력의 격차로 인해 이민자 2, 3세들은 이른 나이부터 사회 경쟁에서 뒤처질 수밖에 없는 것이다. 영화의 후반부, 드디어 한 해를 마치고 방학하는 날 모두가 떠난 뒤 한 학생이 프랑수아를 찾아와 어렵게 고백한다. 자기는 1년 동안 아무것도 배우지 못했다고, 모든 수업이 이해가 안 된다고. 프랑수아는 이런저런 말로 달래 보지만 이미 주눅 들고 포기해 버린 아이의 마음을 돌릴 수 없으리란 사실을, 그리고 이 아이에게 긍정적인 변화가 일어날 가능성은 희박하다는 사실을 우리는 충분히 직감할 수 있다.

〈클래스〉는 이처럼 외국에서 이민 온 아이들이 기본적인 교육과정에서부터 배제되는 특수한 상황에 주목하고 있지만, 사실 프랑스 교육은 내부에서부터 계급화가 진행된 지 오래이다. 한국에서 프랑스를 본받아 대학 시스템을 개혁해야 한다는 논의가 등장할 때마다 무상 교육, 그리고 서열 없는 국립대학 체제가 항상 언급되곤 한다. 이건 어느 정도 맞는 말이긴 하다. 고등학교까지의 교육이 무상이고 국립대학도 완전히 무상은 아니지만 학부의 경우 등록금이 1년에 30만 원이 채 되지 않으니 돈 때문에 고등 교육을 포기할 수밖에 없는 억울한 일은 거의 일어나지 않는다고 할 수 있다. 이렇게만 보면, 충분히 이상적인 것처럼 보인다. 하지만 '위니베르시테université'라는 명칭이 붙은 일반 국립대학 외에 '그랑제콜Grandes Écoles'로 불리는 또 다른 학교들의 존재를 이해해야만 프랑스 대학 시스템의 평등성에 대해 제대로 평가할 수 있다. 그랑제콜은 최상위 학생들을 위한 대학들을 통칭하는 표현이다. 한마디로, 고등교육이 이원화되어 있는 것이다. 일반적인 국립대학이 다수의 대중 교육을 위한 것이라면, 그랑제콜은 소수의 엘리트를 위한 특별한 대학들이다. 고등학교 때 성적이 아주 우수한 학생들은 바칼로레아를 치른 뒤 바로 대학에 진학하지 않고 그랑제콜 준비반에 들어간다. '프레파prépa'라고 불리는 이 준비반에서 2, 3년 동안 공부를 더 한 뒤에 본인이 원하는 그랑제콜에 지원하여 선발시험을 치르고 성적순으로 선발된다. 그랑제콜은 분야별로 여러 학교가 있지만 파리고등사범학교라 불리는 ENS가 그랑제콜의 상징이라 할 만하다. ENS는 인문학을 중심으로 하는 그랑제콜로 사르트르, 메를로퐁티, 알튀세르, 푸코, 데리다, 바디우 등 프랑스를 대표하는 걸출한 지성들을 배출했으며 퐁피두 대통령도 졸업생이다. 쟁쟁한 졸업생 명단에서 확인할 수 있듯, 실제로 그랑제콜 출신들은 프랑스 사회 전반에서 고위직을 장악하고 있다. 그런데 이렇게 소수의 학생들만이 입학할 수 있는 특수한 엘리트 학교에 적지 않은 교육 예산이 배정된다. 이것은 국가적 차원에서 행해지는 명백한 교육 불평등이다. 어떻게 보면, 한국보다 더한 교육의 계급화라고 할 수도 있다. 이러한 현실에도 불구하고, 그랑제콜의 존재는 쏙 빼고 평등한 시스템만 언급하면서 마치 프랑스에서는 학벌의 서열이 전혀 존재하지 않는 것처럼 포장하는 한국 내의 여론 몰이는 분명 문제가 있어 보인다.

파리 5구에 위치한 앙리 4세 고등학교. 압도적으로 많은 그랑제콜 합격자를 배출하는 것으로 유명한 명문 학교이다.(By Nwautana - Own work, CC BY-SA 4.0, https://commons.wikimedia.org/w/index.php?curid=48252207)

프랑스 국립대학의 상징인 소르본

한 가지 더 생각해 봐야 할 점은, 그랑제콜의 학생들 중에는 높은 교육 수준과 경제력을 갖춘 부모를 둔 경우가 많다는 사실이다. 이건 오늘날 한국의 모습과 매우 비슷한 현상일 텐데, 한마디로 지적 권력의 대물림이 반복되고 있는 것이다. 경제적 여유가 있고 문화적 자양분을 잘 받고 자란 중산층 이상 가정의 자녀들이 노동자 계급의 자녀들보다 높은 학업 성취도를 보인다는 분석은 이미 여러 번 등장한 바 있다. 프랑스의 사회학자 피에르 부르디외Pierre Bourdieu는 자신의 경험을 바탕으로 일찌감치 이 부분을 간파했다. 작은 시골 마을의 평범한 집안에서 자신의 뛰어난 능력만으로 ENS에 입학한 그의 눈에는 유복한 환경에서 문화적 혜택을 바탕으로 높은 학업 수준을 보이는 학생들이 확연히 구분되었을 것이다. 이러한 환경에서 자라지 못한 아이들은 엘리트 학교에 진학하고 사회 상층부에 진입하는 것이 매우 어렵다. 부르디외는 이런 순환 구조가 세대를 이어 반복됨으로써 결국은 교육을 통해 사회 계층이 재생산되고 있음을 역설하였다. 웃픈 여담이지만 부르디외는 자신의 아들을 ENS에 보냄으로써 자신의 주장을 스스로 증명하기도 했다. 경제적 수준에 더해 지역의 차이도 중요한 요인이라 할 수 있다. 개인적으로 알고 지내는 한 프랑스 교수님은 남부의 소도시 출신인데 파리에서 학위를 마치고 교수자격시험의 면접을 보는 자리에서 심사위원으로부터 사투리에 대해 조롱 섞인 지적을 받았다고 회고하며 한참이 지난 일이지만 그때의 모욕감은 잊지 못한다고 하셨다. 이런 이야기를 듣고 보면 부르디외까지 언급할 필요도 없을 만큼 타고난 환경의 영향력을 실감하게 된다.

이처럼 이미 내부적으로 교육의 계급화가 고착된 상태에서, 이에 더해 지속적으로 유입되는 이민자 출신의 자녀들은 이중으로 배제될 수밖에 없는 것이 바로 프랑스 공교육의 현실이다. 경제적, 문화적 격차에 더해서 언어적, 인종적 차이까지 감내해야 하는 어린 학생들이 지속적으로 양산되는 이 어두운 현실에 대해서는 아무도 쉽게 입을 열고자 하지 않는다. 영화에 등장하는 프랑스어 수업에서의 한 에피소드는 교육 현장에서 학생들이 느끼는 소외감을 재치 있게 보여준다. 학생들은 예문의 주어로 항상

'빌Bill'이라는 이름을 사용하는 선생님에게 불만을 표시한다. 미국 대통령 이름이기도 할 만큼 평범한 이름이라는 선생님의 조금은 궁색한 대답에 학생들은 아이사타, 라시드, 아메드와 같은 이름은 왜 쓰지 않느냐며 반문한다. 다양한 국가와 인종이 섞여 있는 교실의 모습과는 전혀 어울리지 않는, 전형적인 백인을 연상시키는 이름이 낯설고 불쾌한 것이다. 유머러스하게 지나가는 장면이지만, 어쩌면 아이들은 교실에서조차 자신들의 존재가 부정당하고 있음을 본능적으로 느끼고 있던 것이 아닌가 하는 안타까움이 드는 대목이다. 〈클래스〉는 바로 이 사회 구조의 문제를 예리하게 포착하고 이에 대해 섣부르게 답을 찾으려고 노력하는 대신 오히려 관객에게 고민의 짐을 지우는 불편한 작품이라는 점에서 칸 영화제 황금종려상까지 받을 수 있었을 것이다. 즉, 프랑스의 교육 시스템은 분명히 우리가 배워올 만한 부분이 많지만, 맹점 또한 정확하게 이해하는 작업이 동반되어야 한다.

얼마 전 현직 교사들을 대상으로 강의를 진행할 기회가 있었는데 한국에서도 다문화 가정 아이들의 학습 성취도가 많이 떨어진다는 이야기를 들었다. 게다가 이 아이들의 부모들 또한 자녀 교육에 대한 의지를 보이지 않는다면서 선생님들은 매우 안타까워했다. 이민자의 비율이 빠르게 높아지고 있는 한국도 이러한 부분에 대한 대책을 고민하지 않으면, 〈클래스〉에 등장하는 학급의 모습을 마음 편하게 웃으면서 볼 수만은 없게 될 것이다. 텅 빈 의자와 책상만이 무질서하게 널브러져 있는 교실의 풍경을 오랜 시간 비추는 영화의 마지막 장면을 보면서 여러 가지 생각이 머리를 스친다. 프랑스의 선진적인 교육을 배우자며 이상화시키면서 정작 우리 눈앞에 펼쳐진 보다 현실적이고 중요한 이야기들에 대해서는 모른 척하려고 한 건 아니었는지 새삼 반성하게 된다.

이민자 문제, 영화와 현실의 온도 차
- 언터처블: 1%의 우정 Intouchables(2011)

해당 글은 2018년 9월 『프랑스문화연구』에 발표한 논문 「동시대 프랑스 영화에 재현된 이민자와 프랑스인의 관계 맺기 양상」의 일부를 수정하여 재구성한 것임을 밝혀 둔다.

"프랑스 영화 좋아하세요?"라는 질문을 받고 선뜻 끄덕끄덕할 사람이 얼마나 될까? 많은 사람들은 프랑스 영화에 대해 난해하고 지루한 이미지를 떠올린다. 프랑스 영화를 유난히 사랑하는 시네필의 입장에서도 이러한 반응을 편견이라고 반박하기는 어려운 것이, 실제로 프랑스 영화들 중에는 불친절하고 잘난 척하는 느낌을 주는 경우가 많기 때문이다. 예를 들어, 프랑스 영화의 상징처럼 되어 버린 누벨바그 영화들은 감독의 개성과 독창성이 매력적이지만 다른 한편으론 즉각적으로 이해되지 않는 요소들을 품고 있는 것도 사실이다. 1980, 90년대 작품들은 주지적이고 작가의 내면에 갇혀 있는 연출 스타일이 강하다 보니 소수의 매니아들을 양산했을지언정 폭넓은 팬층을 확보하기에는 무리가 있었다.

하지만 21세기의 프랑스 영화는 다르다. 할리우드의 매력적인 영화들에 치이면서 프랑스 영화계는 나름의 생존 방법을 모색해 왔다. 실제로 오늘날 프랑스의 극장에서는 가볍고 부담 없는 코미디 영화가 많은 관객층을 끌어모으며 인기를 얻고 있다. 작가주의적인 진지하고 철학적인 작품들도 꾸준히 개봉되고 있지만,

다수의 관객은 웃으면서 즐겁게 감상할 수 있는 영화를 보러 극장을 찾는다. 이러한 취향의 변화를 타고 2011년 프랑스 박스오피스의 역사를 새로 쓴 작품이 하나 탄생했다. 한국에서는 〈언터처블: 1%의 우정 Intouchables〉(이하 〈언터처블〉)이라는 제목으로 개봉하여 프랑스 작품 중 최고 흥행을 기록한 영화가 바로 그것이다. 중년의 프랑스인 남성과 흑인 이민자 청년 사이의 우정을 그린 이 브로맨스 코미디는 2011년 프랑스 내에서만 거의 2000만 명의 관객을 동원했다. 같은 해 흥행 2위 영화의 관객이 800만 정도였다는 사실을 감안한다면 〈언터처블〉의 흥행은 더욱 대단하게 느껴진다. 할리우드에서 영화의 판권을 구입하여 리메이크를 할 만큼 국제적인 관심도 상당했다. 그런데 이 작품의 흥행을 그저 프랑스 영화의 변화, 코미디 영화의 성공 정도로만 평가하기엔 아쉬움이 남는다. 〈언터처블〉은 프랑스 영화에 대한 편견을 지우고 오늘날 프랑스 영화계의 현주소를 진단할 수 있는 지표이면서 동시대 프랑스 사회를 이해하는 중요한 실마리를 담고 있는 매우 사회적인 작품이기도 하다.

이전까지 이민자 문제를 소재로 삼은 영화들에서 이민자는 철저히 배제된 타자에 머무르는 경우가 일반적이었다. 반면, 〈언터처블〉에서는 이민자와 프랑스인과의 적극적 관계 맺음을 통해 이민자가 프랑스라는 공동체에 편입될 수 있는 가능성을 꽤 긍정적으로 제시한다. 그런데 가만히 생각해 보면, 일단 '프랑스인'이라는 표현은 참 모호하다. 프랑스는 애초에 이민족의 지속적인 유입으로 형성된 다민족 국가로 출발하였기에 과연 순수한 프랑스인이라는 것이 가능한 개념인지에 대한 의문이 든다. 하지만 우리의 머릿속에는 프랑스인과 이민자에 대한 전형적인 이미지가 떠오르는 것도 사실이다. 게다가 프랑스에는 인종과 종교의 차이에서 기인한 사회적 차별과 갈등이 엄연히 존재한다. 물론, 영화의 주인공 필립은 프랑스인 중에서도 최고 상류층에 속하는 예외적인 조건을 갖춘 인물이기에 평범한 프랑스인을 대표한다고 보기엔 어렵다는 지적도 있을 수 있다. 그러나 필립과 드리스, 두 인물이 처한 조건의 극단적인 차이는 프랑스인과 이민자의 상반된 상황을 강조함으로써 영화를 극적으로 연출하기 위한 장치로 기능한다는 점을 고려한다면, 필립을 프랑스인과 동의어로 놓아도 무리가 없을 것 같다.

〈언터처블〉은 코미디라는 가장 대중적인 장르를 전략적으로 활용하여 어떤 관객이 보더라도 울고 웃다가 마음이 훈훈해져서 기분 좋게 극장을 나설 수 있는 소위 웰 메이드 작품이다. 한국 대중과 평단의 긍정적인 반응도 이 영화의 흡인력을 충분히 증명하고 있다. 반면, 프랑스 내에서 평단의 반응은 극단적으로 나뉘는 현상이 나타났는데, 우파 혹은 중도 성향을 띠는 대부분의 잡지에서는 매우 높은 평가를 받은 반면, 좌파 성향의 잡지로부터는 정반대의 혹평을 받았다. 〈언터처블〉에 대한 긍정적인 논의들은 이미 충분히 회자되었을 테니, 여기에서는 이 영화를 고운 시선으로만 볼 수는 없는 이유들에 대해 조심스럽게 이야기해 보고자 한다.

이 영화는 복합적이고 다층적인 현실을 아주 단순화된 구도로 재현한다. 프랑스인과 이민자로 대비되는 인물들의 사회적 지위의 차이를 지속적으로 강조함으로써 고착화된 관계를 반성 없이 당연한 것으로 수용한다. 〈언터처블〉을 긍정적으로 평가하는 입장에서는, 거부 백인 프랑스인과 세네갈 출신 흑인 청년이 서로의 문화를 주고받는 과정을 통해 동등한 관계의 친구로 발전하게 된다는 아름다운 이야기로 해석한다. 상반된 환경에 처한 두 인물이 서로를 알아가고 익숙해지는 과정을 따뜻한 시선으로 그리고 있다는 점에는 이견이 없으나 그 과정에 대해서는 비판의 여지가 많다. 영화는 인물 간의 차이를 여러 측면에서 부각시키는 데 많은 부분을 할애하는데, 이 차이는 동등한 관계에서 발생하는 '다름'이 아니라 계급화를 통해 유발되는 수직적 '격차'라는 점이 문제이다.

필립과 드리스의 격차는 사회 문화적 계급과 자본의 차이를 기반으로 하는 것으로, 특히 예술 취향에 대한 차이가 지속적으로 강조된다. 취향은 계급의 지표라는 피에르 부르디외의 주장은 추가적인 설명을 덧붙이지 않아도 될 만큼 보편적으로 받아들여지고 있는 현상이다. 영화 속에서 이 극단적으로 상반되는 두 주인공들의 취향은 철저하게 상위문화 대 하위문화의 구도로 구분되면서 문화적 계급화를 보여주는 대표적인 예로 기능한다. 음악에 대한 취향의 차이가 유난히 눈에 띄는데, 필립은 비발디를 필두로 하는 클래식, 즉, 교육과 환경의 영향을 가장 크게 받는 고급문화의 애호가인 반면, 드리스는 흑인 뮤지션들의 대중음악을 선호한다. 필립의 생일 파티는 이들의 차이를 보여주는 대표적인 시퀀스로, 필립은 교육을 하듯이 다양한 클래식 음악들을 드리스에게 들려주고자 한다. 드리스는 이것들을 자기만의 방식으로 해석한 뒤 '어스, 윈드 앤드 파이어Earth, Wind & Fire'의 노래를 통해 자신의 취향을 소개한다. 이 시퀀스는 드리스가 필립에게 대중음악을 통해 하위문화의 즐거움을 알게 해 준 것처럼 보이기 쉽지만, 사실 이는 일회적인 이벤트에 불과하며 지속적인 상호 작용이나 영향력은 이후 전혀 발견할 수 없다. 오히려, 이 장면에서 필립의 시선을 끄는 것은 음악이 아니라 음악에 맞춰 신나게 춤을 추는 드리스의 '건강한 신체'라는 점이 상당히 흥미롭다. 실제로 드리스가 춤을 추는 장면에서 카메라는 드리스의 현란한 발놀림에 집중한 후 바로 다음 장면에서는 드리스의 다리에 시선이 꽂힌 필립의 표정을 포착한다. 즉, 필립이 드리스를 통해서 대리 만족을 얻고 욕망하는 것은 새로운 문화보다는 에너지 넘치는 젊고 건강한 육체에 가까워 보인다. 실제로 영화 중간중간 드리스의 건강하고 활력 넘치는 신체적 매력이 강조되는 장면들이 눈에 띈다. 드리스의 큰 키는 항상 휠체어에 앉아 있는 필립과 대비되며, 필립의 비서인 마갈리에게 추파를 던지며 윗옷을 벗는 장면에서는 근육 잡힌 튼튼한 몸을 적나라하게 노출시킨다.

두 인물의 사회적 위치는 공간성을 통해서도 드러난다. 파리 외곽의 서민 임대 주택과 파리 부촌의 대저택이 시각적으로 가장 두드러지는 공간의 대비이다. 드리스는 필립의 대저택에서 개인 욕실까지 딸린 넓은 방에 머무는 동안에는 현실을 잊을 수 있다. 그러나 어머니와 줄줄이 딸린 동생들이 있는 집으로 돌아가면 모른 척하고 싶었던 자신의 위치를 다시 확인한다. 실제로 드리스의 캐릭터는 공간에 따라 전혀 다르게 드러나는데, 필립과 함께 있을 때는 넉살 좋고 유머러스한 이미지로 등장하지만, 원래 자신의 세상에서는 진지하고 침울한 성격을 보이면서 공간에 따라 완전히 다른 인물인 것처럼 묘사된다. 이러한 일차적 공간성에 물리적 높이까지 추가함으로써 영화는 이 두 인물의 처지를 재차 강조한다. 필립은 드리스와 함께 자신의 전용기를 타고 어디론가 떠나서 패러글라이딩을 한다. 전용기, 패러글라이딩은 그 자체로 이미 필립의 자본력을 상징하는 요소들이지만, 이에 더하여 '높은 곳'과 관련되어 있다는 공간적 성격까지 고려할 필요가 있다. 비행기를 타고 이동하거나 패러글라이딩을 즐기는 일은 필립에게는 매우 익숙한 행위인 반면, 드리스에게는 처음 겪는 낯선 사건이다. 그때까지 유지되었던 대범한 캐릭터와는 달리, 드리스는 어린아이처럼 무서워하는데 이러한 반응은 일차적으로는 처음 겪는 일에 대한 공포를 표현하는 것이지만, 다른 한편으로는, 자신이 발을 딛고 있는 땅에서 떨어져 '저 위로 올라가는' 상황에 대한 부적응을 의미하는 것이기도 하다. 즉, 두 인물의 위치는 결국 하늘과 땅으로 상징되며, 필립이 없었다면 드리스는 하늘로 올라가는 상황을 상상할 수도 없었을 것이다. 영화 내내 드리스는 이 두 차원의 공간을 반복해서 오가는데, 결국 이야기는 땅으로 상징되는 현실로 돌아가는 결말로 나아간다.

또 다른 비판 포인트는, 이민자의 이미지를 구축하는 데 있어서 프랑스 관객들이 느낄 불편함과 죄책감을 최소화하는 전략이다. 〈언터처블〉을 둘러싸고 자주 언급되는 정보 중 하나는, 이 영화가 실화를 바탕으로 한다는 점이다. 감독은 이 사실을 영화 초반부에 자막을 통해 명시적으로 드러냄으로써 현실 세계의 미담임을 강조한다. 그런데 드리스의 모델이 된 실제 인물이 세네갈 출신의 흑인이 아니라 알제리 출신의 아랍인이었다는 사실은 언급하지 않는다. 특별한 이유를 밝히지 않은 채 아랍계 알제리인이 흑인 세네갈인으로 바뀌었다는 사실에는 다분히 의도가 있어 보인다. 알제리는 프랑스의 다른 과거 식민지 국가들에 비해 프랑스와 훨씬 더 복잡한 관계로 얽혀 있다. 이런 이유로 인해 감독은 두 국가 사이의 역사에 기인하는, 프랑스가 알제리에 대해 갖는 죄책감과 혐오라는 이중적 감정에서 오는 불편함의 여지를 애초에 제거해 버리고자 했다는 혐의를 지울 수 없다.

가벼운 연출은 주인공의 생활양식에서 종교나 출신 지역의 특수성을 제거해 버렸다는 점과도 연결된다. 드리스의 캐릭터를 구축하는 데 있어서 세네갈 출신 이민자만이 보여줄 수 있는 고유한 문화적 특징들은 이민자에 대한 부정적인 편견에 기댄 행동들로 대체된다. 여자에게 작업을 걸고, 속어를 사용하고, 물리적 우위로 타인을 협박하는 등의 에피소드들은 드리스라는 인물을 대표하는 행위들이다. 그런데 이러한 행위들은 드리스가 세네갈 출신의 이민자라는 점과는 아무런 연관성도 갖지 않는다. 드리스가 아니라 백인 청년이 이런 행동을 한다고 해도 이상할 것이 없다. 영화는 드리스의 사회적 행동을 재현하는 데 있어 아프리카권 혹은 이슬람권 이민자의 문화는 전혀 보여주지 않으면서, 일반적인 편견에 기댄 불량한 행위들만으로 이민자의 이미지를 구축하고 있다. 드리스를 아프리카 출신 이민자로 보이게 하는 것은 단지 검은 피부뿐이다.

결국 인종과 계급의 문제는 전형적인 클리셰를 통해 유머러스하게 넘어가는 방식으로 처리된다. 가장 대표적인 예는, 마갈리가 멋지게 정장을 차려 입은 드리스에게 오바마 같다고 칭찬하는 장면이다. 그냥 웃으며 넘어갈 수도 있는 대목이지만, 이 장면은 감독이 전형적인 인종주의를 반성 없이 받아들이고 있음을 증명하는 것이기도 하다. 또한, 필립의 딸이 헤어진 남자친구에게 복수해 달라고 하자 드리스는 소년을 찾아가 협박한다. 그러자 소년은 몹시 겁에 질려서 드리스의 말을 따라 매일 아침 빵을 사서 필립의 딸에게 가져다준다. 소년은 필립의 집에서 드리스와 이미 마주치고 농담까지 나눈 적이 있기에 드리스가 위험한 인물이 아니라는 사실을 충분히 인지하고 있는 상태이다. 따라서 이 장면을 포함하여 이후 드리스를 무서워하는 소년의 모습은 다소 억지스러운 부분이 있다. 서사적으로도 전혀 중요하지 않은 이 에피소드는 드리스에 대한 소년의 공포를 희화화함으로써 이민자와 프랑스인의 관계를 개그의 소재로 소비해 버린다. 이처럼, 아프리카 억양의 프랑스어를 구사하는 건장한 흑인 청년에 대한 편견에 기초한 전형적인 도식은 단순히 웃음만을 위해 되풀이된다.

이런 맥락에서 본다면, 필립과 드리스를 상호 문화에 대한 이해와 영향을 통해 격차를 극복하여 진정한 우정을 구축하는 관계로만 보기에는 찜찜함이 남는다. 감독은 두 인물의 관계를 순수하게 우정에서 우러나오는 것처럼 보이도록 포장하면서, 드리스가 전신 마비 장애인 필립의 수족 노릇을 하는 대가로 금전적인 보상을 받는다는 사실을 굳이 환기시키지 않으려 한다. 즉, 이들의 관계는 기본적으로 자본주의적 교환에 기초한 갑과 을의 관계이며, 최종적으로 얻게 되는 이익에서도 차이를 보인다. 필립은 드리스로부터 무기력한 삶을 즐겁게 만들어 줄 활력을 얻음으로써 자신의 결핍을 충족했지만, 드리스는 필립의 세상에 잠시 취해 있다가 결국에는 원래의 세상으로 돌아간다. 드리스는 필립이 펜팔 애인을 만나도록 주선하는 일까지 성공적으로 마침으로써 물리적인 측면은 물론 정신적인 측면에서도 필립의 필요를 만족시켜 주고 떠난다. 이처럼, 자원과 자본, 동물성과 이성, 원시성과 합리성 등의 이분법으로 나눠지는 두 인물의 관계는 식민국가와 피식민국가, 프랑스와 과거 식민지의 관계를 개인적인 차원에 옮겨 놓은 것으로 해석될 여지가 충분하다.

이러한 과정을 거치면서 〈언터처블〉은 궁극적으로 프랑스라는 공동체에 이민자가 순응하고 완전히 동화될 것을 해결책으로 제시한다. 이는 '직업'으로 간단하게 대표된다. 후반부에 이르면 드리스가 합법적 직업을 구함으로써 프랑스 사회의 일원으로 인정받는 상황을 해피엔딩처럼 보여준다. 드리스는 필립과 함께 지내면서 학습한 교양을 통해 미술에 대한 취향을 어필하여 취업 면접에서 백인 여성 담당자에게 좋은 인상을 준다. 이 에피소드는 이민자에게 프랑스 사회에 편입할 수 있는 바람직한 방향을 노골적으로 제안함과 동시에 이민자 문제에 대한 나이브한 관점을 노출한다. 프랑스에서 이민자들이 차별을 받는 이유가 단순히 노동을 하지 않기 때문이라고 할 수도 없으며, 합법적인 노동 시장에 진입한다고 해서 프랑스인과 동등한 대우를 받을 수 있는 것도 아니기 때문이다. 〈언터처블〉은 이민자의 입장에서 선택할 수 있는 최선의 현실적인 방법은 동화와 통합 의지를 기반으로 프랑스라는 이데올로기에 안정적으로 진입하는 것이라는 믿음을 지속적으로 역설한다. 보다 냉정하게 말하자면, 식민주의적 관점을 반복하면서 순응적인 태도를 모범적인 '이민자–시민'의 표본으로 제시하는 것이다.

실화를 바탕으로 했다고는 하지만, 사실 이 영화의 이야기는 일반적인 이민자들은 절대 경험할 수 없는 지극히 예외적인 판타지에 가깝다. 제도나 인식을 통한 근본적인 변화나 개선에 대한 논의는 모르는 척하면서, 순응적 이민자와 편견에서 자유로운 프랑스인의 이상적 관계, 운과 우연에 기댄 이야기 속에서 만족해 버리고 있다. 드리스가 필립에게 자신의 본명을 알려주는 장면은 그래서 중요하다. 드리스는 자신의 진짜 이름은 '바카리'지만, 거주 구역에 같은 이름을 가진 사람이 너무 많아서 구별되기 위해 어쩌다 보니 드리스라는 이름으로 불리게 되었다고 고백한다. 드리스가 본명을 밝히는 이 장면은 프랑스 사회 내에서 그가 갖고 있던 기존의 정체성을 환기시킨다. 드리스는 필립을 만나 자신의 처지에서는 꿈도 꿀 수 없던 특별한 경험을 누리고 직업도 구하게 되면서 프랑스 사회 내에 모범적으로 진입하게 되지만, 사실 이 사회에는 직업도 희망도 없이 생존의 문제에 매달리고 추방에 불안해하는 수많은 '바카리'들이 있으며 그들에게는 드리스가 누렸던 순간의 행복도 허용되지 않는다는 무거운 현실 말이다.

세자르 영화제에서 〈언터처블〉로 남우주연상을 수상한 오마르 시Omar Sy
(By Georges Biard, CC BY-SA 3.0,
https://commons.wikimedia.org/w/index.php?curid=18502436)

많은 사람들에게 유쾌한 기억을 남긴 작품을 굳이 삐딱한 시선에서 다룬 것은, 이 영화가 갖는 무게감 때문이다. 오늘날 프랑스 사회에서 가장 중요하고 민감한 주제를 다루고 있다는 점을 떠올린다면, 다른 영화를 감상할 때보다도 훨씬 더 신중해야 하지 않을까. 현실성이 거의 없는 이야기에 현혹되지 않는 비판적인 입장도 때로는 필요하다는 생각으로 이 작품에서 발견할 수 있는 논란거리들을 새로운 관점에서 제기해 보고 싶었다. 〈언터처블〉

은 이민자 문제에 대한 근원적 해답을 찾기보다는 표면적 재현에 머무른다는 아쉬움을 남기지만 그럼에도 불구하고, 분명 긍정적인 의미도 품고 있는 작품이다. 무엇보다도, 이민자들을 배제의 대상이나 타자로 그려내면서 희망을 지우는 대신 이미 프랑스의 일부가 되어 버린 이들을 어떤 식으로든 프랑스 사회 내에 끌어안아야 한다는 의지를 보여준다. 더하여, 이 작품이 불러일으킨 대중적인 성공과 비평계의 반향은 이민자 문제를 소재로 하는 영화들이 계속해서 만들어질 수 있는 유리한 사회적 분위기를 조성하기도 했다. 2005년의 소요 사태에 이어 계속해서 인종 갈등에서 유발되는 크고 작은 사건들이 발생하면서 현재 프랑스는 인종주의와 반이민 정책을 표방하는 극우 정당의 지지율이 눈에 띄게 높아지고 있다. 테러의 영향으로 무슬림을 적대시하고, 최근에는 코로나19 사태가 시작되면서 아시아인에 대한 혐오 범죄 소식이 심심치 않게 전해지는 등 실제 삶 속에서 이민자를 포함한 외국인에 대한 부정적 인식이 악화되어 가는 중이다. 이런 비관적인 상황에서 〈언터처블〉은 팽팽한 긴장감을 잠시나마 내려놓을 수 있는 오아시스 같은 영화이다.

모든 사랑은 아름답다

– 가장 따뜻한 색, 블루

La Vie d'Adèle: Chapitres 1 et 2(2013)

외국인들은 프랑스를 보면서 낭만적인 곳, 그리고 성적으로도 매우 개방적이고 자유로운 곳일 거라는 기대를 조금씩은 갖고 있는 것 같다. 한국에서도 1980, 90년대 영화나 드라마에서 자유분방한 연애를 꿈꾸거나 사랑으로 인해 상처를 받은 여자 주인공이 파리로 떠나는 설정이 등장하는 경우를 심심치 않게 볼 수 있던 기억이 난다. 이처럼 꽤 오랫동안 많은 대중 매체에서 프랑스는 타인의 시선에 얽매이지 않고 사랑할 수 있는 곳이라는 클리셰적 이미지로 연출되어 왔다. 오늘날에는 한국도 섹슈얼리티에 대한 보수적인 가치관이 많이 약해졌고 특히 젊은 세대들은 자신의 마음이 가는 대로 당당하게 사랑을 표현하는 법에 꽤 익숙해져 있으니 더 이상 자유롭게 사랑하기 위해 프랑스로 떠날 필요는 없어 보인다. 그런데 '사랑'이라는 단어를 들었을 때 자연스럽게 이성애를 상정하는 경우가 많다는 점에서는 여전히 성적 자유로움을 온전히 체화한 건 아니라는 생각이 들기도 한다. 커밍아웃을 한 성소수자들이 텔레비전에 등장하여 자신의 성적 정체성을 농담처럼 언급하거나 매년 퀴어문화축제가 큰 규모로 개최되고 있을 정도로 한국 사회의 표면적인 분위기는 많이 바뀐 것처럼 보인다. 하지만 일상은 또 다른 차원이다. 공적인 영역에서, 또는 거리를 두고 볼 때는 아무렇지 않게 받아들이는 사람도 막상 자신의 가족이나 친한 친구가 성소수자라는 것을 알게 되면 충격을 받기도 한다. 이성애 중심 사회에서 자라 왔으니 당연한 반응일지도 모른다. 사실, 프랑스에서도 동성애를 못마땅하게 여기는 사람들이 적지 않다. 프랑스는 가톨릭 전통이 강하게 남아 있는 나라이다. 68혁명을 거치면서 문화적으로 인식의 전환이 이루어졌다고는 해도 여전히 전통적 가치관이 옳다고 믿는 사람들은 있기 마련이다. 하지만 성적 취향의 차이에 대한 거부감을 표현하는 것이 누군가에게는 폭력이 될 수 있다는 것을 잘 알기에 노골적으로 드러내지 않는 것뿐이다. 무엇보다도, 프랑스는 이성애와 동성애가 다르지 않다는 관점을 국가적인 차원에서 지속적으로 표명함으로써 성소수자들에게 힘을 보태고 있기도 하다. 두 여성의 노골적인 정사 장면으로 크게 이슈가 되었던 〈가장 따뜻한 색, 블루〉가 12세 미만 관람 금지로 개봉하고 호평을 넘어 칸 영화제 황금종려상까지 받을 수 있던 것도 이러한 사회 분위기가 이미 구축되어 있기에 가능했을 것이다.

두 소녀의 사랑부터 이별까지의 이야기를 담아낸 〈가장 따뜻한 색, 블루〉는 성소수자로 살아가는 것의 어려움을 보여주는 동시에 동성애는 이성애와 다르지 않다는 메시지를 전함으로써 사랑의 보편성을 이야기하는 작품이다. 고등학생 소녀 아델이 우연히 미술을 전공하는 대학생 엠마를 만나게 되어 사랑에 빠지면서 새로운 삶을 살게 되고, 그 과정에서 주변 사람들과의 관계를 고민해 나가는 아주 평범한 연애담이 펼쳐진다. 세 시간의 러닝 타임을 쭉 보고 나면 프랑스와 한국이 다르지 않고, 사람이 사람을 사랑한다는 점에서 모든 사랑은 본질적으로 같다는 것을 새삼 깨닫게 된다. 더하여, 현재 프랑스 영화계를 이끌어 가는 두 여배우 레아 세이두Léa Seydoux와 아델 에그자르코풀로스Adèle Exarchopoulos의 섬세한 감정 연기는 관객의 공감을 불러일으키는 가장 든든한 힘이다.

영화가 시작되면 헐레벌떡 학교에 도착한 아델의 뒤를 따라 문학 수업 장면이 펼쳐진다. 18세기 작가 마리보Marivaux의 소설 『마리안의 생애』가 학생들의 낭독을 통해 천천히 들려온다. "첫사랑은 이처럼 순진하게 시작되나 보다. 너무 달콤하기에 잘 보일 욕망마저 잊는다. 적어도 내 생각엔 나는 너무 혼란스러워서 그를 어떻게 생각하는지 내 자신에 대해선 또 어떤지 알 수 없었다.", "드디어 성당을 떠나면서 나는 천천히 나왔고 걸음을 늦췄던 것 같다. 떠나는 게 아쉬웠다. 가슴 한구석에 구멍이 뚫리는 것 같았다. 그 자리가 무엇인지는 몰랐지만. 몰랐다고 했지만 알았는지도 모른다. 떠나면서 그를 보느라 뒤돌아봤으니까. 그래서 뒤돌아보는지 그때는 몰랐지만." 누군가와 사랑에 빠지는 운명적 순간의 혼란스러운 감정을 담고 있는 이 구절들은 아델이 엠마를 만나는 순간을 암시한다. 횡단보도에서 교차하여 길을 건너면서 파란 머리의 엠마와 눈빛을 교환하고 아델은 순간 자리에 멈춰 설 정도로 강렬한 인상을 받지만 그게 어떤 의미인지 잘 모른 채 지나가버린다. 이후 우연히 게이바에 간 아델은 그곳에서 엠마를 다시 마주치고 그들은 드디어 데이트를 시작하고 사랑에 빠진다.

엠마는 순수미술을 전공하는 대학생으로 자유롭고 충동적인 것처럼 보이지만 자신이 무엇을 원하는지를 분명하게 알고 있다. 그래서 그녀는 어딘지 모르게 여유가 넘치는 어른처럼 보인다. 반면, 아델은 서툴고 소심한 아이처럼 묘사된다. 문학을 좋아하는 평범한 고등학생이 자신과 세상에 대해 조금씩 알아가게 되는 과정을 보여준다는 점에서 이 영화는 동성애 이전에 아델이라는 한 소녀의 성장기라고도 할 수 있다. 나름대로 가치관도 확고하고 유치원 선생님이 되겠다는 직업에 대한 계획도 이미 정해졌지만 정작 그녀는 어딘가 결핍되어 있고 다듬어지지 않은 듯한 미완의 분위기를 풍긴다. 제대로 빗질도 하지 않고 대충 묶어 버린 머리에 항상 살짝 입을 벌린 채 짓고 있는 멍한 표정에서는 불안정하고 조금은 원초적인 느낌까지도 묻어난다. 그녀에겐 자신조차도 인지하지 못하는 욕망이 있는 것 같다. 이 결핍감을 달래기 위해서일까, 영화 초반부엔 많은 시간이 아델이 무언가를 먹는 모습을 보여주는 데 할애된다. 아델의 먹는 행위는 만족되지 않는 욕망을 채우기 위한 강박적 행위처럼 느껴진다. 그리고 영화가 진행될수록, 그녀에게 식욕은 성욕이기도 하며, 더 나아가 자신이 사랑하는 사람에게 인정받고 싶어 하는 욕구이기도 하다는 것을 자연스럽게 짐작하게 된다. 그녀는 입에 음식물을 잔뜩 묻히고 게걸스러워 보일 정도로 집중해서 먹는데 이 모습은 마치 동물이 살기 위해 본능적으로 먹는 모습과도 닮아 있다. 원하는 것을 찾기 위해 아델은 이것저것 경험해 보려 노력한다. 자신에게 호감을 표시하는 남자 선배와 데이트도 해 보지만 아무리 노력해도 상대방에게 마음을 줄 수 없고 자신도 행복하지 않다는 것을 깨닫고 이별을 고한다. 그리고 그날 집에 돌아와 눈물을 흘리다가 그녀는 갑자기 초콜릿을 꺼내 먹는다. 이 기이한 장면은 아델에게 먹는 행위가 감정적인 문제와 직결되어 있다는 사실을 분명하게 보여준다. 마음의 구멍을 메우기 위해 그녀는 열심히 먹는다.

아델의 허기를 채워줄 수 있는 건 오로지 엠마뿐이다. 엠마를 우연히 본 날 그녀는 엠마를 상상하며 자위를 할 정도로 자신의 감정이 휘몰아치고 있음을 깨닫는다. 그리고 엠마와의 관계를 통해 자연스럽게 사랑이라는 감정에 눈을 뜨게 되고 행복을 느끼게 된다. 그리고 지금껏 한 번도 경험해 보지 못한 새로운 세계에 발을 들여놓는다. 먹는 행위를 대체할 수 있을 만한 사랑을 찾았지만 안타깝게도 아델이 레즈비언으로 살아가는 과정은 쉽지 않다. 프랑스인들은 동성애에 관대할 것이라는 편견을 뒤집는 다소 충격적인 장면이 등장한다. 아델이 엠마를 만나는 것을 목격한 친구들은 아델이 레즈비언일 거라 의심을 하고 공격적으로 아델을 다그친다. 가장 친했던 친구는 적나라하게 혐오감을 드러내고 옆에서 말리는 친구들 역시 이 상황을 농담거리 정도로 치부하는 태도를 보인다. 이에 더해, 감독은 보이지 않는 계급 구분을 통하여 동성애에 대한 인식의 차이를 의도적으로 드러내고자 한다. 아델은 부모님에게 엠마가 철학 공부를 도와주는 언니라고 거짓말을 하고, 그녀의 부모는 고마움을 표하기 위해 엠마를 집으로 초대한다. 그리고 식사 자리에서 펼쳐지는 대화는 민망하고 불편하기만 하다. 아델의 부모는 당연히 엠마가 남자를 만나고 있으리라 가정한 채 질문을 하고, 다른 한편으로는 미술을 전공해서 먹고사는 것이 가능한지를 묻는 등 보수적이면서 동시에 실리적인 것에만 의미를 부여하는 지극히 현실적인 가치관을 드러낸다. 아델의 부모는 소득이나 교육 수준이 아주 높지는 않아 보이지만 평범하고 단란한 가정을 꾸려가는 평범한 소시민의 모습을 대표한다. 그들은 자신의 삶에 만족하면서 살고 있지만 감독은 아델의 부모 또한 식사하는 모습으로만 등장시킴으로써 이들의 삶에 결핍된 부분이 있다는 것을 암시한다. 반면, 엠마의 부모는 부르주아적인 예술 취향을 가진 전형적인 중산층 지식인으로 묘사된다. 그들은 기꺼이 아델을 딸의 애인으로 인정하고 호의를 갖고 대한다. 또한, 아델의 부모와는 반대로 아델이 일찌감치 직업을 선택했다는 것을 오히려 염려하며 미래에 대한 가능성을 열어두기를 권하는 여유로운 모습을 보여주기도 한다. 감독은 두 가족의 모습을 의도적으로 연이어 배치시킴으로써 교육이나 경제적 수준에 따라 세상을 보는 시선이 열려 있는 정도에 차이가 있음을 명확하게 대비시키고자 한다. 이 과정에서 음식은 계급의 차이를 드러내는 보다 직관적인 장치로 이용된다. 아델의 부모는 엠마에게 서민적이고 일상적인 음식인 스파게티를 대접한다. 반면, 날것을 못 먹던 아델은 엠마의 집에서 처음으로 고급 와인과 함께 굴을 맛보게 된다. 불편하고 낯설지만 사랑하는 사람이 좋아하는 음식이니 용감하게 시도해 보는 아델의 모습은, 고급 음식과 문화를 처음 경험하는 것을 넘어 아델이 엠마와의 관계를 통해 낯선 것에 대한 두려움을 극복하고 그녀의 세상에 진입하기 위해 자신을 둘러싼 알을 깨는 순간이기도 하다.

어느새 관계가 깊어지고 시간이 지나 아델은 고등학교를 졸업하고 유치원 선생님이 되고, 그 사이 엠마의 머리는 파란색에서 금발로 바뀐다. 어른이 되었고 엠마와 동거를 하면서도 아델은 여전히 자신의 성정체성을 드러내기를 주저한다. 또한, 엠마와의 관계에서 그녀는 스스로 약자를 자처하고자 한다. 엠마의 지인들이 모인 파티 자리에서 아델은 손님들의 시중만 들고 사람들을 관찰하며 소외감을 느낀다. 엠마의 친구들은 예술과 철학에 대해, 그리고 성과 쾌락에 대해 거리낌 없이 이야기를 나눈다. 하지만 아델은 그 대화에 동참할 수 없다. 그녀가 할 수 있는 일이라고는 그저 옆에 앉아 대화를 들으며 스파게티를 먹는 것뿐이다. 게다가 엠마는 아델이 유치원 교사를 그만두고 작가가 되어 진정한 자아실현을 이루기를 권한다. 아델이 충분히 행복하다고 항변해 보지만 엠마는 그 말을 인정하지 않으며 자신의 가치관과 욕망을 아델에게 강요한다. 엠마 옆에 있으면 작아지기만 하는 아델이지만 그녀 또한 자신의 매력과 가치를 알아주는 사람들의 눈에는 충분히 매력적인 여성이다. 동료 남자 선생과 클럽에서 열정적으로 춤을 추는 장면은 그때까지 볼 수 없던 아델의 당당하고 화려한 숨겨진 면모를 보여준다. 그리고 이후 아델은 이 동료와 데이트를 하게 되는데 사실 그와의 관계는 진정한 사랑이 아니라 엠마에게서 기대할 수 없는 인정 욕구를 채우고 외로움에 대한 위안을 얻기 위한 것일 뿐이다.

처음 등장할 때 엠마의 머리색에서 드러나듯 〈가장 따뜻한 색, 블루〉에서의 파란색은 엠마의 색이다. 두 사람 사이의 관계가 깊어지고 엠마가 아델에게 끼치는 영향이 커질수록 아델의 일상 속에서는 파란색을 강조하는 미장센이 자주 등장한다. 두 사람이 헤어진 후 카페에서 잠깐 다시 만나는 장면에서도 아델은 파란색 원피스를 입고 나타난다. 그리고 엠마에게 사랑을 갈구하며 그녀의 손을 마구 핥음으로써 다시 마음의 구멍을 메우기 위해 무언가를 먹고자 하는 결핍의 상태가 되었음을 보여준다. 이 자리에서 엠마에게 확실하게 거절을 당하지만, 그럼에도 아델은 엠마의 전시회에 다시 한 번 파란 원피스를 입고 당당하게 방문한다. 하지만 금발로 바뀐 머리처럼 엠마의 그림에서도 아델과의 과거를 의미하는 '블루'는 더 이상 찾아볼 수 없다.

2019년 파리 퀴어 퍼레이드Marche des fiertés. 신나는 음악과 알록달록 무지갯빛으로 장식된 행렬은 행인도 즐겁게 호응하게 만든다.
(By Daieuxetdailleurs – Own work, CC BY-SA 4.0, https://commons.wikimedia.org/w/index.php?curid=80270834)

두 여성의 사랑 이야기를 쭉 보고 있노라면 어느 순간 동성애라고 하는 테마를 잊게 된다. 이들의 모습은 이성애적 연애에서 겪는 단계들과 전혀 다르지 않다. 아델이 남자와 바람을 피운 사실을 알고 엠마가 불같이 화를 내는 장면은 이성애나 동성애나 배신당했을 때의 슬픔과 분노에는 차이가 없음을 보여준다. 이후 아델이 이별의 아픔으로 괴로워하는 모습 또한 마찬가지이다. 감독은 얼굴 클로즈업을 빈번하게 활용함으로써 관객으로 하여금 지속적으로 인물의 감정에 집중할 것을 유도한다. 때로는 핸드헬드를 통해 인물이 갖는 불안한 마음에 공감할 수 있도록 연출하기도 한다. 아델과 엠마가 사랑을 나누는 장면 역시 일반적인 사랑의 행위와 다를 바 없다. 하지만 영화가 공개되고 얼마 뒤 이 장면과 관련해 논란이 발생하면서 이러한 의미 부여가 빛을 바래게 되었다. 비평적으로 아주 좋은 평가를 받은 것과는 별개로, 베드신을 찍는 장면에서 감독의 성적 학대에 가까운 연출 지시로 인해 불쾌함을 느꼈다는 배우들의 폭로가 터져 나왔다. 실제로 아델과 엠마가 성관계를 맺는 장면은 조금 과하다 싶을 정도로 길게 등장하며 하이 앵글이나 클로즈업 등을 통해 적나라하고 집요한 미장센으로 연출되었다. 부수적인 부분이지만, 미술관에 방문한 장면에서도 여성 나체를 그린 그림만을 보여주며 여성의 나체에 대한 감독의 페티시가 살짝 드러나기도 한다. 여성의 독립적이고 당당한 성적 자유를 표현하기 위해 의도된 연출인지 아니면 감독의 개인적 취향이 개입된 것인지는 확인할 길이 없겠지만 이로 인해 영화의 의미가 왜곡되어 받아들여질 수도 있겠다는 우려는 남는다. 이런 씁쓸한 논란에도 불구하고, 〈가장 따뜻한 색, 블루〉가 마음을 울리는 연기와 효과적인 미장센을 통해 동성애를 보편적인 사랑 이야기로 연출해 낸 좋은 작품이라는 점에는 누구도 이견을 달 수 없으리라 생각한다.

영화에서도 등장한 것처럼 프랑스에는 동성애를 정상적인 관계로 인정하지 않는 사람들이 여전히 존재한다. 프랑스에서 성소수자가 큰 차별 없이 지낼 수 있는 건, 모든 사람이 다 마음이 열려 있어서가 아니라, 차별을 하지 못하게끔 국가적, 제도적 장치들이 보장되어 있기 때문이다. 프랑스에는 결혼은 하지 않은 채로 동거만을 하는 커플을 위해서 '시민연대협약', 간단하게 '팍스PACS'라고 불리는 제도가 있다. 세금, 주택, 육아 등 생활 전반적인 문제들과 관련하여 결혼하지 않은 동거 커플들에게도 정식으로 결혼한 부부와 동일한 권리를 보장하는 제도이다. 지금은 이성 커플들에게 아주 보편화된 제도지만 애초에 팍스는 동성 커플의 권리를 인정하고 보호하기 위해서 시작된 법이었다. 그리고 재미있게도 〈가장 따뜻한 색, 블루〉가 개봉한 2013년에는 팍스에서 한 걸음 더 나아간 '모두를 위한 결혼'이라는 이름이 붙은 법이 통과되었다. 이제는 동성 커플에게도 정식 결혼을 허용함으로써 모든 형태의 커플 관계를 동등하게 인정하겠다는 국가적 의지를 보여준 것이다. 이제는 게이 커플, 레즈비언 커플도 아이를 입양해서 키울 수 있게 되면서 프랑스는 다양한 모습의 가족이 공존할 수 있는 사회가 되었다.

그런데 '모두를 위한 결혼' 법이 통과되기까지, 그리고 통과된

후에도 프랑스 내에서는 논란이 끊이지 않았다. 가톨릭 전통을 따르는 사람들, 보수주의자들은 동성 결혼이라는 걸 정상적인 가족의 형태로 인정할 수가 없기 때문이다. 심지어 영향력 있는 정치인이 동성애에 대한 혐오를 공적으로 표출하는 사건까지 벌어지고 말았다. 2017년 봄 샹젤리제에서 IS 조직원이 쏜 총에 경찰이 목숨을 잃은 비극적인 사건이 일어났다. 경찰관의 순직이기에 프랑스에서는 국가적으로 추모 행사를 마련했고, 이 행사에서는 죽은 경찰관의 애인이 편지를 낭독했다. 편지의 내용, 그리고 그 편지를 읽는 사람의 모습은 아름답고 감동적이었다. 하지만 누군가에게는 이들이 게이 커플이라는 사실만이 보였던 모양이다. 프랑스 극우의 상징인 국민연합(당시 '국민전선')의 수장을 지냈던 장 마리 르펜이 언론사와 인터뷰를 하던 도중 이 행사를 언급하며 게이 커플이라는 점을 공격했다. 테러에 의해 안타깝게 목숨을 잃은 경찰관에 대한 애도 대신 동성애 혐오 발언이 등장한 것이다. 그의 지지자들조차도 비판할 정도로 프랑스적인 가치에 반하는 부끄러운 사건이라고는 하지만 보수적이고 전통적인 가치관을 중요하게 생각하는 일부 프랑스인들의 마음속에는 여전히 동성애에 대한 혐오가 있다는 사실을 새삼 확인하게 해 준 기회이기도 했다.

누구나 속으로는 나와 다른 대상을 싫어할 수 있고, 그것까지 욕할 수는 없을 것이다. 다만, 그 부정적 감정을 겉으로 드러내는 순간 그건 혐오 그 이상도 이하도 아니다. 안타깝게도 한국에는 동성애와 관련된 기사에 악플을 달거나 동성애를 소재로 삼은 영화에는 별점 테러와 혐오 발언을 서슴지 않는 사람들이 프랑스보다 훨씬 더 많이 존재한다. 그럼에도, 최근 몇 년간 〈캐롤〉(2015), 〈120BPM〉(2017), 〈콜 미 바이 유어 네임〉(2017) 등 동성애를 다룬 유럽과 미국의 영화들이 꾸준히 개봉하여 작품성을 인정받고 많은 관객을 스크린 앞으로 불러들이면서 자연스럽게 성과 관련된 인식을 유연하게 바꿔 나가는 데 도움을 주고 있는 것 같다. 이 작품들은 각자 다른 배경과 사건을 다루고 있지만 결국 전하고자 하는 메시지는 근본적으로 같다. 모든 사랑은 아름답다는 것. 이렇게 영화를 통해서라도 타인의 사랑, 조금 특별해 보이는 사랑 또한 궁극적으로는 나의 사랑과 다르지 않다는 걸 확인하고 인정하는 사람들이 조금씩이나마 늘어난다면 그것이 바로 일회적인 즐거움으로 소비되는 문화 상품을 넘어 사회적 예술로서 영화가 갖고 있는 조용한 힘이 아닐까.

프랑스 영화의 고전

세상의 규칙, 영화의 규칙에 도전하다
– 게임의 규칙 La Règle du jeu(1939)

완벽한 사랑의 불가능성에 대하여
– 줄 앤 짐 Jules et Jim(1962)

'그녀'의 비극적 사랑, '그들'의 비극적 역사
– 히로시마 내 사랑 Hiroshima mon amour(1959)

레지스탕스의 누아르
– 그림자 군단 L'Armée des ombres(1969)

알록달록 포장지 속 캔디의 씁쓸한 맛
– 쉘부르의 우산 Les Parapluies de Cherbourg(1964)

세상의 규칙, 영화의 규칙에 도전하다

– 게임의 규칙 La Règle du jeu(1939)

르누아르라는 이름을 들으면 많은 사람들은 자연스럽게 인상주의의 대가 오귀스트 르누아르Auguste Renoir를 떠올린다. 다양한 서양 미술 사조 중에서도 한국에서는 유난히 인상주의 작가와 작품들이 오래전부터 많은 인기를 누려 왔고, 일상 속에서도 그 흔적을 어렵지 않게 발견할 수 있다. 그중에서도 르누아르의 그림이 한국인들에게 친숙한 것은 아마도 어린 시절 동네 피아노 학원마다 걸려 있던 〈피아노 치는 소녀들〉 덕분이 아닐까 싶다. 〈물랭 드 라 갈레트의 무도회〉 역시 고급스러운 달력이나 예쁜 노트의 표지로도 종종 만났던 기억이 난다.

그런데 또 다른 르누아르의 존재에 대해서는 상대적으로 덜 알려져 있다. 오귀스트 르누아르의 둘째 아들로 태어났으며 아버지 르누아르의 작품에 모델로도 종종 등장했던 장 르누아르Jean Renoir는 프랑스 영화사에서는 물론 세계 영화사에서 가장 위대하다고 평가받는 감독 중 한 명이다. 본격적으로 프랑스 영화에 관해 이야기를 펼쳐나가기 위한 첫 단추로 르누아르를 떠올린 것은 단순히 시대적인 순서에 따른 것이 아니다. 그는 우리가 이후 살펴볼 누벨바그를 불러온 진정한 작가의 시작으로 평가받는 프랑스 영화계의 독보적인 존재이기 때문이다. 하지만 워낙에 옛날 감독이기도 하고 또 프랑스 영화가 한국에서는 크게 주목받지 못하다 보니 많은 관객들에게는 낯설게 느껴질 수밖에 없다. 그런데 반갑게도 2012년 영화 〈르누아르〉가 개봉하면서 장 르누아르에 대해서 잘 모르던 한국 대중들에게 그의 이름을 각인시키는 좋은 기회가 마련되었다. 남프랑스에서 말년을 보내는 오귀스트 르누아르와 아들 장 르누아르의 관계는 물론이고, 아버지 르누아르가 작업했던 모습, 그리고 아들 르누아르가 영화 연출에 뜻을 품게 되는 상황까지 꽤 사실적이고 디테일하게 묘사되어 있어서 아름다운 프로방스의 풍경에 눈이 호강하는 기쁨과 더불어 미술과 영화에 대한 교양을 쌓기에도 꽤 좋은 작품이다.

장 르누아르와 오귀스트 르누아르(By Pierre Bonnard – http://www.musee-orsay.fr/, Public Domain, https://commons.wikimedia.org/w/index.php?curid=65188632)

〈르누아르〉에도 어느 정도 드러나고 있듯이 사실 장 르누아르는 처음부터 영화에 엄청난 열정을 품은 것은 아니었다. 그는 아버지의 마지막 그림 모델이었던 카트린 에슬링과 사랑에 빠지게 되면서, 배우를 꿈꾸던 그녀를 위해 영화를 시작한다. 실제로 카트린 에슬링은 1925년 〈물의 처녀〉를 시작으로 르누아르가 만든 초기 다섯 편의 무성영화에 주인공으로 출연했다. 그러나 이 둘이 함께한 작품 중에서는 에밀 졸라의 소설을 원작으로 연출한 〈나나〉(1926)가 거의 유일하게 지금까지도 회자되고 있는 작품이다. 〈나나〉는 당시에는 상업적으로 실패했으나, 이후 재평가를 받게 되며 르누아르의 대표작으로 꼽히기도 한다. 르누아르는 빠르게 영화 연출 능력을 증명해 나갔지만, 안타깝게도 에슬링은 배우로서 별 두각을 나타내지 못했다. 시간이 흘러 결국 이 둘은 헤어지고 그녀는 배우로서의 능력을 제대로 인정받지 못한 채 조용히 영화계에서 자취를 감췄다. 배우로서는 재능이 없었지만, 프랑스 미술사와 영화사에 한 획을 그은 두 예술가의 영감을 자극했다는 사실을 보면 이 여인은 어쨌든 대단한 뮤즈이긴 했던 모양이다.

르누아르가 활동할 당시 프랑스 영화계는 장 비고를 시작으로 마르셀 카르네, 쥘리앵 뒤비비에로 이어지는 시적 리얼리즘이 주류를 형성하고 있던 시기였다. 얼핏 들으면 상당히 이질적인 단어의 조합으로 느껴지는 시적 리얼리즘의 기본 정신은 당시 프랑스 사회에 만연한 부조리한 세태를 고발하고 이러한 사회 시스템에서 소외된 사람들의 비참한 삶을 있는 그대로 보여주겠다는 것이었다. 가난하고 우울한 환경에서의 삶을 소재로 삼는 일이 많다 보니 부랑자나 창녀와 같은 사회의 하층 계급이 주인공으로 등장하기도 했다. 이러한 이데올로기적 측면에 더하여 시적 리얼리즘의 진정한 매력은 '시적'이라는 표현에 부합할 만한 아름다운 대사와 몽환적인 영상을 구현했다는 점이다. 유성영화가 시작된 지 얼마 지나지 않은 시기이다 보니 시적 리얼리즘 감독들은 당연히 소리의 효과에 대해 고민할 수밖에 없었고 이 과정에서 완벽한 대사를 연출하고자 했다. 그래서 대사 전문 작가를 따로 두고 작업을 진행하는 경우도 흔했다. 이러한 영화적 스타일을 바탕으로 시적 리얼리즘의 정신을 충실하게 담아낸 여러 명작들이 탄생했지만, 시간이 지나면서 현실에 대한 객관적 묘사보다는 서정적이고 상징적인 표현에만 집중하는 경향을 보이면서 오히려 현실로부터 점점 멀어지고 매너리즘에 빠졌다는 비판을 듣기도 했다.

이 시적 리얼리즘의 계보에 속하는 감독 중 자신만의 작가주의적 스타일을 통해 훌륭한 영화들을 꾸준히 발표했던 감독이 바로 장 르누아르이다. 르누아르의 필모그래피 중에서도 1939년 발표된 〈게임의 규칙〉은 르누아르의 이름이 등장할 때면 가장 먼저 언급되는 작품으로 그의 명성을 제대로 알린 계기라 할 수 있다. 이 영화는 영리하고 교묘한 방식의 풍자를 통해 당시 프랑스 사회의 관습에 균열을 내면서 동시에 이전 영화와는 구분되는 미학적 혁신까지 성취했다. 파리에서 유학할 당시 영화 서적 도서관에 갔을 때 〈게임의 규칙〉 한 편만을 다루고 있는 책이 수십 권에 달하는 것을 눈으로 확인하고는 깜짝 놀랐던 기억이 있다. 물론

학술 서적에 가까운 책들이기에 대중적인 판매량이 높지는 않겠지만 그럼에도 영화 관련 서적에 대한 관심이 미미한 한국의 상황과 비교되어 진심으로 부러웠다. 더하여 영화를 진지한 학문과 예술의 영역으로 인정하는 프랑스의 풍토를 새삼 확인할 수 있는 기회이기도 했다. 실제로 〈게임의 규칙〉은 프랑스 대입자격능력시험인 바칼로레아의 문제로 등장하기도 할 만큼 이 작품의 의미는 상당하다. 하지만 정작 영화가 발표되었을 당시에는 이 영화를 둘러싸고 정반대의 분위기가 조성되었다. 〈게임의 규칙〉은 개봉 당시 윤리적인 정서에 위반된다는 이유로 상영 금지 조치를 받았다. 심지어 상영 첫날 한 관객이 영화를 보고 화를 참지 못해 극장에 방화하려고 했다는 기록이 있을 정도이다. 1958년이 되어서야 드디어 제한 조치가 풀리고 1965년에 재개봉을 했지만 도대체 무슨 이유로 영화사 최고의 걸작으로 평가받는 작품을 이토록 오랜 시간 묶어 두었는지 궁금해지지 않을 수 없는 지점이다.

이 영화에는 하나하나 다 언급하기 어려울 만큼 많은 인물들이 등장하지만, 기본적으로는 로베르 후작과 후작 부인 크리스틴, 그리고 크리스틴을 사랑하는 비행사 앙드레의 삼각관계를 바탕으로 한다. 앙드레는 기념비적인 비행에 성공한 후 공개적으로 크리스틴에 대한 마음을 밝히고 후작 부부의 저택에서 열리는 파티에 참석하여 크리스틴의 사랑을 확인하고자 한다. 한편, 로베르 후작 역시 주느비에브라는 이름의 여성과 은밀한 관계를 유지하고 있다. 더하여, 저택의 사냥터지기인 슈마쉐르, 그의 아내이자 크리스틴의 하녀인 리제트, 그리고 새로 등장한 하인 마르소

사이에서는 그들만의 삼각관계가 펼쳐진다. 이렇게 단순하게 내용만 듣고 보면 이런 막장 드라마가 또 있을까 싶기도 하다. 비윤리적인 설정을 보며 모욕감을 느꼈을 당시 점잖은 관객들의 심정도 조금은 이해할 수 있을 것 같다. 하지만 우리는 표면적인 줄거리를 넘어 이 통속적인 소재를 연출해 내는 과정에서 감독이 의도한 메시지에 주목해야만 이 영화가 세계영화사 100선에서 1, 2위를 다툴 정도로 좋은 평가를 받는 이유를 이해할 수 있을 것이다.

일단, 유난히 강하게 뇌리에 남는 제목에 대해서부터 생각해 보자. 〈게임의 규칙〉은 한마디로 사람들이 지켜야 하는 행동의 한계를 규정한 일종의 사회적 약속을 의미한다. 영화는 로베르 후작의 저택에서 열린 사교 모임에 참석한 다양한 인간 군상을 통해서 당시 프랑스 사회에 여전히 남아 있던 계층 간의 갈등과 지배 계층의 부패를 은연중에 드러내고 있는데, 이 과정에서 평민 출신인 조종사 앙드레가 후작 부인 크리스틴을 사랑하고 또 귀족들 사이에 섞이는 것이 결과적으로 사회의 암묵적인 규칙을 깨뜨리는 용납할 수 없는 행위로 치부되고 있음을 보여준다. 실제로 영화 속에서는 '규칙règle'이라는 단어가 대사를 통해 반복적으로 강조된다. 예를 들면, 르누아르 감독 본인이 연기한 옥타브라는 인물이 앙드레에게 건네는 대사에는, "너는 그녀가 이 세상에 속한 여자라는 걸 잊고 있어. 이 세상에는 엄연한 규칙이 있다고!"라는 대목이 등장한다. 서로의 사랑을 확인하고 같이 떠나자는 크리스틴에게 앙드레는 그녀의 남편에게 솔직하게 말해야 한다고 설득하면서 "크리스틴, 그래도 규칙이란 게 있어요!"라는 말을 하기도 한다.(이미 결혼한 여자가 남편에게 다른 남자와 함께 떠난다고 직접 통보하는 것이 세상의 규칙에 맞는 일인지에 대한 판단은 일단 보류하도록 하자.)

무엇보다도 이 모든 이야기가 벌어지는 저택의 바닥은 체스판의 모양을 띠고 있다. 즉, 인물들은 모두 체스판의 말처럼 정해진 규칙에 맞게 행동해야 한다는 걸 암시하고 있는 것이다. 한마디로 앙드레는 사회라고 하는 큰 게임의 규칙을 지키지 않았던 것이고, 바로 그 때문에 결국 총에 맞아 죽음에 이르게 된다. 비록 그 죽음은 오해에 의한 것이었지만 다른 사람의 옷을 빌려 입었기 때문에 오해가 발생했다는 설정을 떠올려 본다면 본래의 위치를 벗어나고자 하는 욕망을 품은 것에 대한 단죄라고 볼 수 있다. 타고난 사회적 계급의 한계를 넘어 평민 출신이 귀족 사회에 편입되고자 했던, 즉 사회라는 게임의 룰을 어긴 결과는 죽음을 통한 추방이라는 씁쓸한 결론으로 마무리되고 마는 것이다. 그리고 이 어이없는 죽음은 후작의 입을 통해 그저 안타까운 '사고' 정도로 간단하게 정리된다. 결말이 너무 강렬한 인상을 남기기 때문일까, 이 영화의 메시지를, 각자의 위치에서 얌전하게 본래의 역할에 충실해야 한다는 체념적인 교훈으로 해석하는 경우도 가끔 발견하게 된다. 하지만 영화의 이야기가 펼쳐지는 과정과 캐릭터를 묘사하는 방식을 조금만 더 세심하게 살펴본다면 르누아르는 매우 명확하게 당시 프랑스 사회에 잔재하고 있던 계급 의식에 대한 비판과 조롱의 의도를 담아내려 했음을 알 수 있다.

르누아르는 이 냉소적 코미디를 이미지로 연출하는 과정에서 당시로서는 꽤나 혁신적이라 할 만한 미학적 성취를 보여준다. 〈게임의 규칙〉은 인물의 대사가 상당히 많음에도 불구하고 어떻게 보면 대사보다 이미지가 훨씬 중요한 영화이다. 그럴듯하게 꾸며진 스튜디오에서 인공적인 조명을 활용하고 안정적인 숏을 구성하여 촬영하는 방식이 일반적이었던 1930년대에 르누아르는 로케이션 촬영, 자연광, 빠른 카메라 무빙, 심도 구현 등을 과감하게 시도한다. 특히, 저택에 모인 귀족들이 다 같이 사냥을 하는 시퀀스에 이르면 관객은 갑자기 이전 장면과 전혀 다른 방식의 촬영 스타일로 인해 이질감을 느끼게 된다. 롱테이크가 유난히 눈에 띄는 이 사냥 장면은 앞부분까지의 촬영과는 전혀 다른 분위기로, 얼핏 보면 다큐멘터리처럼 느껴진다. 이 시퀀스가 중요한 이유는 사회에 대한 비관적 관점을 은유적 이미지를 통해 강렬하게 전달하기 때문이다. 카메라는 사냥개들에 의해 몰이를 당하다가 결국 귀족들의 총에 맞아 죽는 토끼의 모습을 오랜 시간 쫓는데, 후작의 영지 내에서 무력하게 죽음을 맞이하는 토끼의 모습은 앙드레의 죽음이라는 비극적인 결말을 자연스럽게 떠올리게 만든다. 또한 사냥을 하는 귀족들의 모습을 반복적으로 보여주는 건 이들이 모두 비슷한 의식과 감성을 공유한 같은 계층의 사람들이라는 것을 강조하기 위함이기도 하다. 한마디로, 이 사냥터는 사회의 축소판으로 기능하면서 다시 한 번 계급의 구분을 강조한다.

미학적으로 이 영화의 가장 중요한 성취로 꼽는 것은 딥 포커스deep focus를 통해 공간의 깊이감을 그대로 담아냈다는 점이다. 즐거운 하루를 보낸 뒤 잠을 자러 각자의 방으로 돌아가기 전 저택의 복도에 모인 다수의 인물들을 하나의 숏 안에 담아내는 시퀀스가 오랜 시간 펼쳐지는데, 이 과정에서 감독은 상당히 입체적인 미장센을 구현한다. 이전까지만 해도 영화를 찍을 때 카메라는 중심이 되는 소수의 인물에 초점을 맞추고 이들의 행위와 대사에 집중하는 방식으로 촬영되었다. 인물 뒤로 보이는 배경 같은 디테일들은 무시될 수밖에 없었다. 그러나 딥 포커스로 촬영된 장면은 하나의 신 안에 깊이감을 구현함으로써 여러 인물에 대한 동시적 연출을 가능하게 만든다. 전경부터 후경까지 다층적인 위치 선정을 통해 다수의 인물을 배치시키고 이들 모두를 동일한 선명도로 포착하는 것이다. 이러한 연출은 심도를 더 잘 담아낼 수 있는 광각 렌즈의 등장으로 가능해질 수 있었다. 이 딥 포커스와 관련해서는 미국 감독 오슨 웰스의 〈시민 케인〉이 훨씬 자주 언급되기는 하지만, 〈시민 케인〉이 1941년 작품이라는 점을 감안한다면 르누아르가 오슨 웰스보다 먼저 이 기법의 진수를 보여줬으니 르누아르의 손을 들어주고 싶다.

이처럼 〈게임의 규칙〉은 내러티브적 메타포와 새로운 카메라 테크닉을 기반으로 양차 대전 사이의 프랑스 귀족 사회, 상층 부르주아의 모습을 고발하고 있는 냉소적인 위트가 매력적인 작품이다. 재미있는 점은, 사회 비판적인 이 영화의 모티브가 고전 문학에 기반하고 있다는 사실이다. 18세기 프랑스 극작가 보마르셰의 희극을 바탕으로 시나리오를 구상하여, 영화가 시작될 때 〈피가로의 결혼〉의 대사가 등장한다. 〈피가로의 결혼〉은 프랑스 혁명 직전에 상연된 작품으로 역시나 혼란스러운 애정 관계를 소재로 삼아 귀족 사회의 위선을 조롱하는 메시지를 담고 있다. 이런 고전의 모티브를 차용한 것과 발맞추어 형식적으로도 연극적인 스타일을 빌려온 부분이 두드러지기도 한다. 클래식 음악을 적극 활용하여, 영화의 시작과 끝은 모차르트의 작품으로 장식되고, 중간에 쇼팽, 요한 스트라우스 등의 음악도 종종 들려온다. 이렇게, 르누아르는 점잖아 보이는 포장지를 두르고 그 안에는 신랄한 비판을 담는 전략을 취한다.

〈게임의 규칙〉을 포함해서 르누아르는 노동자들이나 평범한 사람들이 처한 사회적, 경제적 환경을 다루는 의식 있는 작가였다. 〈랑주 씨의 범죄〉(1936)는 노동계층에 대한 성찰과 정치성을 보여주고, 〈위대한 환상〉(1937)은 이데올로기를 뛰어넘는 휴머니즘을 보여주는 일종의 반전영화이다. 이런 작품들을 통해서 비판적인 리얼리즘과 동시에 주관적이고 서정적인 분위기도 구현해 냄으로써 시적 리얼리즘의 영역을 확장했다는 평가를 받으며, 사조와 상관없이 영화사에서 가장 위대한 감독 중 하나로 평가받기에 이른 것이다. 시적 리얼리즘이 점점 형식적인 부분에만 치중해서 본래의 의의를 잃어갈 때도 르누아르는 지속적으로 당대 현실을 고발하는 사회 비판적인 시선을 견지했다. 특정 장르에 구애받지도 않았고, 주제도 다양했으며, 표현 방식도 다채롭고, 또 촬영을 할 때는 배우에게 자유롭게 연기할 수 있도록 배려를 아끼지 않았다고 하니, 이 정도면 감독을 하려고 태어난 사람이 아닐까 하는 생각이 든다.

2차 세계대전이 터지면서 르누아르는 전쟁을 피해 미국으로 가게 되었고 할리우드에서도 작품 활동을 계속한다. 개인적인 평가이지만 할리우드 시기에 만든 르누아르의 작품들은 프랑스에서 만든 작품에 비해 매력이 떨어지는 느낌이 있다. 이후 인도와 이탈리아를 거쳐 다시 프랑스로 돌아와서 1950년대부터 컬러로 작품 활동을 재개하는데, 이때부터 또다시 그만의 매력이 빛을 발하기 시작한다. 이런 걸 보면 예술가에게는 자신이 가진 능력을 최대한으로 발휘할 수 있는 특별한 분위기나 공간이 존재하는 것이 아닌가 싶다. 특히, 〈프렌치 캉캉〉(1955), 〈엘레나와 남자들〉(1956) 등 프랑스로 돌아와 연출한 컬러영화를 보면 아버지 르누아르로부터 물려받은 색채와 빛에 대한 감각도 드러난다. 1979년 사망하기 전까지 르누아르는 총 39편의 장편을 연출했는데, 그 명성에 비춰 보면 대단히 많은 수는 아니지만 하나하나가 다 일정한 수준에 올라 있다는 점에서 다시 한 번 대단한 감독임을 새삼 확인할 수 있다. 자신이 살아가고 있는 사회의 부조리한 모습에 일침을 가하면서 동시에 스타일적인 측면에서도 관습을 깨는 시도를 감행함으로써 영화 미학의 한 장을 새로 열었다는 점에서 르누아르는 프랑스 영화에 관심이 있는 시네필이라면 반드시 기억해야 할 이름이다.

완벽한 사랑의 불가능성에 대하여
– 줄 앤 짐 Jules et Jim(1962)

1950년대 후반 프랑스 영화계에는 이전과는 전혀 다른 신선한 기운이 슬슬 퍼지기 시작한다. 선배 감독들이 연출한 영화들에서 드러나는 관습적 규범을 직접적으로 비판하고 거부하며 새로운 영화를 주창하는 당돌한 젊은 감독들이 등장한 것이다. 당시 프랑스 감독들은 이전 문예영화의 전통을 이어받으면서도 미국 할리우드 영화의 스튜디오 제작 시스템을 수용해서 이른바 '품질 영화'라 불리는 작품들을 제작하고 있었다.('품질 영화'라는 표현에서 풍기는 번역체의 느낌이 싫지만 대체할 만한 용어를 떠올리기가 영 어렵다.) 내러티브도 이미지도 적당히 예술적이고 적당히 상업적인 영화들을 떠올리면 될 것 같다. 그런데 이런 영화들 대부분이 이미 검증된 기존의 문학 작품을 단순하게 각색해서 옮겨온 경우가 많다 보니 문학과 구별되는 영화만의 매력을 온전히 보여주고 있지 못하다는 비판이 나올 수밖에 없었다. 선배들의 영화가 고리타분하다고 느꼈던 젊은 영화인들은 각자의 개성을 살려 혁신적인 영화적 실험들을 감행한다.

영화계의 이러한 변화는 어느 날 갑자기 나타난 것이 아니었다. 1950년대 들면서 오늘날까지도 프랑스 영화 비평의 가장 큰 축을 지탱해 오고 있는 영화 저널 "카이에 뒤 시네마Cahiers du cinéma"가 창간되고 젊은 시네필들이 본격적으로 출현하면서 영화를 예술로 인정하는 분위기와 더불어 영화에 대한 담론들이 넘쳐나게 되었다. 프랑스 젊은이들 사이에서 영화는 새로운 시대의 예술로 자리 잡았다. 이러한 분위기 속에서 드디어 '작가주의'라는 용어가 등장한다. 지금이야 영화를 평가하는 데 있어 아주 일상적으로 쓰이는 표현이지만 당시 작가로서의 감독이라는 개념은 새로운 것이었다. 작가라는 표현은 영화감독 프랑수아 트뤼포François Truffaut가 1954년 카이에 뒤 시네마에 기고한 '프랑스 영화의 어떤 경향'이라는 글에서 본격적으로 등장했다. 트뤼포는 품질영화로 대표되는 이전 프랑스 영화의 전통과 미국의 스튜디오 시스템에서 만들어진 주류 할리우드 영화를 향해 신랄한 비판을 퍼부으면서 어설픈 시나리오와 대사들, 문학 작품을 억지스럽게 각색해서 가져오려는 뻔한 영화 제작 행태를 공격했다. 더하여, 그럴듯하게 만들어진 인공적인 스튜디오 세트에 갇혀서 가짜 세상을 꾸며낼 것이 아니라 카메라를 들고 직접 현실로 나가야 한다고 주장했다.

트뤼포에게 있어 무엇보다도 중요한 것은 바로, 감독이 영화의 모든 과정을 지휘하고 책임져야 한다는 신념이었다. 감독은 영화 전체를 자신이 원하는 대로 연출할 수 있는 한 사람의 작가가 되어야 하며, 이러한 과정을 통해 만들어진 '작가 영화'만이 진정한 예술로서의 영화로 평가받아야 한다는 것이었다. 오늘날 우리의 눈에는 딱히 새로울 것 없어 보이겠지만 당시 이러한 생각은 꽤나 혁신적이었다. 이렇게 태어난 작가주의는 단순히 감독의 역할에 큰 중요성을 부여했다는 것을 넘어, 영화를 자본과 시스템의 논리로부터 자유롭게 위치시킴으로써 상품이 아닌 예술로 인식시키는 데 크게 기여했다는 점에서 진정한 의미를 갖는다. 작가주의라고 하면 왠지 꽤나 심오하고 진지한 영화들이 해당될 것 같지만, 실제로 작가주의에 근거를 두고 당시 프랑스 시네필들이 열광했던 대표적인 미국 영화들은 B급 장르물이었다. 하워드 혹스, 알프레드 히치콕, 존 포드와 같은 미국 감독들이 큰 인기를 끌었으며 프랑스 감독들 중에서는 장 르누아르나 장 비고 등이 작가주의 감독의 선두 주자로 평가되었다. 한마디로, 영화들 속에서 그만의 뚜렷한 스타일이 드러나는 감독들을 떠올리면 될 것 같다. 이러한 작가주의 전통은 지금도 프랑스 내에 여전히 강하게 뿌리박혀 있고, 특히 트뤼포의 글이 실렸던 카이에 뒤 시네마는 지속적으로 작가 영화의 중요성을 강조하는 논조를 유지해 왔다. 실제로 프랑스에서 좋은 평가를 받거나 대중적 인기를 얻은 동시대 외국 감독들 또한 작가주의에 해당되는 경우가 대부분이다.

그리고 이 작가주의의 연장선상에서 등장한 경향이 바로 누벨바그Nouvelle Vague이다. 프랑스 영화사에서 가장 중요한 시기이자 세계 영화사를 이야기할 때도 절대 빼놓을 수 없는 경향으로 현대 영화 미학을 확립하는 데 있어 큰 영향을 끼쳤다. 누벨바그는 '새로운 물결'이라는 의미에 걸맞게 이전 영화들이 고수하던 규범을 벗어난 제작, 연출, 상영 등 영화에 관한 모든 새로운 시도들을 포함하는 하나의 거대한 흐름이다. 누벨바그 감독들은 이전 영화계의 전통과 단절하면서 새로운 기준을 제시하고, 혁신을 추구하기 위해 스튜디오 시스템을 거부하고, 대형 영화사에 소속되지 않은 상태에서 저예산으로 영화를 찍는 등 영화 전반과 관련해서 많은 것을 바꿔 나갔다. 또한, 유려하게 만들어진 픽션으로 관객을 현혹하기보다는 현실을 있는 그대로 담아내고자 했다. 누벨바그 정신은 비단 영화에만 한정된 것이 아니었다. 당시 프랑스에서는 학생들의 시위가 빈번했고, 알제리 전쟁에 대한 논란이 계속되었으며, 페미니즘도 떠오르면서 사회 전반적으로 전통과 권위에 저항하는 분위기가 조성되고 있었다. 이런 현상들과 맥을 같이하고 있다는 점에서 누벨바그는 단순한 영화 사조를 넘어 당시 프랑스의 시대정신으로 이해할 수 있다. 이렇게 시작된 누벨바그는 1960년대 중반까지가 전성기라고는 하지만 이후 30년이 넘도록, 아니 지금까지도 프랑스 영화계에 지속적으로 영향을 끼치고 있다.

누벨바그는 특별한 테크닉에 치중하거나 합의된 스타일을 지향한 것이 아니었다. 오히려 일관된 경향에서 탈피한 다양한 영화적 아이디어들을 자유롭게 허용했다. 장뤽 고다르, 에릭 로메르, 클로드 샤브롤, 자크 리베트 등의 감독들은 각자의 개성을 드러내며 자신만의 영화를 선보였다. 그리고 이들과 더불어 또 한 명의 누벨바그 선두 주자가 바로 앞서 언급한 트뤼포이다. 트뤼포는 상당히 불우한 유년기를 보내고 방황했다고 알려져 있는데, 만약 영화평론가 앙드레 바쟁이 그를 보듬지 않았다면 우리는 이 전설적인 감독의 작품을 만나는 행운을 누리지 못했을지도 모른다. 트뤼포의 어머니는 남편이 없는 상태에서 혼자 아들을 낳고는 다른 남자와 결혼해 버렸다. 게다가 아들에 대해서는 애정이 거의 없었던 것 같다. 트뤼포는 어린 시절 어머니의 사랑을 받지 못하고 외롭게 자라다가 십 대 중반에 학교를 그만두고 직업 전선에 뛰어들었다. 말로만 들으면 불량 청소년이 아니었을까 걱정되지만 그는 문학과 영화에 대한 엄청난 애정을 품고 혼자 몰두하던 조숙한 아이였다. 그리고 앙드레 바쟁은 시네 클럽을 드나들던 트뤼포를 우연히 발견하고는 일자리를 마련해 주는 등 물질적으로나 정신적으로 큰 도움을 주며 실질적인 아버지의 역할을 자처했다. 어머니에 대한 애증, 그리고 바쟁에 대한 감사 등 트뤼포의 사적인 삶을 관통하는 정서가 바로 데뷔작 〈400번의 구타〉(1959)에 그대로 드러난다. 한편, 트뤼포는 집단과 체제에 대한 불신과 개인주의적인 성향을 강하게 보였고, 정치적 입장을 표명하는 데에도 주저함이 없었다. 게다가 하고 싶은 말은 해야만 직성이 풀리는 성격이다 보니 신랄한 글과 말로 인해 항상 논란의 중심에 있었다. 그러나 그의 몸은 멘탈만큼 강하지 못했던 것 같다. 안타깝게도 1983년 뇌종양으로 이른 나이에 세상을 떠나고 말았다.

시네마테크 프랑세즈 근처에 있는 '프랑수아 트뤼포 길'의 표지판. 프랑스에서는 역사적 인물이나 사건은 물론이고 예술가들의 이름도 지명으로 종종 사용된다.(By Chabe01 - Own work, CC BY-SA 4.0, https://commons.wikimedia.org/w/index.php?curid=84532140)

트뤼포의 독특한 성격은 그의 작품 속 주인공의 캐릭터에도 투영되어 있다. 그의 영화는 청소년이나 청년을 주인공으로 삼아 청춘과 젊음을 주제로 취하는 경우가 많은데 남자 주인공은 하나같이 고독하며 자아에 갇힌 캐릭터로 그려지면서 자연스럽게 감독과 오버랩된다. 그는 스무 편이 조금 넘는 장편 영화를 연출했는데 아주 유명한 것만 추려도 손가락이 부족할 정도이다. 그중에서도 한 편만 꼽으라면 많은 사람들이 첫 번째 장편 〈400번의 구타〉를 언급한다. 이 작품은 트뤼포의 페르소나인 배우 장피에르 레오가 출연한 '앙투안 드와넬' 시리즈의 시작으로서의 의미도 있다. 이 시리즈는 앙투안 드와넬이라는 한 남자의 인생을 시간의 흐름에 따라 살펴보는 다섯 편의 작품으로, 〈400번의 구타〉, 〈앙투안과 콜레트〉, 〈훔친 키스〉, 〈부부의 거처〉, 〈사랑의 도피〉까지를 포함한다. 이 시리즈를 보는 동안 관객은 주인공 앙투안 드와넬의 성장뿐 아니라 배우 장피에르 레오의 성장도 동시에 관찰하는 재미를 발견할 수 있기에 유난히 인기가 높다. 그러나 개인적으로는 〈줄 앤 짐〉이 가장 매력적인 작품이 아닐까 한다. 매력적인 만큼 〈줄 앤 짐〉은 치명적이기도 하다. 실제로 많은 관객들이 이 영화를 처음 보고는 주인공들의 충격적인 관계 때문에 상당히 혼란스러워한다. 분명히 재미도 있고, 쿨하고 멋있어 보이기도 하는데 어딘가 찝찝한 뒷맛이 계속 남기 때문일 것이다.

영화가 시작되면 암전 같은 새까만 화면 위로 여자 주인공 역을 맡은 잔 모로Jeanne Moreau의 청량한 목소리의 내레이션이 들려온다. "넌 내게 말했지, '사랑해', 난 네게 말했어, '기다려', 나는 말하려 했지, '안아줘', 너는 내게 말했어, '꺼져.'" 영화의 문을 여는 이 밑도 끝도 없어 보이는 대사는 이후 펼쳐질 복잡한 사랑 이야기의 핵심을 관통한다. 세 남녀의 미묘하고 복잡한 관계, 변덕과 불안으로 계속해서 흔들리고 어긋나는 감정, 이어지는 허무함 등을 고스란히 전달한다는 점에서 이 영화의 내러티브를 함축하는 가장 적절한 표현이라는 생각이 든다. 〈줄 앤 짐〉은 1차 세계대전 직전부터 전쟁이 끝난 뒤까지의 시기를 배경으로 오스트리아 남자 줄과 프랑스 남자 짐, 그리고 프랑스 여자 카트린의 기이한 삼각관계에 관한 이야기이다. 이들의 관계는 사회적 통념을 위반하는 도덕적 실험을 제기한다. 줄과 짐은 국적도 생김새도 매우 다르지만 깊은 우정을 나누는 소울메이트이다. 이 두 남자의 친밀한 관계는 일반적인 남자들이 맺는 평범한 친구 관계 이상으로 묘사된다. 심지어 마치 쌍둥이 소년처럼 같은 옷을 입고 등장하는 장면도 있다. 그들의 관계는 정형화된 남성 연대를 뛰어넘는 플라토닉한 사랑에 더 가깝다. 그리고 이 단단한 우정과는 별개로 각자 여러 여자들과 가벼운 연애를 만끽하며 즐겁게 지내던 중 줄과 짐은 프랑스 여인 카트린을 우연히 만나고 첫눈에 반하게 된다. 이후 줄과 카트린의 관계가 진전된 것을 알게 된 짐은 카트린에 대한 애정을 숨긴 채, 연인이 된 두 사람과 즐거운 시간을 보낸다. 하지만 여전히 짐과 카트린 사이에는 알 수 없는 기류가 흐르고 있다.

이 와중에 1차 세계대전이 발발하면서 줄과 짐은 각자의 조국을 위해 징집되고 한동안 연락이 끊기지만 무사히 전쟁에서 돌아온 후 짐은 결혼한 줄과 카트린의 집에 방문한다. 그리고 한 달 동안 이들의 전쟁 같은 사랑이 펼쳐진다. 안정적인 결혼 생활을 꿈꾸던 줄은 카트린이 자신과의 관계에서 만족을 느끼지 못한다는 것을 이미 알고 있었기에, 그녀가 언제든 자신을 떠날 수 있으리라는 불안에 시달린다. 그리고 그녀를 곁에 두기 위해 짐에게 카트린과 사랑하는 사이가 되어 둘 다 자기 곁에 있어줄 것을 부탁한다. 이들의 관계만으로도 충분히 복잡한데 때로는 알베르라는 또 다른 남자가 개입하면서 사각관계로 확장되기도 한다. 여기까지만 듣고도 누군가는 고개를 절레절레 젓겠지만, 조금 더 열린 마음으로 보자면 요즘 젊은이들 사이에서 가끔 벌어진다는 '오픈 릴레이션십' 정도로 이해할 수 있을 것 같다. 물론, 〈줄 앤 짐〉이 개봉했을 당시에도, 그리고 60여 년이 흐른 지금에도 이들의 관계는 여전히 이해받기 쉽지 않다. 여러 사람에게 사랑을 주고, 내가 사랑하는 사람을 타인과 공유해야만 하는 이 복잡한 관계가 해피 엔딩이 될 수 없으리라는 건 너무나도 자명하다.

설정상 비난의 화살은 카트린에게 몰리는 것이 당연해 보이지만 사실 줄과 짐 또한 사랑을 부정하고 거부하는 강박적 몸짓에 익숙한 인물들이다. 짐은 오랜 연인이었던 질베르트와의 관계에서도 거리를 두고 부부처럼 되지 않으려 노력했다. 줄 또한 카트린을 만나기 전까지는 고향에 여러 여자와 관계를 열어 둔 상태였다. 하지만 두 남자는 카트린으로부터는 온전히 사랑받고 싶은 욕망을 품는다. 그리고 카트린은 줄과 짐뿐만 아니라 궁극적으로는 세상 모든 남자로부터 충분히 사랑받기를 원한다. 이들의 욕망은 모두 불가능한 것이다. 하지만 가질 수 없음을 알고 있기에 더욱 갖고 싶어지는 것이 사람의 마음이다. 이 관계를 보고 있자면 누군가를 온전히 나만의 것으로 만든다는 건 완전한 착각이고 허망한 이상일 뿐임을 새삼 깨닫게 된다. 더하여, 욕망은 만족되는 순간 더 이상 욕망이 아니게 되며, 모든 욕망이 충족된다면 인간은 허무에 빠지게 될 것이다. 이러한 욕망의 속성을 알고 있기에 주인공들은 끊임없이 사랑에 균열을 내거나 회피하기 위한 밀당을 반복한다. 줄과 카트린이 결혼을 약속하기 전 짐과 카트린은 단둘이 만날 약속을 했다. 하지만 짐은 약속 장소에 10분 늦게 도착해서 40분을 기다리다가 결국 떠나고, 카트린은 무려 한 시간이나 늦게 오는 바람에 두 사람은 어긋난다. 카트린이 제시간에 왔다면, 혹은 짐이 10분만 더 기다렸다면 하는 여러 가능성을 떠올릴 수밖에 없는 순간이다. 사소한 듯 연출된 에피소드지만, 아주 작은 약속조차 지키지 못함으로써 짐과 카트린이 이루어지지 못했다는 설정은 본능적으로 관계의 성립을 회피하고자 하는 그들의 숨겨진 강박을 의미한다. 어긋남은 이후에도 반복된다. 줄, 그리고 카트린과 평화로운 삼각관계를 맺게 된 상황에서 짐은 일 때문에 잠시 파리에 가 있게 되는데, 그 기간 동안 이들은 편지만을 고집한다. 전화 한 통이면 서로의 상황을 바로 확인할 수 있음에도 굳이 편지로만 연락을 주고받다 보니 그 과정에서 발생하는 시간의 차이로 인해 오해와 감정의 상처가 생기는 것은 너무나 예상 가능한 수순이다. 이들은 이러한 위험 요인을 충분히 예상할 수 있음에도 사랑을 운과 운명에 거는 로맨틱한 모험으로 만들어 아슬아슬한 관계를 유지해 나가려 한다.

누구보다도 안정적인 관계를 견디지 못하는 것은 카트린이다. 그녀는 모든 것이 평온하고 완벽해 보이는 상태를 참아내지 못하고 계속해서 균열을 내야만 버틸 수 있는 캐릭터로 묘사된다. 그녀는 상대방이 자신을 서운하게 만들었다면 자신이 상처를 받은 만큼 상대에게 상처를 줘야만 관계가 회복된다고 믿는다. 그래서 그녀는 줄과의 결혼 생활 중에도 알베르와 간헐적인 불륜 관계를 당당하게 유지하며, 이런 자신의 신념을 타인으로부터 이해받기조차 원하지 않는다. 그리고 줄은 그녀가 떠나는 것이 두렵기에 누구도 원망하지 못하고 묵묵히 견디는 희생자의 처지로 스스로를 위치시킨다. 해피 엔딩이 되지 못할 사랑에 대한 미련은 아이에 대한 카트린의 집착으로 다시 한 번 환기된다. 짐이 파리로 떠나 있는 동안 카트린은 그의 아이를 가졌다는 사실을 깨닫고 그의 귀환을 종용하지만 짐이 돌아갈 날을 미루던 중 그들의 아이는 유산되고 만다. 그런데 카트린은 태어나지도 않은 아이의 존재를 계속해서 잊지 못하고 그리워하며 이후에도 자신이 가질 수 있었던 아이에 대해 언급한다. 아이에 대한 그녀의 집착은 일반적으로 떠올리는 모성에 의한 것이 아니다. 카트린은 아이를 통해서 자신의 여성성을 확인받고 사랑을 얻을 수 있으리라고 믿었기에, 그녀에게 있어 떠나보낸 아이는 자신이 놓친 사랑을 의미한다. 아이는 짐에게 있어서도 사랑의 결실이 아니라 사랑의 조건으로 기능한다. 카트린이 임신했다는 소식을 듣고도 그는 자신이 아빠라는 보장이 없다는 의심 때문에 돌아가는 것을 미룬다. 사실 그동안 이들이 맺어 온 관계를 보고 있자면 애초에 이들의 관계에서 아이가 갖는 의미를 발견할 수 없다. 그들에게는 자신의 사랑을 합리화할 동기, 또는 헤어짐을 정당화할 동기가 필요했을 뿐이다.

관계의 불가능성은 카트린의 캐릭터에 이미 내재되어 있었다. 〈줄 앤 짐〉이라는 영화의 제목은 두 남성을 가리키고 있지만 사실 이 영화에서 가장 중요한 인물은 카트린이다. 처음 등장할 때부터 그녀는 조각상으로 상징되는 이상적인 여성으로 묘사된다. 줄과 짐은 한 여성의 얼굴을 새긴 조각의 사진을 우연히 보고는 그 조각상을 직접 보기 위해 박물관까지 찾아가 한 시간 동안 아무 말도 하지 않은 채 조각상을 감상한다. 그리고 카트린을 만난 순간 그녀의 얼굴에서 조각상의 아우라를 발견한다. 현실에 존재할 수 없는 이상적인 조각과도 같은 여자, 그것이 바로 카트린이다. 영화 내내 카트린은 여성성과 남성성이 공존하는 매력을 풍김으로써 쉽게 정의할 수 없는 존재로 묘사된다. 여기에는 배우 잔 모로가 품고 있는 독특한 매력도 한몫한다. 강인한 턱선, 크고 선이 굵은 이목구비는 섹슈얼한 뉘앙스를 풍기면서 동시에 중성적인 매력을 담고 있기도 하다. 남장을 하고 콧수염을 그린 카트린을 가운데 두고 세 인물이 함께 달리는 시퀀스는 〈줄 앤 짐〉의 상징으로 꼽히는 대목으로 이후 수많은 영화들에서 반복적으로 오마주될 만큼 유명하다. 바로 이 장면에서 카트린이 보여주는, 남성도 여성도 아닌, 혹은 남성이기도 하고 여성이기도 한 캐릭터는 이들의 관계를 단순히 남녀의 이분법적 구분으로 정리할 수 없음을 의미한다. 또한, 이 시퀀스에서 카트린은 이후 두 남자가 그녀에게 휘둘리게 될 것을 암시하기라도 하듯, 먼저 출발하는 반칙을 통해 두 남자를 앞서 달리는 구도를 형성한다. 이처럼 카트린은 남성들보다도 자기 욕망에 충실하고 당당한 여성처럼 보이지만 한편으로는 철저하게 남성들의 시선에 의해 신화화되고 미스테리한 존재로 그려지기에 우리는 그녀의 실체를 결코 알 수 없다. 줄은 카트린에 대해 "그녀는 진짜 여자야.C'est une vraie femme."라고, 그래서 사랑할 수밖에 없다고 말한다. 오늘날의 관점에서는 여성 차별적인 가치 판단을 담고 있다고 비난받고도 남을 '진짜 여자'라는 추상적인 한마디 외엔 그녀를 설명할 수 있는 말이 없는 것이다.

애정과 질투와 체념이 뒤섞인 이 복잡한 관계는 결국 셋 모두에게 상처가 될 수밖에 없다. 평온하고 행복한 관계를 이룬 것처럼 보일 때도 있지만, 아주 잠깐일 뿐이다. 그리고 이 모든 일련의 사건이 펼쳐지는 동안 짐의 연인 질베르트는 홀로 고통받으며 짐을 기다리고 있었다. 질베르트에 대한 카트린의 질투 때문에 갈등을 겪다가 결국 짐은 두 사람과의 관계를 끝내고 파리에 돌아와 질베르트와 함께 자신의 삶을 살아간다. 그렇게 한참 시간이 지난 뒤 아주 우연히 파리에서 짐과 줄은 재회하게 된다. 시간이 흐른 만큼 카트린 또한 조금은 성숙해졌으리라 살짝 기대해 보지만 그녀는 나이를 먹어도 여전히 카트린이다. 그녀는 줄과 짐 앞에서 갑자기 알베르의 팔짱을 끼고 사라지기도 하며 자존심을 세우다가 다시 짐에게 연락을 하는 등 계속해서 관계를 헤집는다. 마치 아이가 생떼를 부리는 것처럼 이런저런 짓을 해보지만 결핍된 사랑을 채울 수 없던 카트린은 결국 짐을 차에 태우고 강물로 돌진한다. 그렇게 그들의 삶은 허망하게 끝나고 혼자 남은 줄이 두 사람의 유골을 챙기며 영화는 끝난다. 자살이라는 극단적인 결말은 카트린이 이 세상에서 출구를 찾을 수 없었음을 의미한다. 이해받기를 원하지는 않으나 사랑받기를 원했던, 불가능한 욕망을 꿈꾸는 그녀에겐 죽음만이 자유로워질 수 있는 유일한 해결책인 것이다. 이 결말을 조금 더 확장해 보자면, 카트린으로 대표되는 여성의 자유로운 욕망이 해방될 수 없는 사회의 한계를 의미하기도 한다. 이미 몇몇 장면들에서 여성에 대한 몰이해의 징후는 드러났었다. 영화 초반 줄의 대사를 통해 여성에게 정조가 미덕이라는 발언에 더해 여성 비하적인 표현이 인용되면서 당시 남성 중심 사회의 폭력적 관점이 노골적으로 언급되었다. 그리고 줄의 말이 끝나자 카트린은 반박의 말 대신 센강에 뛰어드는 행위로 거부감을 강렬하게 표출했다. 이 충격적인 사건은 영화의 마지막에 이르러 짐을 태운 채 차를 몰고 강으로 뛰어드는 장면을 통해 다시 한 번 환기되며 세상을 향한 저항을 담은 카트린의 몸짓을 재차 강조한다.

〈줄 앤 짐〉을 감상한 후 이들의 사랑을 도저히 이해할 수 없다는 반응들이 쏟아지곤 하지만, 사실 이 삼각관계의 모티브는 수많은 문학 작품과 영화에서 반복적으로 차용될 만큼 매력적이며 시대를 초월하는 보편적인 소재이다. 영화에서 여러 번 언급되는 셰익스피어의 작품 중에서도 『십이야』나 『한여름밤의 꿈』처럼 복잡한 애정 관계를 다룬 경우가 많다. 즉, 이들의 관계는 어떻게 보면 전혀 새로운 것도 아니고 현대적인 것도 아니며 오히려 고전적이라 할 수 있다. 한편, 〈줄 앤 짐〉의 이야기는 변화무쌍한 시대적 변화를 배경으로 하고 있다는 점에서도 주목할 필요가 있다. 이들의 관계는 1차 세계대전 직전에 시작되는데, 이 시기는 프랑스가 눈부신 호황을 누렸던 호시절로 아름다운 시기라는 뜻의 '벨 에포크Belle Époque'라 불린다. 실제로 초반부 세 인물이 함께하는 장면들은 순진무구한 아이들처럼 행복하게 연출되면서 이들의 사랑은 마치 벨 에포크처럼 이상화되는 뉘앙스를 풍긴다. 모든 것이 가능할 것만 같던 장밋빛 시간, 다시는 오지 않을 것을 알기에 가장 아름다운 기억으로 남아 있는 시절에 대한 향수를 떠올리게 하는 것이다. 하지만 이 시간은 찰나와도 같았다. 전쟁이 발발하고, 이들이 재회하여 복잡한 관계를 본격적으로 맺게 되는 시기는 전쟁의 후유증과 또 다른 전쟁의 조짐이 도사리고 있던 불안정한 시기, 양차 대전 사이에 위치한다. 실제로 트뤼포는 영화의 내러티브에는 거의 영향을 끼치지 않음에도 1차 세계대전 당시 전쟁터의 풍경, 전후의 폐허나 묘지 등을 오랜 시간에 걸쳐 보여줌으로써 전쟁 전의 일상적 풍경과 대비시킨다. 가장 아름다운 때에 시작해서 갑자기 세상이 파괴되고 인간 이성에 대한 믿음이 상실된 혼란스러운 시기까지 지속되는 이들의 관계는 모든 가치관이 빠르게 변하고 뒤집혀 버린 바로 그 시대에 대한 메타포일지 모른다. 그리고 이 혼란스러움은 360도의 원을 그리는 혁신적인 트래블링, 강렬한 인상을 남기는 클로즈업, 버즈아이 뷰 등 빠른 속도감의 다채로운 카메라 워킹을 통해서도 전달된다.

이처럼 텍스트 내적으로도 흥미로운 화두를 던지고 있지만 〈줄 앤 짐〉은 영화를 넘어 사회적인 현상이기도 하다. 한편으로는 멋있지만 한편으로는 대책 없어 보이는 세 주인공의 자유분방한 모습은 1960년대 프랑스 사회의 중심 세력으로 떠오른 젊은이들의 새로운 가치관과 분위기를 예고한다. 실제로 당시 트뤼포를 비롯한 누벨바그 감독들의 공통된 테마는 '젊음'이었다. 청춘, 젊은이들은 영화뿐만이 아니라 1950, 60년대 프랑스의 주된 사회적 관심사이기도 했고, 당시 등장한 감독들 또한 젊은 세대였기에 자신들에 대한 이야기를 즐겨 다루었다. 당시 프랑스의 젊은이들은 스스로의 정체성을 고민하면서 동시에, 정치, 경제, 여성 등 전반적인 사회 양상을 이전과는 다른 시선에서 바라보고자 했다. 〈줄 앤 짐〉은 이러한 전반적인 가치관의 급격한 변화를 재기발랄하게 반영하는 작품이다. 이 영화에서 우리는 결혼을 사랑의 완성으로 보는 전통적 가치관에 대한 거부를 발견하기도 하고, 사랑의 근원적 정의에 대해 고민해 보면서 감정의 동요를 느끼기도 한다. 무엇보다도 이 전복적인 이야기에 당혹감을 감출 수 없으면서도 자신도 모르게 끌림을 느끼는 관객은 영화를 통해서라도 사회적 금기를 경험해 보고 싶은 은밀한 욕망을 즐기는 것일지도 모른다. 반세기도 더 전에 만들어진 영화가 여전히 세련된 방식으로 우리를 도발한다는 점만으로도 〈줄 앤 짐〉은 시대를 관통하는 매력적인 작품으로 평가받을 자격이 충분하다.

‘그녀’의 비극적 사랑, ‘그들’의 비극적 역사
– 히로시마 내 사랑 Hiroshima mon amour(1959)

프랑스 영화 전문가가 아니더라도 인터넷에서 영화 관련 정보를 종종 찾아볼 정도의 영화 애호가라면 누벨바그, 트뤼포, 고다르와 같은 이름들을 분명히 들어봤을 것이다. '새로운 물결'이라는 뜻의 누벨바그는 1950년대 후반에서 1960년대까지 이어진 프랑스 영화계를 대표하는 경향이다. 당시 참신한 감각의 젊은 감독들이 대거 등장하며 요즘 표현으로 스웩 넘치는 작품들을 선보이면서 이 시기는 프랑스 영화 최고의 전성기로 남게 되었다. 하지만 같은 시기에 활동했던 모든 누벨바그 감독들이 같은 노선을 걸은 것은 아니었다. 누벨바그라는 거대한 이름으로 묶어 버리기엔 조금은 아쉬움이 남는 또 다른 개성을 가진 일군의 감독들이 있었고, 이들에겐 누보 시네마nouveau cinéma라는 작지만 특별한 이름표를 붙이기도 한다. 수많은 영화 서적에서 누보 시네마에 속하는 감독들을 누벨바그의 맥락에서 언급하는 경우가 흔하며, 이러한 관점이 틀렸다고 할 수 없는 것도 사실이다. 하지만 이왕 프랑스 영화에 대해 관심을 가졌다면 조금 더 세밀하게 구분해서 이해하면 좋겠다는 생각이 든다.

누벨바그와는 달리 누보 시네마에 대해서는 명확한 정의를 내리기 어려운 구석이 있다. 이 영화적 경향을 이해하기 위해서는 우선 누보 로망Nouveau Roman이라는 문학적 경향을 거쳐야만 한다. 20세기 프랑스 문학계에는 이전까지의 전통적인 문학과는 다른 방식으로 글쓰기를 시도했던 소수의 작가들이 등장하여 짧은 기간 동안이지만 주목을 받은 적이 있었다. 이들은 새로운 글쓰기를 지향한다는 의미에서 '새로운 소설'이라는 의미의 누보 로망이라는 이름으로 불렸다. 알랭 로브그리예, 클로드 시몽, 그리고 마르그리트 뒤라스 등이 누보 로망의 경향을 보여준 대표적인 작가로 언급된다. 이들은 특별한 사건을 중심으로 전개되는 관습적인 이야기 구조에서 탈피하여, 의식과 내면의 흐름을 묘사하는 서술로 일관하는 등 일반적으로 소설에 기대되는 특징들을 거부하는 독특한 스타일을 보여줬기 때문에 지루하다거나 난해하다는 인상을 주기도 한다. 누보 시네마는 바로 이 누보 로망과의 연관성에서 비롯되었다. 즉, 크게 보면 누벨바그의 영향력 아래 있지만 누보 로망 작가들과의 협업을 통해 또 다른 스타일의 영화를 연출했던 감독들을 따로 묶는 명칭이 바로 누보 시네마인 것이다. 누보 로망 작가들이 시나리오 작업에 참여하고 때로는 연출 과정에도 개입하다 보니 이 영화들 역시 소설만큼이나 실험적일 것이라 짐작하기 어렵지 않다. 사실, 워낙 독자적으로 활동을 했던 감독들이기 때문에 이들을 굳이 누보 시네마라는 이름으로 규정할 필요가 있는지에 대해서부터 논쟁이 있기도 했지만, 어쨌든 알랭 레네, 아녜스 바르다, 크리스 마케, 장 루슈 등은 누보 시네마 감독들로 종종 묶이곤 한다. 이들은 눈에 띌 정도로 대단한 사조를 형성하지는 않았지만 당시 카이에 뒤 시네마를 중심으로 모였던 주류 누벨바그 감독들로부터는 거리를 두고 각자의 방식으로 새로운 영화를 만들고자 시도했다는 점에서 의미가 있다. 재미있는 차이점을 하나 추가하자면, 이들은 좌안이라 불리는 센강 남쪽 지역에서 누보 로망 작가들과 함께 어울리곤 했는데, 대표적인 누벨바그 감독들이 파리 북쪽을 중심으로 활동하면서 영화에도 우안의 풍경을 많이 담았던 것을 떠올린다면 확실히 그들 사이에는 취향의 차이가 있었던 것 같다.

위에 언급한 감독들 중에서 프랑스 영화사에 가장 큰 획을 그은 감독을 고르라면 열에 아홉은 알랭 레네를 선택할 것이다. 레네는 2014년 유작 〈사랑은 마시고 노래하며〉를 남기고 세상을 떠났다. 당시 올랑드 대통령을 비롯해 많은 정치인, 유명인들이 그의 죽음을 공개적으로 애도했다는 것만 보더라도 그가 프랑스 영화계에서 갖는 위치가 어느 정도인지를 짐작할 수 있다. 레네의 필모그래피를 관통하는 키워드는 역사, 그리고 기억이다. “영화는 살아 있는 묘지다.”라는 말을 했을 만큼 레네는 역사에 지속적으로 관심을 갖고 아우슈비츠나 알제리 전쟁과 같은 과거의 사건들을 개인의 기억과 연결하여 풀어내는 작업을 여러 영화를 통해 시도해 왔다. 레네는 영화뿐만 아니라 그림, 사진, 문학, 연극, 만화 등 다양한 예술 분야에도 관심이 많았다. 1940년대부터 영화 제작을 시작했는데, 고흐의 그림들로 연출한 단편 다큐멘터리 〈반 고흐〉(1947)는 일반적으로 예술가를 주인공으로 하는 픽션과는 구별되는 ‘회화 영화’라는 독특한 장르를 보여주기도 했다. 피카소의 작품에 영감을 받아 만든 단편 영화 〈게르니카〉(1950)에서는 스페인 전쟁이라는 역사적 사건을 미술과 결합했고, 다큐멘터리 〈밤과 안개〉(1955)에서는 2차 세계대전 시기 유대인 수용소의 참상을 소재로 삼아 홀로코스트의 기억을 스크린에 펼쳐 놓으며 자신의 이름을 본격적으로 알리기 시작했다. 이어서 〈히로시마 내 사랑〉과 〈지난 해 마리앙바드에서〉를 통해 전 세계의 시네필들에게 그의 이름을 제대로 각인시켰다. 〈지난 해 마리앙바드에서〉는 로브그리예가 시나리오 작업에 참여한 작품으로, 몇 번을 봐도 이해하기 어려운 모호하고 난해한 영화의 대명사로 알려져 있다. 반면, 뒤라스의 시나리오를 바탕으로 연출된 〈히로시마 내 사랑〉은 미학적인 성취는 물론이고 영화가 담고 있는 메시지 또한 보편적이라는 측면에서 큰 부담 없이 감상해 볼 만한 작품이다.

〈히로시마 내 사랑〉에서 레네는 역사라는 공적인 테마를 두 남녀의 사적인 사랑 이야기를 통해 섬세하게 풀어낸다. 〈밤과 안개〉에서 드러난 2차 세계대전에 대한 관심은 이 작품에서 새로운 관점에서 조명된다. 히로시마 원폭에 대한 영화를 의뢰받은 레네는 일본인을 전형적인 희생자로 묘사하는 뻔한 이야기를 재현하는 대신 히로시마의 역사에 프랑스의 역사를 결합하는 우회적이고 복합적인 연출을 통해 전쟁의 비극성이라는 보다 큰 메시지를 담아내고자 했다. 한편, 〈히로시마 내 사랑〉의 시나리오 작업을 담당한 뒤라스는 대중에게는 제인 마치의 도발적인 정사 장면으로 논란이 되었던 영화 〈연인〉의 원작을 쓴 작가로 알려져 있다. 하지만 안타깝게도 〈연인〉은 뒤라스의 의사와는 전혀 상관없이 철저하게 감독의 의도에 따라 연출되었기 때문에 이 영화를 보고 뒤라스의 스타일을 짐작한다면 정말 큰 실수가 될 것이다. 레네는 〈히로시마 내 사랑〉의 시나리오를 처음부터 뒤라스에게 전적으로 맡겼고, 따라서 국내에 출간되어 있는 뒤라스의 『히로시마 내 사랑』은 소설이 아니라 바로 이 영화의 시나리오이다. 뒤라스의 『히로시마 내 사랑』은 텍스트 자체에 이미 시각적인 요소가 세밀하게 묘사되어 있으며, 작가로서의 개성을 확인할 수 있다는 점에서도 영화와 별개로 찾아볼 만한 가치가 있다. 뒤라스는 직접 영화 연출도 할 만큼 영화에 대한 관심과 재능을 증명했다는 점을 상기한다면 단순한 시나리오 이상의 의미가 있으리라는 생각이 든다.

〈히로시마 내 사랑〉을 단순히 줄거리를 통해서만 이해하려고 든다면 불륜 이야기, 혹은 국적을 뛰어넘는 진부한 사랑 이야기 정도로밖에는 보이지 않을 것이다. 영화 촬영을 위해 일본에 방문한 프랑스인 여성이 그곳에서 일본인 남성을 만나 짧지만 강렬한 사랑을 주고받는 며칠의 시간을 보여줄 뿐이다. 하지만 이들이 맺어 나가는 에로틱한 관계 이면에는 두 사람 모두 2차 세계대전과 관련된 트라우마가 있다는 일종의 유대감이 자리 잡고 있다. 히로시마 원폭, 나치의 프랑스 점령과 해방이라는 공적인 역사, 그리고 그로부터 영향 받은 사적인 경험과 기억은 끊임없이 교차한다. 원폭 이후 아비규환 같은 시간을 지나 겨우 정상적인 삶의 모습을 회복한 히로시마의 풍경 위에서 여자는 독일 점령기 느베르라는 프랑스의 한 시골 마을에서 겪었던 비극적인 사랑의 기억을 떠올린다. 그녀의 회상을 통해 과거의 이미지가 지속적으로 펼쳐지면서 이질적이고 생경한 두 공간과 시간은 만나고 흩어지기를 반복한다. 이처럼 과거의 프랑스와 현재의 히로시마를 넘나드는 이야기 구조는 뒤라스의 상상력과 레네의 연출력을 통해 때로는 몽환적이고 때로는 현실적인 뉘앙스로 재현된다.

영화 초반에는 원폭 직후 히로시마의 처참한 풍경을 현실의 이미지를 통해 다큐적인 스타일로 재현하며 역사에 대해 진지하게 고찰할 것 같은 뉘앙스를 풍기다가 갑자기 서정적인 사랑 이야기를 그린 픽션으로 넘어가는 등 〈히로시마 내 사랑〉은 픽션과 다큐를 넘나드는 형식적인 실험성을 보여주기도 한다. 애초에 레네는 이 영화를 계획할 당시, 〈밤과 안개〉에서 보여줬던 다큐적이고 직접적인 방식의 연출을 피하고자 결심했다. 노골적인 이미지로 재현할수록 감독이 전하고자 하는 영화적 효과는 오히려 반감될 거라 생각했던 것이다. 그리하여 결국 레네는 러브 스토리를 영화를 지탱하는 가장 중요한 축으로 설정하고, 여성이 느베르에서 겪은 비극적인 첫사랑, 그리고 그녀가 지금 히로시마에서 겪는 또 다른 사랑에 집중함으로써 그녀의 사적인 감정을 표출하는 것에 많은 시간을 할애한다. 이렇게 〈히로시마 내 사랑〉에서는 사적 이야기가 공적 역사보다 중요하게 다뤄지고 있고 아이러니하게도 이를 통해 오히려 역사의 비극성이 강조된다. 아직 소녀의 티를 완전히 벗지 못했던 파릇파릇했던 시절 그녀는 자신의 마을을 점령한 나치의 일원인 젊은 독일군 병사와 사랑에 빠졌다. 하지만 해방을 맞이한 날 독일군 병사는 마을 사람이 쏜 총에 맞아 죽게 되고, 그녀는 가족으로부터 외면당하고 이웃들로부터 조롱당하며 머리카락을 잘린 채 오랫동안 지하실에 갇혀 지내야만 했다. 살아도 살아 있다고 할 수 없는, 광기에 휩싸인 끔찍한 시간들이었다. 그런데 이 일련의 과정 속에서 독일군과 그녀에 대한 증오를 표출하는 프랑스인들의 감정은 드러나는 반면 나치의 만행처럼 그 시기를 상징하는 전형적인 이미지는 전혀 재현되지 않는다. 이 기억들은 그녀만의 것이기 때문이다. 그녀는 나치 점령이라는 정치적 상황보다 이룰 수 없는 사랑에 빠진 자신의 운명을 훨씬 비극적으로 기억한다. 〈히로시마 내 사랑〉에서 중요한 것은 특정한 사건의 재현이 아니라 역사 속에서 그녀가 겪었을, 그리고 현재 겪고 있는 감정의 동요이다. 레네는 이처럼 우회적이고 유연한 방식으로 역사에 대한 영화, 기억에 대한 영화에 멜로드라마의 옷을 입힌다.

이 영화의 주관적인 내러티브 진행은 고전적인 서사로부터 완전히 벗어난다. 문학이든 영화든 순차적인 시간의 흐름에 따라 이야기를 전개하는 것이 전통적인 방식이지만, 레네는 이러한 패턴에서 벗어나 과거와 현재를 구분하지 않고 끊임없이 뒤섞어 버린다. 현재 히로시마에 있는 남녀의 이야기 위에 과거의 기억을 덧씌우며 새로운 영화적 시간을 창조해 낸다. 과거형과 현재형이 공존하는 그녀의 서술에 따라 과거의 이미지는 어떤 예고도 없이 즉각적으로 현재 위에 펼쳐진다. 전혀 다른 배경과 시간의 풍경들은 관습적인 플래시백이 아닌 평행 편집을 통해 끊임없이 교차하며 하나의 시간과 공간처럼 연결된다. 그녀에게 가장 아픈 기억으로 남은 느베르의 사랑과 앞으로 어떻게 될지 모를 히로시마의 사랑은 계속 겹쳐진다. 그녀가 지칭하는 '당신'이라는 표현 또한 눈앞에 있는 현재의 그이자 과거의 독일군 병사를 의미하는 것이기도 하다. 지금 이 순간 자신의 곁에서 잠든 남자의 손 위로 독일군 병사의 손이 오버랩되고, 느베르의 골목과 현재 히로시마의 풍경이 자연스럽게 연결된다. 이처럼 레네는 인과적인 연결보다는 인물의 감정과 기억에 집중하는 방식으로 장면을 구성한다.

느베르에 있는 마르그리트 뒤라스 길. 이곳에서 〈히로시마 내 사랑〉을 촬영했다는 설명도 같이 붙어 있다.(By TwoWings - Own work, CC0, https://commons.wikimedia.org/w/index.php?curid=53534496)

한편, 느베르와 히로시마라는 공간을 포착하는 템포의 차이를 통해 완결된 과거의 서사와 진행 중인 현재의 서사를 섬세하게 구분 짓기도 한다. 〈히로시마 내 사랑〉은 영화 전체가 하나의 일관된 스타일로 지속되는 것이 아니라 상황에 따라 다양한 속도와 스타일의 편집을 선보인다. 두 도시의 풍경을 비출 때 카메라의 무빙과 속도는 미묘하게 변한다. 초반부 히로시마를 묘사하는 다큐 스타일의 시퀀스를 포함하여 현재 히로시마의 풍경들은 스피디한 트래블링과 명확한 컷을 통해 연출되는 반면, 과거 느베르의 풍경은 여유로운 속도의 롱 트래블링으로 포착된다. 히로시마를 비출 때는 초점 거리를 짧게 잡는 쇼트 포커스를 사용하지만, 느베르를 회상할 때는 롱 포커스로 이미지와의 간격을 길게 잡아 먼 풍경까지 모두 담아냄으로써 상대적으로 모든 것이 느려지면서 시간이 연장되는 것 같은 느낌을 준다. 이러한 연출을 통해 지구 반대편에 위치한 서로 다른 두 공간과 15년의 간격을 둔 두 개의 시간은 그녀의 의식 속에서, 그리고 관객의 머릿속에서 서로 다른 뉘앙스로 각인된다.

〈히로시마 내 사랑〉이 보여주는 복합적인 성격은, 대비되거나 이질적인 요소들을 모티브로 삼고 있다는 점에서도 드러난다. 전쟁, 혐오, 끔찍한 죽음을 상징하는 단어인 히로시마를 사랑이라는 아름답고 따뜻한 표현으로 부르는 제목에서부터 낯선 느낌이 든다. 남녀가 사랑을 나누는 영화의 첫 시퀀스의 미장센 또한 이중적인 의미를 품고 있다. 그들의 벗은 몸 위로는 재처럼 보이는 미세한 먼지들이 내려앉는다. 어느새 이 먼지들은 비를 연상시키는 물방울로 변한다. 재는 히로시마 원폭, 전쟁의 폐허를 떠올리게 하며, 물방울은 이 비극적 시간에 대한 애도, 혹은 여자가 겪었던 과거에 대한 슬픔을 드러낸다. 이처럼 에로틱한 이미지와 전쟁의 참혹함을 떠올리게 하는 이미지의 연결을 통해 영화는 에로스와 타나토스의 공존까지 재현해 낸다. 현재 히로시마 평화의 광장을 지나가는 하얀 고양이는 예전 그녀가 갇혀 있던 느베르의 지하실에 나타난 검은 고양이를 자연스럽게 떠올리게 한다. 느베르는 비와 강으로 상징되는 반면, 히로시마는 태양으로 표현된다. 이처럼 레네는 다양한 이미지와 상징을 활용하여 과거와 현재를 잇는 끈을 촘촘하게 꼬아 놓는다. 인물의 캐릭터 또한 간단하게 정리할 수 없다. 일본인 남성은 히로시마 원폭의 피해자이기도 하지만 다른 한편으로는 전범국의 일원이기도 하다. 그녀가 과거에 사랑했던 독일군 병사도 마찬가지이다. 그는 총에 맞아 죽은 한 명의 안타까운 청년이지만 프랑스의 적이기도 하다. 인물의 성격을 포함하여 영화 곳곳에 이중적으로 해석될 수 있는 장치들을 설정해 놓음으로써 레네는 영화의 복합성과 모호성을 극대화한다. 이렇게 〈히로시마 내 사랑〉은 누보 로망 작가와 누보 시네마 감독이 만났을 때 만들어 낼 수 있는 영화의 정수를 보여준다. 금방이라도 눈물이 뚝 떨어질 것 같은 맑고 커다란 눈망울의 에마뉘엘 리바Emmanuelle Riva와 당시 서양인들이 아시아인에 대해 가졌을 편견과는 거리가 먼 훤칠한 일본 배우 에이지 오카다Eiji Okada의 감성적인 연기 또한 영화의 오묘한 분위기를 고조시킨다. 여자의 회상을 들으며 두 사람은 밤을 보내고 마침내 그녀가 떠나야 할 날이 된다. 영화가 끝날 때까지 관객들은 그와 그녀의 관계가 어떻게 될지 전혀 짐작할 수 없다. 레네는 열린 결말을 통해, 여자가 히로시마에 남든 떠나든 그것이 중요한 것은 아니며, 그들이 함께 보낸 시간, 그리고 그 시간 동안 나눈 수많은 대화에 관객이 집중하기를 바라는 것이다.

영화 초반, 두 주인공이 나누는 대사에서 '보다'라는 단어가 유난히 강조된다. "너는 히로시마에서 아무것도 보지 못했어."라는 남자의 대사로 본격적인 영화의 이야기가 시작된다. 그러자, "나는 모든 것을 봤어요."라고 항변하는 여자의 목소리가 들려온다. 이어서 그녀는 말한다. 병원, 박물관, 영화, 그리고 뉴스를 통해 히로시마의 아픔을 다 봤다고. 하지만 남자는 반복한다. 너는 아무것도 보지 못했다고. 이 대사는 〈히로시마 내 사랑〉을 포함하여 역사를 다룬 모든 영화를 통해 레네가 전하고자 하는 핵심적인 메시지를 함축하고 있다. 아무리 훌륭한 영화나 소설이라 하더라도 과거의 시간을 있는 그대로 재현할 수 없으며, 관객 또한 직접 겪어 보지 못한 사건을 예술 작품을 통해 온전히 이해할 수 없다. 어떠한 박물관도 과거를 비슷하게 모방해 낼 수 있을 뿐, 똑같이 만들 수는 없다. 이러한 재현 불가능성, 어떠한 기교로도 표현할 수 없는 거대한 현실과 영화적 재현의 간극을 강조함으로써 히로시마가 되었든 나치 점령이 되었든 인류가 겪은 비극적인 역사에 대해 누구도 감히 보았다고, 알고 있다고 말할 수 없음을 〈히로시마 내 사랑〉은 조용하지만 강렬하게 전달한다.

비극적인 공동의 역사를 에로틱하기까지 한 사적인 기억과 경험을 바탕으로 소환하는 독특한 방식을 통하여 레네는 역사를 어떻게 돌아볼 것인가의 문제를 제기한다. 그런데 이 과정에서 주인공들의 이름은 한 번도 언급되지 않는다. 두 남녀의 이름은 영화가 끝날 때까지도 등장하지 않으며, 심지어 엔딩 크레딧에도 '그녀'와 '그'로만 표시되어 있을 뿐이다. 영화의 마지막에 이르면 그녀와 그는 서로의 이름을 느베르와 히로시마로 부른다. 주인공에게 개별적인 이름을 부여하지 않은 설정은 보편성을 지향하고자 하는 레네의 의지를 보여준다. 두 남녀의 조금은 특별한 러브 스토리를 바탕으로 비극적이고 처참한 역사를 반추하게 만드는 아이러니한 연출을 통해 과거의 의미를 되새기고자 하는 것이다. 결국, 〈히로시마 내 사랑〉은 2차 세계대전과 히로시마 원폭 사건이라는 비극적 역사에 대한 기억을 품고 있는 두 인물의 이야기를 통해 반전과 화합이라는 가장 보편적인 메시지를 전달하고자 한다. 이러한 맥락에서 본다면 느베르Nevers라는 도시의 이름과 영어 단어 never의 언어적 유사성 또한 의도되었으리라 짐작할 수 있다.

역사와 통속적인 소재를 시적인 이미지와 대사를 통해 예술적으로 연출해 내는 영화 미학의 성취를 보여줬다는 점에서 〈히로시마 내 사랑〉은 개봉 당시 대중적, 비평적 성공 모두를 거뒀다. 카이에 뒤 시네마는 그동안의 영화사를 뒤집어 버린 작품이라고 평했으며, 고다르는 질투가 날 정도의 작품이라고 밝히기도 했다. 그 외에도 많은 비평가들이 새로운 영화이며 지금껏 전혀 보지 못했던 영화라고 극찬을 아끼지 않으면서 이 작품은 현대 영화의 진정한 시작이라는 평가까지도 받았다. 그럼에도 불구하고 사실 한국인들의 입장에서는 순수하게 영화적인 완성도만으로 평가할 수 없다는 껄끄러움과 불편함이 남는다. 일본의 오랜 식민 지배를 받으며 수많은 희생을 치렀고 일본의 패전으로 겨우 해방을 맞이한 비극적 역사를 가진 한국인의 입장에서 〈히로시마 내 사랑〉은 어떻게 받아들여야 할지 마음을 정할 수 없는 어려운 영화일 수밖에 없다. 실제로 이 영화를 향해 유럽인의 자기중심적 관점, 아시아 역사에 대한 몰이해 등을 보여준다는 비판도 종종 제기되곤 한다. 나 역시 이 영화를 볼 때마다 매번 감탄과 동시에 일종의 한계를 느낀다. 누군가에게는 미학적으로도 정치적으로도 훌륭해 보이는 작품이 다른 누군가에게는 전혀 다른 의미로 받아들여질 수 있음을 새삼 깨닫게 된다. 그래서 오히려 이 작품을 권하고 싶기도 하다. 〈히로시마 내 사랑〉을 감상하는 경험은 한 편의 영화를 이해하고 평가하는 기준에 대해 고민해 볼 수 있는 꽤나 무겁고 진지한 시간이 될 것이다.

레지스탕스의 누아르
– 그림자 군단 L'Armée des ombres(1969)

해당 글은 2020년 12월『프랑스문화연구』에 발표한 논문「독일 점령기에 대한 회상: 장–피에르 멜빌의 〈바다의 침묵〉과 〈그림자 군단〉을 중심으로」의 일부를 수정하여 재구성한 것임을 밝혀 둔다.

한국 영화를 즐기는 관객들은 '누아르'라는 표현을 들으면 깡패들이 주인공으로 등장하고 욕이 난무하는 폭력적인 영화들을 떠올리기가 쉽다. 실제로 이런 종류의 영화들이 한동안 우후죽순 개봉하면서 포스터나 영화 소개에 누아르라는 표현을 대놓고 사용하다 보니 관객의 입장에서는 자연스레 '누아르 = 조폭 영화'라는 인식이 생길 수밖에 없다. 하지만 누아르는 꽤나 역사가 깊은 장르로 미국의 스릴러 영화 중에서 특정한 형식적 요소를 지닌 영화들을 지칭하는 표현으로 처음 등장했다. 어두운 조명을 사용하고 냉소적인 사립 탐정들이 주인공으로 등장하는 우울한 분위기를 물씬 풍기는 영화들이 주로 이에 해당된다. 그런데 미국에서 출현한 이 독특한 스타일의 영화에 '누아르'라는 이름을 붙인 것은 프랑스의 영화 평론가들이었다. 누아르는 프랑스어로 '검은', '어두운'이라는 뜻의 단어로 당시 프랑스에서 유행했던 일련의 추리 소설을 세리 누아르série noire, 로망 누아르roman noir라 불렀던 데에서 유래되었다. 누아르는 어떤 장르보다도 분위기가 결정적인 요인으로 작용하는데, 로우 키low key*, 강한 콘트라스트, 그

* 로우 키는 어둡고 희미한 느낌의 조명으로 미스테리하거나 우울한 분위기를 전달하는 스릴러나 갱스터 장르에서 주로 사용된다.

림자 등을 통해 전반적으로 음울한 분위기를 연출하고 주인공은 영웅도 악당도 아닌 모호한 캐릭터로 등장한다. 미국에서 탄생한 누아르는 프랑스에 소개되면서 독특한 분위기의 프렌치 누아르로 변형되었는데 이 과정에 결정적인 기여를 한 감독이 바로 장 피에르 멜빌Jean-Pierre Melville이다. 미국 누아르 영화에 푹 빠져 있던 멜빌은 당시 프랑스 영화계의 흐름과는 다른 행보를 선택하며 프랑스적인 감수성과 결합한 새로운 느낌의 누아르를 보여주기로 결심한다.

멜빌은 이후 누벨바그 감독들이 입을 모아 칭송할 정도로 자신만의 확고한 스타일을 보여준 독보적인 작가주의 감독으로 한국의 시네필들 사이에서도 은근히 인기가 높다. 하지만 그가 영화를 만들기 전 레지스탕스로 활동했다는 사실에 대해서는 아는 사람이 많지 않다. 멜빌이라는 이름 또한 레지스탕스 시절 신분을 감추기 위해 미국 작가 허먼 멜빌로부터 영감을 받아 새롭게 만든 이름으로 이는 이후 영화감독으로서의 커리어에도 그대로 유지되었다. 이처럼 레지스탕스 활동을 직접 경험했기에 2차 세계대전 시기에 대한 기억은 이후 그의 인생에 지대한 영향을 끼쳤으리라 짐작할 수 있다. 그리하여 멜빌은 범죄 영화를 만드는 와중에도 독일 점령기를 배경으로 하는 작품들에 지속적으로 관심을 갖고 연출을 해 왔다. 1947년 연출한 첫 장편 〈바다의 침묵〉에 이어 1960년대에 발표된 〈레옹 모랭 신부〉, 〈그림자 군단〉은 독일 점령기 3부작으로 불리는데, 그중에서도 〈그림자 군단〉은 범죄물에만 어울린다고 생각했던 누아르 스타일과 비장한 레지스탕스의 결합을 보여주는 멜빌의 최고작 중 하나이다.

1969년에 발표된 〈그림자 군단〉은 1942년 나치 점령 아래에서 은밀하게 출판된 조제프 케셀Joseph Kessel의 소설을 원작으로 하는 작품으로 멜빌은 이 소설을 읽으면서 진작부터 영화화의 계획을 세웠다고 한다. 나치와 친독 정부에 맞서 활동했던 레지스탕스의 이야기를 다룬 원작의 내용에 멜빌은 자신의 사적인 경험과 기억을 추가한다. 그리고 이 과정에서 드골을 향한 향수를 노골적으로 드러낸다. 이런 이유로 개봉 당시, 비평가들에게 부정적인 반응을 얻으면서 〈그림자 군단〉은 오랫동안 드골주의 작품이라는 낙인이 찍힌 채 회자되기도 했다. 가장 논란이 되는 장면은 레지스탕스의 수장이 영국에서 드골로부터 훈장을 수여받는 장면을 직접적인 방식으로 연출한 시퀀스이다. 심지어 아주 잠깐이지만 드골과 꼭 닮은 인물까지 등장시킴으로써 시각적으로 다시 한 번 자신의 이데올로기적 견해를 강조하기까지 한다. 실제로 이 작품은 68혁명으로 인해 드골이 사임해야 했던 바로 그 시기에 개봉했다는 점에서도 드골 시기에 대한 아쉬움과 향수를 담고 있다고 지적받았다. 멜빌은 이처럼 드골주의자임을 스스로 드러냄과 동시에 레지스탕스들의 치열하고 위태로운 삶에 집중하고 있지만, 그럼에도 레지스탕스의 신화화라는 함정에 빠지지 않는다는 점이 〈그림자 군단〉에 대해 높은 평가를 내리게 만드는 중요한 요소라 할 수 있다.

영화는 "나쁜 추억들, 그렇지만 환영받았던… 너희는 나의 지난날의 청춘이다…mauvais souvenirs, soyez pourtant les bienvenus…vous êtes ma jeunesse lointaine…"라는 문구로 시작한다. 작가 쿠르틀린Georges Courteline의 말을 빌려온 것이지만 이 문구는 〈그림자 군단〉이 멜빌의 자전적 이야기임을 암시하고 있기도 하다. 멜빌은 한 인터뷰에서 전쟁의 시기에 대해서 부정적 평가와 동시에 '경이로운' 시간이었다고 회고한 바 있기도 하다. 레지스탕스로서의 삶이 그에겐 두려움과 동시에 자신의 존재 이유를 각인하게 만든 하나의 놀라운 모험이기도 했던 것이다. 자신을 포함해 당시 실제로 활약했던 레지스탕스들의 경험과 기억은 영화 여기저기에 깊게 녹아들어 있다. 〈그림자 군단〉은 1942년 나치 점령 아래에서 레지스탕스 멤버인 필립 제르비에, 뤽 자르디, 장프랑수아 자르디, 마틸드, 르 마스크, 펠릭스, 르 비종이라는 인물들을 중심으로 전개된다. 그런데 멜빌은 레지스탕스의 가시적 성과를 그려내는 것에는 관심이 없다. 독일 나치에 대항하여 영웅적인 성취를 이뤘다거나 하는, 일반적으로 기대하기 쉬운 전형적인 레지스탕스 영화의 공식을 거부하는 것이다. 그저, 어떠한 사건을 행하기 위한 은밀한 준비 과정, 그리고 그 과정에서 발생하는 내부적인 사건들을 해결해 나가는 모습만을 보여줄 뿐이다. 더하여, 멜빌은 인물 한 명 한 명을 세심하게 묘사하고자 노력한다. 레지스탕스라는 하나의 집단이 아니라 각 인물의 개인적인 사정에 집중하며, 행위 대신 어떠한 일을 해 나가는 과정에서 직면하는 내적 갈등에 초점을 맞춘다. 이러한 태도는 케셀의 원작에서도 이미 드러나고 있는 부분이기도 하다. 제르비에가 체포되어 수용소에 보내지는 두 번의 에피소드에서, 같은 방에 수감된 주변적인 인물들에게도 카메라를 비추고 목소리를 부여함으로써 국가와 민족을 위해 희생했으나 충분히 애도되지 못한 수많은 레지스탕스들을 향한 존경을 표한다.

다른 한편, 레지스탕스가 비밀스러운 집단이라는 점을 부각시킴으로써 주인공들의 정체성을 모호하게 표현하는 연출은 이 작품에서 가장 매력적인 지점이다. 이들을 '그림자 군단'이라고 일컫는 것은 일차적으로는 눈에 띄지 않고 행동해야만 하는 레지스탕스의 운명을 의미하며, 일종의 경계에 서 있는 애매한 정체성을 상징하기도 한다. 독일 점령이라는 특수한 시기적 상황은 도덕적 기준을 흐려 버리고 레지스탕스의 정체성을 모호하게 만들어 버림으로써, 레지스탕스와 게슈타포의 역할을 뒤바꿔 버리기도 한다. 독일 점령하에서는 친독 정부, 그리고 게슈타포가 정당성을 부여받은 공권력의 자리에 위치한다. 반면, 레지스탕스는 공권력의 감시를 피해 은밀하게 움직여야만 하는 갱스터의 역할을 부여받는다. 정의와 불의는 시대적 특수성과 예외적 공간성에 의해 새롭게 위치지어진다. 이런 상황에서 레지스탕스는 사회의 질서에 균열을 내는 역할을 맡게 되며 이 과정에서 '자신들의 정의'를 지키기 위해 불의를 행하는 일도 서슴지 않는다. 해방과 정상적 국가 체제의 복원을 위한 과정에서 불법적인 방식을 쓸 수밖에 없는 이 모순적 상황은 '예외상태'라는 시대적 특수성의 맥락에서 이해할 수 있다. 나치 체제 아래에서 사회는 기존의 법률이 정지된 상태이며, 이 자리에는 모든 법을 초월하는 나치의 규범이 들어선다. 즉, 이미 사회 자체가 예외상태에 돌입하였고, 그 안에 속한 개인들 또한 기존의 법적 효력에 영향 받지 않는 것이다. 이러한 공백 또는 정지 상태에서 레지스탕스는 자신들의 정치적인 이상을 위하여 관습적인 법적 한계를 위반할 수밖에 없다.

영화 초반 제르비에는 독일군 관저에서 탈출하기 위해 그곳에서 처음 만난 남자에게 먼저 탈출을 종용하고 그에게 독일군의 시선이 쏠린 틈을 타 혼자 무사히 탈출한다. 상황상 타인의 죽음을 충분히 예견하고도 이를 담보로 자신의 목숨을 구한 그의 행위는 윤리적으로 비난받을 만한 것이다. 하지만 감독은 어떠한 개인적인 의견도 드러내지 않음으로써 제르비에를 비난하지도 또는 정당화하지도 않는다. 이후, 제르비에를 밀고한 조직의 배신자를 처단하는 시퀀스가 바로 이어진다. 이 시퀀스에서 펠릭스는 배신자 청년에게 경찰로 접근하여 차에 태우고 납치한다. 대낮에 어린 청년을 납치하는 그들의 모습은 불법적인 일을 행하는 갱단의 행위를 그대로 닮아 있고 겁에 질린 배신자 청년은 무고한 희생자처럼 보이기까지 한다. 레지스탕스의 정의를 세우기 위해 경찰이라는 공권력의 이름을 빌려 오는 이 상황은 이들의 정체성에 대한 모호함을 가중시킨다. 더하여, 이유가 어찌 되었든 배신자를 처단하는 과정은 분명 살인 행위이다. 하지만 감독은 살해라는 행위 자체가 아니라 살해에 이르는 과정과 그 과정에서, 그리고 그 이후 갈등하는 인물들의 심리에 초점을 맞춤으로써 원치 않는 일을 해야만 하는 책임에 동반된 딜레마에 집중한다.

이러한 도덕적 갈등은 가족 같은 동료에게도 해당된다. 후반부 게슈타포에 잡힌 마틸드를 어떻게 할 것인지를 두고 제르비에는 그녀를 죽이기로 결심한다. 조직의 안위를 위해서는 당연한 결정일 수도 있겠으나 그동안 쌓아 온 우정을 떠올린다면 배신이기도 하다. 이 결정을 내리는 순간 제르비에의 얼굴은 콘트라스트 효과에 의해서 반은 어둠에 묻힌 상태로 연출되어 도덕적 모호함을 드러냄으로써 악당을 연상시키는 이미지로 표현된다. 그의 양심을 괴롭히는 것은 대의가 아니라 동료에 대한 윤리적 선택이다. 이처럼, 〈그림자 군단〉은 일반적으로 레지스탕스에게 기대되는 위대한 활약은 배제하고 인간적인 측면에서 조명함으로써 각 개인이 겪는 고뇌와 배신, 감정에 초점을 맞춘다. 영웅이면서 동시에 범죄자로 보이도록 하는 이중적 재현은 멜빌이 자주 이용하는 캐릭터 구축의 방식이다. 멜빌의 영화에는 절대적 악인도 선인도 존재하지 않는다. 그의 인물들은 자신의 목표를 향해 경주마처럼 달려가는 과정에서 법이나 윤리에 종속되지 않는다. 〈그림자 군단〉의 레지스탕스들은 정의의 사도들이 아니다. 이분법적으로 판단할 수 없는 모호하고 불명확한 캐릭터로 묘사된다. 이러한 맥락에서 〈그림자 군단〉은 레지스탕스를 소재로 삼고 있지만 일반적인 의미에서의 저항 영화와는 거리가 멀다.

주인공들은 위태로운 삶을 지속하는 과정에서 조직을 위해, 때로는 자신의 안전을 위해 기존의 도덕적 판단에 위배되거나 감정적 동요를 넘어서는 결정을 지속해 나간다. 이처럼 개인적 가치관의 혼란과 고뇌를 표현하는 과정에서 멜빌은 인물들의 결정에 대해 어떠한 변명도 더하지 않는다. 제르비에와 장프랑수아 등 인물의 보이스 오버 내레이션을 통해 독백의 형식으로 내면을 드러내는 경우들이 있기도 하지만 정작 관객들이 궁금해하는 이유에 대해서는 철저하게 외면한다. 가장 대표적인 순간은, 게슈타포에 끌려간 동료 펠릭스의 구출 계획을 앞두고 갑자기 스스로를 고발하여 체포되고 정보를 발설해 버린 장프랑수아의 변절이다. 그가 이러한 판단을 내리기까지의 동기는 끝까지 설명되지 않기에 다른 동료들도 관객들도 각자의 방식으로 추측할 수밖에는 없다. 또한, 장프랑수아의 친형인 뤽이 사실은 레지스탕스의 수장이라는 사실은 관객에게는 밝혀지지만, 정작 장프랑수아는 끝까지 자신의 형이 현실로부터 거리를 둔 채 형이상학적인 이야기만 하는 학자일 뿐이라고 믿는다. 형제 사이의 오해는 끝까지 해소되지 않은 상태로 영화는 끝난다. 심지어 두 사람은 이미 동료로서 마주치기도 하지만 어두운 밤이었기에 장프랑수아는 형을 눈앞에 두고도 알아보지 못하는 아이러니한 장면이 펼쳐지기도 한다. 멜빌은 인물들의 행위에서 완벽한 인과적 근거를 굳이 구축하려 들지 않으며 이들의 상황과 감정을 관객에게 설득시키려 하지도 않는다. 이는, 철저하게 자신의 신분을 은폐한 채 그림자로 살아가야 하는 레지스탕스의 운명을 상기시킨다.

〈그림자 군단〉은 지극히 현실적이고 비극적인 세계관을 바탕으로 낙관적인 미래를 부정한다. 영화가 시작되고 비가 쏟아지는 들판 위로 제르비에를 수용소로 운송하는 군용 트럭이 달려오는 장면이 등장하는 것부터가 이 이야기의 결말이 비극으로 예정되어 있음을 보여주는 것일지도 모르겠다. 그리고 이후 영화의 장면은 잿빛에 가까운 로우 키로 줄곧 유지됨으로써 전쟁의 기억을 어두운 흑백 사진처럼 그려내어 시종일관 누아르적 분위기를 조성한다. 더하여, 음향의 효과를 극대화하는 방식의 연출을 선보이기도 한다. 초반부 수용소에서의 음산한 바람 소리, 나치 사령부로 이송되어 대기 중이던 제르비에가 탈출을 계획하고 타이밍을 기다리는 동안의 긴장감을 조성하는 벽에 걸린 시계의 초침소리 등 데뷔작에서부터 보여준 청각적 이미지를 통한 긴장감 연출은 이 작품에서도 그대로 드러난다.

어둠을 틈타 은밀하게 이동하고 행동해야 하는 레지스탕스는 그림자적인 존재로서, 독일군 관저에서 탈출하여 눈이 흩날리는 밤거리를 달리는 제르비에의 모습이 어둠 속에 묻힌 채 선명하게 드러나지 않는 시퀀스는 스스로를 은폐한 채 비극적인 결말을 향해 내달려야 하는 운명을 상징한다. 이후에도 인물들의 얼굴은 반쯤 혹은 아예 어둠에 잠겨 있으면서, 존재하되 존재하지 않아야 하는 그들의 의무를 드러낸다. 멤버들 중 펠릭스는 중간중간 모자를 벗는 행위를 통해 이러한 운명을 거부하고자 하는 몸짓을 보이기도 한다. 그리고 그는 가장 먼저 체포되어 죽음을 맞이한다. 자신이 선택한 그림자와 같은 삶, 언제고 죽을 수 있는 위태로운 운명을 거부하고 평범하고 안전한 삶을 조금이나마 기대하는 순간 일종의 처벌이 가해지는 것이다.

게슈타포에게 체포되어 처형장에 끌려가는 동안 제르비에는 생각한다. "죽음이 두렵지 않다. 이게 어떻게 가능한가? 그건 내가 소견이 좁은 사람이라 죽으러 간다는 것을 믿지 못하기 때문이다. 그러니까 마지막 순간까지 그것을 믿지 않는다면, 난 결코 죽지 않을 것이다. 대단한 발견이다! 이 발견이 맞는지 확인해봐야 한다." 독일군은 처형의 순간 수감자들에게 벽까지 뛰어가서 총에 맞지 않고 살아남는다면 목숨을 연장해 주겠다는 내기를 제안한다. 수감자들의 눈앞에 펼쳐진 통로의 끝에는 거대한 벽이 가로막고 있다. 죽음이 예정되어 있음을 알지만 그들은 공포에 질려 몰이당하는 토끼처럼 벽을 향해 뛰기 시작한다. 죽음을 믿지 않는다면 죽지 않으리라고 생각한 제르비에 또한 전력으로 뛰고 벽에 다다르자 밖에서 기다리던 동료들이 던져준 밧줄이 내려와 그는 무사히 구출된다. 그러나 이것은 순간적인 것일 뿐 궁극적인 탈출을 의미하는 것은 아니다. 구출된 제르비에는 만약 자신이 뛰지 않았다면 어떤 결과가 닥쳤을지 떠올려 보는데, 이는 선택에서부터 그 결과까지, 즉 레지스탕스가 되기로 결심한 이후에 펼쳐질 운명에 대한 책임을 오롯이 자기 자신이 지고 가야 한다는 것을 다시 한 번 상기시킨다.

제르비에는 구출되었지만 마틸드가 체포당하고 결국 조직원들은 조직의 안위를 위해 그녀를 죽이기로 결정한다. 〈그림자 군단〉은 기존 멜빌 영화와는 다른 방식으로 여성 캐릭터를 구축한다. 철저하게 남성의 세계에 집중하는 누아르 스타일을 바탕으로 하는 멜빌의 작품에서 여성은 거의 등장하지 않거나 혹은 성적 매력만을 어필하는 부차적이고 장식적인 캐릭터로 기능함으로써 제대로 조명받지 못했다. 그러나 〈그림자 군단〉에서 시몬 시뇨레 Simone Signoret가 연기한 마틸드는 남성 동료들의 대사를 통해 "위대한 여성"이라는 평가가 반복해서 등장할 정도로 멜빌의 영화에서 상당히 예외적인 여성 캐릭터이다. 하지만 결국 이 여성으로 인해 조직에 위기가 초래된다는 점에서 여성에 대한 멜빌의 믿음은 끝까지 유지되지 않는다. 마틸드는 게슈타포에게 체포되고 지갑 안에 있던 딸의 사진을 뺏기게 되면서 딸을 살리기 위해서는 조직을 밀고해야만 하는 상황에 처하고, 조직원들은 그녀가 차라리 죽음을 원할 것이라 애써 믿으며 결국 살해한다. 그녀는 남편도 딸도 모르게 레지스탕스 활동을 함으로써 독립성을 유지하고 남성과 동등한 지위를 부여받았지만, 그녀의 위대함은 결국 가족에 의해 무너지고 만다. 즉, 〈그림자 군단〉에서도 여성은 여전히 남성 사회에 포섭될 수 없는 연약하고 불완전한 존재로 남으며 가족은 영웅적 인물을 무너뜨리는 장애로 제시된다. 결국 멜빌은 레지스탕스 재현에 있어서도 여타의 누아르 영화에서와 마찬가지로 여성을 주변으로 밀어냄으로써 남성 중심의 가부장적 세계를 구축한다. 이것은 멜빌의 여성 주인공에게 주어진 운명의 한계인 것이다. 영화에서는 유일한 여성 레지스탕스의 죽음까지만 재현되지만 살아남은 자들 역시 죽음을 피할 수는 없다. 멜빌은 에필로그를 통해서 이후 닥쳐올 조직원들의 마지막 순간들을 문자의 형식으로 전달한다. 그리고 개선문 앞을 행진하는 독일군의 행렬을 비추며 시작했던 영화는 살아남은 자들이 개선문 앞을 스쳐 지나가는 장면으로 끝난다. 레지스탕스의 비극적인 희생을 바탕으로 프랑스의 영광이 다시 시작되었음을 전달하고자 하는 것이다. 〈그림자 군단〉을 통해서 우리는 감독이기 이전에 격동의 시대를 보낸 한 레지스탕스가 회상하는 프랑스의 과거를 공유할 수 있다. 물론, 독일에 대한 반감이나 프랑스인으로서의 자긍심 보다는 레지스탕스였던 감독 자신의 존재감이 가장 빛났던 시기에 대한 그리움이 묻어난다는 점에서 〈그림자 군단〉은 레지스탕스에 대한 향수를 바탕으로 하는 자위적 작품이라고 해석할 만한 여지도 남는다.

샤를 드골 광장 중심에 세워진 개선문. 프랑스인의 긍지와 애국심을 상징하는 역사적인 건축물이다.

수많은 역사적 사건들 중에서 2차 세계대전은 오늘날 프랑스인들의 멘탈리티에 가장 크게 영향을 끼친 사건 중 하나이다. 20세기 후반기 프랑스의 정치 상황은 2차 세계대전의 연속선상에서 이해할 수 있다고 해도 과언이 아닐 것이다. 그만큼 이 시기의 이야기는 수많은 소설과 영화 등의 대중 매체를 통해 지속적으로 환기되어 왔다. 전쟁은 총이나 미사일만으로 설명될 수 없는 것임을 알고 있기에 멜빌은 전쟁의 무력적 요소나 스펙터클한 측면을 부각시키는 대신, 그 시기 치열하게 버티고 투쟁해야 했던 사람들의 고뇌와 가치를 보여주고자 했다. 동시에 영화인으로서의 정체성도 잊지 않았다. 그에게 해방은 정치적인 의미의 독립만을 의미하지 않는다. 영국의 극장에서 〈바람과 함께 사라지다〉를 보고 나온 제르비에와 자르디가 나눈 대화 – "우리가 이 아름다운 영화를 프랑스에서 볼 수 있는 날이 아마도 프랑스가 자유를 되찾는 날이 될 것이다." – 처럼 아름다운 영화 한 편을 마음 놓고 볼 수 있는 것이 바로 진정한 해방과 자유임을 역설한다. 이처럼 〈그림자 군단〉은 상식적 판단이나 낭만적 상상을 불가능하게 만들고 개인이 무력해질 수밖에 없는 예외적이고 비극적인 사건인 전쟁의 시기를 누아르적 영화 미학으로 성취해 냈다는 점에서 매력적인 작품이다.

알록달록 포장지 속 캔디의 씁쓸한 맛

– 쉘부르의 우산

Les Parapluies de Cherbourg(1964)

수많은 영화 장르 중에서 프랑스 영화의 이미지와 가장 어울리지 않는 것을 고르라면 아마도 뮤지컬이 아닐까 싶다. 어딘지 모르게 진지하고 철학적인 느낌을 지울 수 없는 프랑스 영화에 대한 오랜 선입견은 경쾌하고 명랑한 뮤지컬의 이미지와는 영 어울리지 않는다. 실제로 오늘날 우리가 극장에서 만나는 뮤지컬 영화들은 대부분 미국에서 만들어진 작품들이다.(발리우드 뮤지컬* 이 점차 늘고 있는 추세이긴 하지만 할리우드의 영향력은 여전히 절대적이다.) 프랑수아 오종의 〈8명의 여인들〉 정도가 한국에서 대중적으로 인기를 끈 프랑스 뮤지컬 영화인데 이마저도 거의 20여 년 전의 작품이다. 이외에도 알랭 레네의 〈우리들은 그 노래를 알고 있다〉(1997)나 크리스토프 오노레의 〈러브 송〉(2007) 등의 뮤지컬 영화가 개봉했었지만 이벤트적인 느낌이 강하기도 하고 할리우드 영화에서 느껴지는 전문성은 다소 부족한 것이 사실이다.

---

* 발리우드는 뭄바이의 옛 이름인 봄베이와 할리우드의 합성어로 인도의 영화 산업을 의미한다. 그런데 발리우드에서 제작되는 영화들은 춤과 노래가 주요하게 등장하는 음악극의 형식을 띠는 경우가 대부분이다 보니 일반적으로 발리우드 영화는 인도 스타일의 뮤지컬을 지칭하는 표현으로 사용된다.

실제로 프랑스 영화사에서 뮤지컬 장르는 비주류에 속한다. 똑같이 소리를 활용하더라도 프랑스는 노래보다는 대사, 즉, 말 자체에 집중하는 경향이 훨씬 강했다. 이렇게 뮤지컬과는 거리가 멀게만 느껴지는 프랑스지만 1964년 칸 영화제 황금종려상까지 받은 뮤지컬 영화가 있다. 직접 보지는 못했어도 어디선가 한번쯤 제목은 들어봤을 법한 자크 드미Jacques Demy 감독의 〈쉘부르의 우산〉(1964)이 바로 그것이다. 이 작품은 미국적인 옷에 프랑스적인 감수성을 더함으로써 우리가 일반적으로 떠올리는 뮤지컬의 한계를 넘어선다. 몇 년 전 미국 뮤지컬 영화 〈라라랜드〉(2016)가 개봉할 당시 감독이 〈쉘부르의 우산〉에 대한 오마주를 담은 것이라고 밝힌 인터뷰가 공개되면서 〈쉘부르의 우산〉은 50여 년이 지나 새롭게 회자되기도 했다.

〈쉘부르의 우산〉이 품고 있는 복합적인 매력을 이해하기 위해서는 무엇보다도 뮤지컬 영화의 기본적인 특징과 영화사에서 뮤지컬 장르가 갖는 위상에 대해서 살펴볼 필요가 있을 것 같다. 많은 사람들이 가볍게 보고 즐기는 오락물이라고 생각하기 쉽지만 사실 뮤지컬은 그 어떤 장르보다 화려하게 등장하고 번성했으며 그만큼 생명력도 길기에 영화사에서 매우 중요한 위치를 점하고 있다. 130년도 채 되지 않은 영화의 역사에서 가장 중요한 시기를 꼽는다면 단연코 유성영화의 등장일 것이다. 1895년 뤼미에르 형제로부터 시작된 영화는 꽤 오랫동안 소리 없이 이미지만으로 모든 것을 전달해야 했다. 물론 무성영화라도 상영할 때 배경음악을 연주하거나 따로 음악을 추가하는 시도 등을 통해서 완전한 침묵 속에서 영화를 보는 일만은 피할 수 있었지만 어쨌든 인물의 대사는 신 중간중간 삽입되는 자막을 통해서 읽는 것으로 대체해야만 했다.

하지만 1920년대 후반에 이르면 이러한 소리의 한계를 드디어 극복할 수 있게 된다. 이 시기에는 영화사에 있어 가장 중요한 두 가지의 변화가 일어나게 되는데, 첫째는 무성에서 유성으로, 둘째는 흑백에서 컬러로의 전환이었다. 먼저, 유성영화가 등장하게 되면서 영화계의 판도는 완전히 달라진다. 무성영화 시기 영화의 핵심은 당연히 시각 이미지였다. 소리를 활용할 수 없는 무성영화는 눈에 보이는 요소들만으로 모든 것을 전달해야 했기 때문에 당시 영화인들에게 있어서 영화의 본질은 영상 그 자체였다. 이런 배경에서 러시아의 몽타주 이론이나 독일의 표현주의처럼 시각 이미지의 효과를 극대화하여 메시지를 전달하려는 시도들이 앞다투어 발전하게 된 것이다. 그러나 유성영화의 시대가 도래하면서 영화인들의 관심은 자연스럽게 소리를 어떻게 이용할 것인가에 쏠렸으며, 소리라는 신기술의 매력을 극대화할 수 있는 장르는 바로 뮤지컬이었다. 1927년 인류 최초의 유성영화로 기록된 미국 영화 〈재즈 싱어〉의 성공 이후 특히 할리우드는 뮤지컬 영화의 전성기를 맞게 된다. 유성영화는 영화라는 매체가 보여줄 수 있는 가능성을 넓혔다는 장점도 있지만, 수많은 감독과 배우들의 운명이 엇갈리는 계기가 되기도 했다. 발성이나 발음이 좋지 않은 기존의 무성영화 배우들이 유성영화에 적응하지 못해 도태되는 상황이 발생했던 것이다. 이 시기 혼란스러운 영화계의 모습은 〈사랑은 비를 타고〉의 소재로 등장하기도 했다.

소리의 등장에 이은 두 번째 변화는 흑백에서 컬러로의 전환이었다. 사실 1920년대 초반 미국에서 최초의 컬러영화가 나오긴 했지만 매우 조악한 수준이었다. 이전에도 필름을 놓고 직접 수작업으로 색칠을 하는 방식 등을 통한 컬러화 시도들은 있었다. 그런데 사운드가 도입되면서 채색용 화학 물질이 사운드 트랙을 망가뜨리는 문제가 발생하는 탓에 직접 채색 방법은 불가능해진다. 이후 보다 과학적인 방식으로 컬러화 기술이 발전해 나가게 되면서 키네마컬러를 거쳐 테크니컬러 기법까지 이어지고 1932년에 드디어 3색 테크니컬러 기법의 출현으로 완전한 컬러영화를 제작할 수 있게 되었다. 최초의 컬러영화도 기술의 변화에 민감하게 움직이고 발 빠르게 주도해 나갔던 미국에서 등장했다. 자연스러운 색 재현이 가능해졌다는 것은 단순히 시각적 즐거움을 넘어 영화가 현실을 더욱 잘 재현할 수 있게 되었다는 의미이기도 하다. 그런데 문제는 비용이었다. 테크니컬러로 촬영하려면 제작비가 너무 많이 들어가기 때문에 수익성의 문제로 보편화되기엔 어려움이 많았다. 그래서 시각적 즐거움을 강조하는 영화에만 제한적으로 사용되면서 주로 애니메이션, 그리고 화려한 의상이 돋보이는 춤이 등장하는 뮤지컬에 쓰이게 된다. 〈세인트 루이스에서 만나요〉(1944), 〈파리의 미국인〉(1951), 〈사랑은 비를 타고〉(1952) 등 뮤지컬의 고전으로 불리는 작품들은 모두 테크니컬러로 큰 성공을 거둔 대표적인 예이다.

이처럼 뮤지컬은 일차적으로는 유성영화와 밀접한 관련이 있지만 더하여 컬러영화의 발전으로부터도 직접적으로 영향을 받은 장르이기 때문에 영화사에서의 두 가지 큰 변화를 모두 반영하는 중요한 포인트라 할 수 있다. 그리고 앞서 언급했듯 이런 급격한 변화들은 기술의 발전에 가장 빠르게 적응하면서 영화판을 키워온 미국을 중심으로 이루어졌다. 특히, 1930년대에서 1950년대는 할리우드 뮤지컬 영화의 황금기로 불린다. 영화사 MGM을 기반으로 하는 뮤지컬 영화의 대부 아서 프리드Arthur Freed의 주도 아래 어마어마한 수의 양질의 뮤지컬 영화가 탄생하면서 할리우드는 뮤지컬 영화의 전성기를 맞이한다. 우리가 알 만한 대부분의 뮤지컬 영화는 모두 이 시기 아서 프리드의 손끝에서 탄생했다고 해도 과언이 아닐 것이다. 그런데 할리우드의 뮤지컬은 그 매력에도 불구하고 일종의 규칙을 따라 제작되었기에 한계도 존재했다. 인물의 노래와 춤이 내러티브와 적절히 어울리며 관객을 들었다 놨다 하는 그 형식적 특징은 매력적이지만, 가만히 살펴보면 너무 단순한 내러티브 공식을 발견하게 된다. 무엇보다도, 당시 뮤지컬은 소위 행복한 결혼 이데올로기를 전파하는 데 충실했다. 남자와 여자가 만나고, 둘 사이에 약간의 오해가 생기면서 서로 미워하거나 아웅다웅하지만 결국에는 남자가 여자를 쟁취한다는 결말로 나아가는 지극히 뻔한 플롯이 작은 변주를 통해 반복되었던 것이다. 또한, 뮤지컬은 대단한 영화 미학에 대해서 크게 고민할 필요도 없었다. 애초에 눈과 귀를 즐겁게 만들기 위해 탄생한 장르이다 보니 그 이상의 것은 중요치 않았다. 이처럼 뮤지컬 영화는 역사적인 맥락은 물론이고 스타일적인 측면에서도 매우 할리우드적인 성격을 갖는다.

그런데 〈셸부르의 우산〉은 이러한 할리우드식 뮤지컬과는 조금 다른 관점에서 바라봐야만 그 매력을 보다 잘 즐길 수 있다. 보통의 할리우드 뮤지컬에서 노래는 극의 흐름에 맞춰서 선택적으로 삽입되며, 노래에 어울리는 춤이 동반되는 경우가 대부분이다. 그래서 프레드 아스테어나 진 켈리와 같은 엄청난 춤꾼들이 뮤지컬 시기 최고의 스타로 군림할 수 있었던 것이다. 이런 맥락에서, 우리가 즉각적으로 떠올리는 뮤지컬의 이미지는 영화보다는 무대 공연에 더 가깝다. 일반적으로 영화에서는 인물이 카메라의 존재를 모른 척하면서 연기를 하는 반면 뮤지컬 영화의 배우는 관객이 마치 실제로 앞에 있는 것처럼 카메라를 직접 바라보면서 공연한다는 점만 떠올리더라도 이 차이가 바로 느껴진다. 하지만 〈셸부르의 우산〉에서는 인위적인 춤은 거의 등장하지 않는다. 또한, 노래는 특별한 순간에만 등장하는 것이 아니라 처음부터 끝까지 한마디도 빠짐없이 모든 대사, 단어 하나하나가 멜로디에 맞춰 100% 노래로 진행된다. 즉, 이 작품은 대사 전체가 모두 노래로 구성되어 있다는 이례적인 특징을 보여준다. 여러 테마곡이 있지만 하나의 동일한 멜로디에 다양한 대사가 입혀지면서 반복적으로 등장하기도 한다. 이러한 시도는 당시 모든 영화인들이 〈셸부르의 우산〉을 향해 회의적인 전망을 하게 만든 주요한 이유이기도 했다. 이 과감한 시도가 성공할 수 있었던 데에는 음악감독 미셸 르그랑Michel Legrand의 역할이 매우 컸다. 그는 샹송부터 재즈까지 다양한 장르에 도전하면서 음악 커리어를 쌓아 왔으며 영화 음악에 있어서는 특히 누벨바그 감독들과 많은 작업을 함께했다. 고다르의 〈비브르 사 비〉, 바르다의 〈5시부터 7시까지 클레오〉 등의 작품들에는 어김없이 르그랑의 손길이 닿았다. 그의 재능은 프랑스 밖으로도 알려지면서 나중에는 미국으로 건너가 내로라하는 감독들과의 협업을 통해 빼어난 결과물들을 선보였다.

이 정도로 실력을 증명한 미셸 르그랑과 자크 드미 감독의 만남은 실패했다면 더 이상했을 것 같다. 자크 드미는 〈롤라〉(1961)에서 시작해 〈쉘부르의 우산〉을 만든 후에도 〈로슈포르의 숙녀들〉(1967), 〈당나귀 공주〉(1970), 〈도심 속의 방〉(1982) 등 꾸준히 뮤지컬 영화를 만들어 오면서 같은 시기 활동했던 프랑스 감독들과는 전혀 다른 자신만의 독자적인 영화 세계를 구축했다. 1960년대 할리우드에서는 이미 뮤지컬의 한 시기가 끝나고 보다 전문화되거나 다양한 장르의 음악이 결합되면서 뮤지컬의 현대적 재탄생을 위한 길을 모색하고 있었다. 하지만 프랑스는 드미에 의해서 1960년대가 되어서야 본격적인 뮤지컬 영화가 시작되었다. 앞서 언급했듯 할리우드와는 달리 프랑스에서 뮤지컬 영화는 거의 주목받지 못했기 때문에 프랑스 뮤지컬을 이야기하기 위해서는 반드시 자크 드미를 경유할 수밖에 없다는 사실에서 프랑스 영화사에서 드미 감독의 유일무이한 위치를 확인할 수 있다.

〈쉘부르의 우산〉은 1950년대 후반 프랑스 노르망디의 항구 도시인 쉘부르를 배경으로 펼쳐지는 슬픈 사랑 이야기를 중심으로 진행된다. 열일곱 살의 아가씨 주느비에브는 자동차 정비공인 스무 살의 기와 사랑하는 사이이다. 하지만 기는 입대를 하게 되고 기의 아이를 임신한 주느비에브는 앞으로의 삶에 대한 두려움을 극복하지 못하고 젊은 부자인 카사르와 결혼하고 셸부르를 떠난다. 다음 해 제대하고 고향에 돌아온 기는 실연의 아픔에 방황하다가 자신을 사랑하는 마들렌 덕분에 힘을 얻고 안정적인 가정을 꾸린다. 그리고 십여 년도 더 흐른 뒤 주느비에브와 기는 우연히 마주치지만 과거의 감정을 억누른 채 담담하게 안부를 묻고 이별의 인사를 나누면서 영화는 끝난다. 평범한, 어쩌면 진부하기까지 한 이야기지만 르그랑과 드미는 영화를 보는 내내 단 한 순간도 눈을 떼지 못하게 만드는 연출력을 보여준다.

우선, 영화가 시작되자마자 등장하는 오프닝 크레딧 시퀀스를 보는 불과 몇 분 사이에 관객은 이미 이 영화에 빠져들게 된다. 카메라는 바다의 풍경에서 시작해 버즈 아이 뷰bird's eye view를 취하면서 셸부르 항구의 돌바닥을 배경으로 사람들이 오가는 모습을 비춘다. 그 위로 빗물이 떨어지고 색색의 우산들이 일렬로 모였다가 흩어진다. 그리고 이 영화의 주제곡이자 가장 유명한 테마곡인 'Je ne pourrai jamais vivre sans toi(나는 너 없이는 살 수 없어.)'* 의 멜로디가 들려온다. 우산과 비가 등장하는 뮤지컬이라니, 잘 모르는 사람조차도 무의식적으로 전설적인 할리우드 뮤지컬 〈사랑은 비를 타고〉를 떠올리게 된다. 〈사랑은 비를 타고〉의 주인공이자 감독인 진 켈리가 몇 년 후 드미의 〈로슈포르의 숙녀들〉에 출연했다는 점을 떠올린다면 충분히 설득력이 있는 연상 작용이

* 한국에서는 "I will wait for you"라는 영어 제목으로 더 알려져 있다.

라 하겠다. 드미는 할리우드 뮤지컬에 대한 일종의 오마주를 보내고 있는 것이다.

앞서 뮤지컬이 컬러영화의 발명과 밀접하게 관련되어 있다고 언급한 것처럼, 〈쉘부르의 우산〉은 눈이 정말 호강하는 작품이기도 하다. 드미는 컬러영화의 장점을 십분 살려 시선을 휘어잡는 색 배치를 통해 동화 같은 미장센을 연출해 낸다. 항구나 아기자기한 소도시의 풍경은 그 자체만으로도 충분히 보는 재미가 있지만, 〈쉘부르의 우산〉은 주황, 파랑, 빨강, 노랑, 분홍, 초록 등 눈이 쨍해지는 비현실적이고 알록달록한 색채로 공간과 인물을 인상적으로 부각시킨다. 현재 공개된 영상은 2013년에 디지털 복원 작업을 거친 버전이라 음향은 물론 컬러감 또한 훨씬 생생하게 확인할 수 있다. 여기에 바비 인형을 연상시키는 카트린 드뇌브Catherine Deneuve의 청초한 미모 또한 판타지 같은 영화의 미장센을 돋보이게 만드는 데 큰 역할을 하고 있다는 사실은 굳이 언급할 필요도 없을 것 같다.

그런데 지금까지 설명한 내용들은 관점에 따라서는 여타의 뮤지컬 영화와 크게 구별되는 지점으로 보기는 어렵다는 냉정한 평가도 가능할 것이다. 〈쉘부르의 우산〉의 가장 큰 힘은 바로 뮤지컬이라는 비현실적 장르로 지극히 현실적인 이야기를 전달한다는 아이러니에서 나온다. 일반적으로 사람들은 뮤지컬에서 행복한 동화 같은 이야기를 기대한다. 물론 〈레미제라블〉처럼 비극적인 서사를 옮겨온 시도가 없는 것은 아니지만 뮤지컬은 기본적으로 가볍고 행복한 세계를 그려내는 장르라는 인식이 강하다. 하지만 〈쉘부르의 우산〉은 전혀 다른 결을 보여준다. 판타지 같은 화려한 이미지를 연출하면서 이 알록달록한 포장지에 싸인 내용물은 매우 씁쓸하고 비정하기까지 하다.

당시 20대 초반이었던 카트린 드뇌브의 풋풋한 모습
(By Crichy93 – Own work, CC BY-SA 4.0,
https://commons.wikimedia.org/w/index.php?curid=56366633)

영화는 꽤 구체적인 날짜까지 제시하면서 '1부: 이별le départ(1957년 11월)', '2부: 부재l'absence(1958년 1월)', '3부: 귀환le retour(1959년 3월)'이라는 제목을 담은 총 3장의 구성을 뼈대로 삼아 스피디하게 전개된다. 이 시간의 흐름은 주느비에브와 기의 관계 변화만을 의미하는 것은 아니다. 〈쉘부르의 우산〉은 화려한 미장센과 서정적인 노래 아래 당시 프랑스 사회의 전반적인 분위기를 객관적으로 묘사한다. 기는 단순히 입대를 하는 것이 아니라 알제리 전쟁에까지 동원되는 것으로 제시되는데, 멜로 서사에 어울리지 않는 소재라는 건 차치하고라도, 영화에서 알제리 전쟁을 직접적으로 언급하는 것 자체가 당시 흔한 일은 아니었다. 이 영화는 프랑스의 마지막 남은 식민지였던 알제리가 독립하고 얼마 지나지 않아 개봉하였다. 알제리 독립과 관련된 역사는 프랑스의 입장에서는 상당히 아픈 손가락과 같았다. 1954년부터 1962년까지 이어진 알제리 전쟁 동안 프랑스는 대규모 군대를 동원해서 싸웠으나 결국 항복을 선언하고 만다. 당시 프랑스의 좌파 지식인들은 정부에 대해 비판의 목소리를 높이며 알제리 독립을 지지하기도 했다. 또한 이 기간 동안 프랑스가 알제리에서 저지른 고문과 만행으로 인해 알제리 전쟁과 관련된 역사는 프랑스인들에게 있어 굳이 들추고 싶지 않은 어두운 이야기로 남아 있다. 그런데 이 불편한 소재를 자크 드미는 영화 속에서 아무렇지 않게 언급하고 있는 것이다.

이런 맥락에서, 전쟁에서 돌아온 기가 주느비에브와 딸을 잃고 방황한다는 설정은 단순히 개인적인 이야기 이상의 의미를 가진다. 기가 고향에 돌아온 날 쉘부르에는 추적추적 비가 내린다. 부상을 당해 다리를 절고 있는 기의 모습은 더욱 처량하게 느껴진다. 게다가 주느비에브의 엄마가 운영하던 우산 가게는 아예 문을 닫아 버렸고 주느비에브의 흔적은 그 어디에서도 찾을 수 없다. 기는 정비소에 다시 출근하지만 마음을 잡지 못하고 방황하며 불량한 태도로 일관한다. 하지만 실질적인 엄마의 역할을 하던 대모님이 돌아가시는 사건을 계기로 마음을 잡고 자신에게 호감을 갖고 있던 마들렌과 새로운 삶을 꾸려나가겠다는 희망찬 계획을 세운다. 이 과정에서, 자신의 의지와 상관없이 사랑하는 여인과 딸을 떠나보내야 했던 기의 운명은 프랑스와 닮아 있다. 다른 관점에서 본다면, 기에게 있어 대모님의 죽음은 프랑스 패배 후의 알제리, 또는 알제리 출신 프랑스인들의 처지를 연상시키면서 양가적인 해석의 여지를 남겨 놓는다. 어쨌든 프랑스로서는 이제 과거의 영광을 잊고 현실을 직시해야 하는 시간이 도래한 것이고, 알제리는, 기가 대모님의 유산을 상속받아 다시 인생을 시작한 것처럼, 새로운 미래를 꾸려 나가야 하는 과제를 안게 된 것이다. 더하여 빗물과 연결되는 우산 가게에서 일하는 주느비에브는 애도를 위한 눈물을 연상시키고, 자동차 정비소에 이어 주유소를 운영하는 기에게서 느껴지는 기름 냄새는 전쟁을 떠올리게 만든다는 점에서 인물들의 직업 또한 당시 정치적 상황에 맞춰 의도된 것이 아닐까 하는 추측이 가능하다.

정치적인 맥락뿐 아니라 1950, 60년대 초반 프랑스 사회의 실질적인 변화를 디테일하게 묘사하고 있다는 점에서 〈쉘부르의 우산〉은 또 다른 해석의 이정표로 이해할 수 있다. 영화의 이야기가 펼쳐지는 시기는 2차 세계대전이 끝난 후 프랑스가 급격한 발전을 이루는 영광의 30년에 해당된다. 이 시기 프랑스인들은 빠르게 현대화된 삶에서 기술 발전의 혜택을 누리며 본격적인 소비시대로 진입한다. 제대한 기가 주느비에브의 엄마가 운영하던 우산 가게에 찾아왔을 때 이미 빨래방으로 바뀌어 여러 대의 세탁기가 채워지고 있던 장면은 현대적인 가전제품들이 일상화되기 시작한 당시 프랑스의 시대적 변화를 직관적으로 전달한다. 이러한 시대의 흐름과 더불어 자본의 유무에 따라 계급화가 가속화되리라는 것은 너무나도 자명한 일이다. 실제로 영화에서는 사회계급의 구분이 지속적으로 강조된다. 기는 자동차 정비공에 넉넉지 않은 형편이다. 그럼에도 입대 전까지만 해도 주느비에브와 기는 경제적 조건에 구애받지 않는 낭만적 사랑을 꿈꾸었다. 하지만 기가 입대한 상태에서 임신한 것을 알게 되면서 주느비에브는 현실에 눈을 뜨게 된다. 그녀는 혼자 무엇을 어찌해야 할지 모르는 두려움으로 젊은 보석상 카사르의 청혼을 받아들이고 기의 아이를 임신한 상태로 결혼해 버린다. 이 사건의 배후에는 현실적인 논리에 밝고 허영이 심한 엄마의 참견도 큰 역할을 한다. 처음에는 어린 딸의 결혼을 반대했지만 경제적인 문제를 맞닥뜨리게 된 엄마는 딸의 결혼을 통해 자신과 딸의 사회적 계급 상승을 꿈꾼다. 주느비에브 또한 처음에는 부정적이거나 소극적인 반응으로 일관했지만 결국 결혼을 통해 부와 명예를 얻는 선택을 내린다.

이런 과정에서, 당시 여성이 얼마나 수동적인 존재로 치부되었는지도 확인할 수 있다. 열일곱 살로 등장하는 주느비에브는 그저 인형같이 예쁜 소녀로만 그려질 뿐, 교육이나 개인적인 성취에 대해서는 전혀 관심을 두지 않는다. 자신의 결혼과 미래를 결정하는 중요한 순간에도 그저 엄마의 계획에 의해 조종당하는, 의지가 나약하고 자기 결정권이 없는 여성으로 묘사된다. 물론, 결혼 전 아이를 가진 딸을 향한 엄마의 관대한 반응은 시대의 간극에도 불구하고 한국과 확연히 대비됨으로써 여전한 프랑스와의 문화 차이를 실감하게 만드는 부분이기는 하다. 하지만 전반적으로 주느비에브라는 캐릭터에서 확인할 수 있는 것은 당시로서는 여성의 인권, 정체성의 문제는 고려할 만한 사항이 아니었다는 사실이다. 바로 이러한 나약한 캐릭터 덕분에 이기적으로 사랑을 배신한 여성임에도 악녀로 비춰지지 않는다. 애인이 군대에 간 동안 그의 아이를 임신한 채 다른 남자와 결혼하고 잠적해버리는 행위는 상식적으로 생각할 때 꽤나 심각한 문제이다. 하지만 자크 드미는 주느비에브에게 어떠한 비난도 가하지 않고 오히려 동정의 시선을 보내고 있다.

주느비에브의 엄마가 운영하는 우산 가게로 등장했던 상점의 모습. 사진에 담긴 2013년에는 패치워크를 위한 천과 책 등을 파는 상점이었지만 지금은 또 어떻게 되었을지 모르겠다.(By Nebbb - Own work, CC BY-SA 3.0, https://commons.wikimedia.org/w/index.php?curid=25061976)

영화의 끝에 이르면 훌쩍 시간이 지나 1963년 12월로 건너뛴다. 주느비에브는 우연히 고향을 지나던 중 주유소에 기름을 넣으려고 들렀다가 기를 마주치게 된다. 주느비에브의 차에 탄 아이가 자신의 딸임을 알지만 기는 끝까지 인사를 거부한다. 한때 연인이었던 두 남녀는 어떠한 미련도 남기지 않고 각자의 삶을 평화롭게 지속하는 선택을 한다. 안타까우면서도 한편으로는 마음이 놓이는 결말이다. 자칫 신파로 빠질 수도 있는 비극적 이야기를 소재로 삼았지만 뮤지컬 장르의 장점을 십분 활용하여 무게감을 덜어내고 발랄한 분위기로 연출해내는 데 성공했다는 점에서 〈쉘부르의 우산〉의 진정한 힘을 발견할 수 있다. 처음에는 단점으로 지적되었던 대사 전체의 노래화 또한 오히려 과한 감정 표현을 자제하게끔 유도하는 결정적인 요인으로 작용함으로써 기대 이상의 긍정적 효과를 창출해 냈다. 이러한 다양한 연출 능력을 바탕으로 동화 같은 총천연색의 세상 위에 비정한 이야기를 그려낸 〈쉘부르의 우산〉은 시대의 우울함을 경쾌함으로 승화한 씁쓸한 어른용 사탕 같은 작품이다.

누벨바그, 그 이후

포도가 익듯 인생도 영화도 익는다
– 가을 이야기 Conte d'automne(1998)

프랑스의 산책자
– 바르다가 사랑한 얼굴들 Visages, Villages(2017)

포도가 익듯 인생도 영화도 익는다
– 가을 이야기 Conte d’automne(1998)

누벨바그라는 거대한 파도가 휩쓴 후 프랑스 영화계는 긍정적으로든 부정적으로든 그 후유증에 시달릴 수밖에 없었다. 이후 등장한 영화들은 누벨바그의 영향력을 벗어나지 못한 채 매너리즘에 빠진 듯한 모습을 보여주기도 했고, 누벨 이마주라 불리는 감각적인 젊은 감독들이 등장하기도 했지만 연속성을 이루며 계승되는 데에는 실패했다. 그러다 보니 1960년대 이후에도 누벨바그 시기 활약했던 감독들의 후속작에 눈길이 쏠리는 것은 어쩌면 당연한 것인지도 모르겠다. 프랑수아 트뤼포, 장뤽 고다르, 알랭 레네 등 커리어 초기부터 대중적으로나 비평적으로 큰 주목을 받은 감독들은 프랑스를 대표하는 거장으로 자리매김하며 꾸준한 연출 능력을 보여주었다. 그리고 한편에는, 그들만큼 화려하게 이목을 끌며 등장하진 않았지만 나이를 먹으면서 오히려 누벨바그의 저력을 서서히 증명한 감독들도 있었다. 그중에서도 에릭 로메르Éric Rohmer를 가장 흥미로운 작가로 주저 없이 추천하고자 한다. 로메르는 1940년대 후반부터 시네 클럽에 드나들며 영화적 동료들과 친분을 쌓고 '카이에 뒤 시네마' 그룹의 일원으로 활동했지만 다른 감독들과는 달리 초반에는 꽤 조용하게 커리어를 쌓아 나갔다. 사생활도 알려진 바가 거의 없고 영화제에 모습을 잘 드러내지도 않으며 인터뷰도 좋아하지 않는, 한마디로 신비주의 감독이었다. 또한, 소설가와 비평가로 먼저 데뷔한 데다가 동료 감독들이 앞다투어 영화를 만들 때에도 카이에 뒤 시네마의 편집장(1957~1963)을 맡는 등 감독보다는 글을 쓰는 사람의 이미지가 더 강했다.

로메르는 어쩌면 적당한 때를 기다렸는지도 모르겠다. 그는 알게 모르게 꾸준히 영상을 만들어 왔다. 1950년대에는 주로 단편을 연출하다가 1959년 첫 장편 〈사자자리〉(1959)를 발표했지만 별다른 성공을 거두지 못하고 1960년대에는 교육용 텔레비전 영화를 제작하기도 했다. 그러다가 1960년대 중반을 지나며 그의 작품이 드디어 진가를 인정받기 시작한다. 특히, 로메르는 여러 편의 작품을 연작으로 구성하는 형식을 상당히 선호했는데, 스무 편이 조금 넘는 장편 영화 중 무려 3분의 2가 3개의 시리즈에 해당된다. 1960, 70년대에는 단편을 포함해 총 6편으로 이루어진 '도덕 이야기Contes moraux' 연작을 발표했는데 그중에서 〈수집가〉(1967)가 베를린 영화제 은곰상을 수상하면서 본격적으로 이름을 알리게 된다. 이후로는 연달아 비평적인 성과는 물론이고 대중적으로도 성공을 거둔다. 1980년대에는 또다시 6편으로 이루어진 '희극과 격언Comédies et proverbes', 1990년대에는 '사계절 이야기Contes des quatre saisons' 시리즈를 발표한다. 가끔 시대극 연작으로 묶이는 작품들도 있지만 앞서 언급한 세 개의 시리즈처럼 명확하게 구분되지는 않기 때문에 굳이 언급할 필요는 없을 것 같다. 각 연작 모두 나름의 재미가 있지만, 특히 '사계절 이야기' 시리즈는 로메르의 필모그래피에서 미세한 변화를 발견할 수 있다는 점에서 매력적이다. '도덕 이야기'와 '희극과 격언'을 비롯해 대부분의 영화와 소설에서 언제나 젊음을 핵심 테마로 다루어 왔던 로메르는 '사계절 이야기'에서는 중년을 주인공으로 내세우는 등 보다 다양한 이야기를 보여주었다. 계절의 순서와는 상관없이 제작되었던 네 편의 영화 중에서 가장 늦게 발표된 작품이 바로 〈가을 이야기〉(1998)이다. 왜 겨울이 아니라 가을을 마지막 작품으로 계획했을까 의아할 수도 있지만 막상 이 작품을 보고 나면 하나의 시리즈를 마감하는 역할로 이 영화의 이야기가 얼마나 어울리는지를 자연스럽게 깨닫고 저절로 고개를 끄덕이게 된다.

로메르는 내러티브적인 측면에서나 미장센적인 측면 모두 스타일이 매우 명확한 전형적인 작가주의 감독이다. 왠지 조용하고 소심해 보이는 분위기와는 다르게 로메르는 복잡한 연애담을 소재로 삼아 프랑스적인 연애 감수성을 유머러스한 감각으로 연출하는 데 탁월한 능력을 증명했다. 그런데 로메르식 연애담의 독특한 점은, 복잡한 관계를 제시하면서도 정작 대단한 사건은 일어나지 않는다는 사실이다. 로메르는 눈에 보이는 사건이 아니라 인간의 내면에 집중한다. 그래서 비평가들은 로메르에 대해 이야기할 때 '모랄리스트moraliste'라는 표현을 빠뜨리지 않는다. 여기에서의 '모랄'은 일반적인 의미의 도덕과는 전혀 다르다. 프랑스어 사전에서 'moral'을 검색하면 '정신적인, 심적인', '정신, 마음, 성격' 등의 의미가 등장하는데, 이런 맥락에서 모랄리스트란 인간의 내면에 무슨 일이 일어나는지, 즉, 마음의 상태에 관심을 갖는 사람을 의미한다. 로메르에게는 행위보다 인물의 정신과 감정, 미세하게 요동치고 변화를 거듭하는 내면의 상태가 더 중요한 것이다. 그리고 사람의 마음이 가장 흔들리는 순간 중 하나는 당연히 사랑의 문제와 직결된다. 많은 작품에서 로메르는 사랑하는 사람이 있는 주인공이 어쩌다 보니 새로운 이성의 유혹에 빠지는 상황을 설정함으로써 욕망으로 인한 선택의 문제로 인해 갈등을 겪게 되는 바로 그 순간의 감정에 관심을 기울인다. 그리고 보통 이러한 복잡한 연애 문제는 거의 항상 젊음을 조건으로 삼는다. 그런데 〈가을 이야기〉는 젊은이가 아니라 사십 대 중년의 욕망에 포커스를 맞춘다. 영화뿐만이 아니라 소설에서조차 젊음에 대한 이야기를 즐겨 하던 로메르에게는 의외의 경우이기에 더욱 눈에 띄는 흥미로운 작품이다.

어디서나 일어날 수 있는 아주 일상적이고 단순한 연애 이야기를 주 소재로 다루고 있지만 로메르는 매번 공간의 선택에 있어서 상당히 공을 들이는 스타일로 유명하다. 그는 지역을 옮겨 다니며 특정한 공간에서 기인하는 특별한 분위기를 아주 중요한 영화적 요소로 삼는다. 도시든 시골이든 산이든 바다든, 공간의 선택이 영화의 내러티브를 구축하는 핵심적인 요소로 기능하는 것이다. 로메르는 인물 이전에 이야기가 펼쳐질 장소, 특수한 공간들에 큰 의미를 부여한다. 그는 현장성을 중시하는 감독답게 인공적인 세팅을 거부하고 야외 촬영을 통해 해당 지역의 자연스러운 풍경, 배경의 디테일을 잘 포착한다. 이를 위해 프랑스의 여러 도시를 찾아다니며 관객들에게 영화의 사건이 벌어지는 실제 공간의 고유한 분위기를 온전히 전달하고자 고집한다. 물론, 로메르 영화에서 가장 중요한 배경은 뭐니 뭐니 해도 파리다. 초기작인 '도덕 이야기' 시리즈에서부터 파리는 주인공의 판타지적 욕망이 펼쳐지는 유혹의 공간이면서 동시에 일상적인 공간이라는 이중적인 성격으로 등장했다. 한참 시간이 지나서 연출한 1995년작 〈파리의 랑데부〉에서는 파리를 향한 사랑을 보다 노골적으로 드러내기도 한다. 서로 다른 세 개의 에피소드로 이루어진 이 옴니버스 영화에서 로메르의 카메라는 강박적일 만큼 파리의 곳곳을 탐험하고 다닌다. 평범한 주거 지역부터 동네 시장, 벼룩시장, 이런저런 길에서부터 파리 내의 유명한 공원을 마치 투어를 하듯 의식적으로 담아낸다. 또 다른 작품들에서는 파리뿐만이 아니라 일드프랑스라고 부르는 파리 근교, 그리고 지방 도시들까지 엄청나게 돌아다니면서 다양한 프랑스의 소도시들을 영화적 공간으로 훌륭하게 구축한다. 프랑스 북부부터 남부까지, 클레르몽페랑, 안시 등 한번쯤 이름을 들어봤다 싶은 웬만한 도시들의 풍경은 로메르의 레이더망을 벗어나지 못한다.

그중에서도 〈가을 이야기〉는 프랑스인들의 로망인 남프랑스 지방을 배경으로 펼쳐진다. 론알프Rhône-Alpes 지방의 생폴트루아샤토Saint-Paul Trois-Châteaux, 몽텔리마르Montélimar, 아르데슈Ardèche 등의 소도시, 그리고 그곳을 둘러싼 자연의 아름다움은 로메르의 카메라에 자연스럽게 담긴다. 어떤 이야기가 펼쳐지는 데 있어서 공간이 얼마나 중요한 역할을 하는지를 알려주기 위해 로메르는 인물의 행위 대신 우선 그가 '어디'에 있는지를 먼저 비추면서 영화를 시작하는 연출 방식을 즐긴다. 길이나 장소의 명칭을 카메라에 그대로 포착하고 인공적인 음악을 최대한 배제하고 그 지역에서 들려오는 자연과 일상의 소리를 그대로 담아내려 한다. 〈가을 이야기〉 또한 마찬가지이다. 영화가 시작되면 우리는 주인공 대신 텅 비어 있는 한적한 마을의 풍경들을 처음으로 보게 된다. 생폴트루아샤토라는 지명이 쓰인 표지판도 보인다. 이처럼 장소의 특징을 먼저 포착하는 스타일은 주인공이 처음 등장할 때도 마찬가지이다. 포도 농사를 지어 와인을 만드는 주인공 마갈리의 캐릭터는 그녀의 대사나 행동보다 그녀가 가꾸고 있는 포도밭의 풍경을 통해 먼저 전달된다. 로메르는 인물이 부재한 공간을 먼저 보여준 뒤 인물이 등장하도록 연출하기도 하고, 인물이 떠난 뒤에도 남아 있는 공간을 조용히 응시하기도 하며, 대사와 상관없이 인물들의 눈앞에 펼쳐지는 풍경을 담아내는 등의 연출을 보여준다. 이러한 미장센은 인간이 자연의 일부로 존재한다는 생각에서 기인하는 것이다. 로메르는 이미지의 아름다움은 애초에 자연 자체에 근거한 것이라고 믿었기에 인공적으로 꾸미는 기술적인 아름다움보다 본연의 가치를 살리고자 했다. 즉, 이미지를 '창조'하기보다는 영화 이전에 그리고 영화 바깥에 존재하는 자연적인 아름다움을 '발견'하길 원했던 것이고, 이런 맥락에서 자연의 아름다움을 강조하는 장면이 많을 수밖에 없는 것이다.

〈가을 이야기〉는 남프랑스의 조용하고 작은 시골에서 펼쳐지는 경쾌하고 황당한 사랑의 계략을 다루고 있다. 두 자녀가 성인

이 되어 독립해 나간 후 혼자서 작은 포도밭을 일구고 와인을 만들며 살아가는 마흔다섯 살의 마갈리는 포도밭을 가꾸는 데에만 열중한 채 사람들을 만나지도 않고 혼자 살아간다. 그녀에겐 시내에서 서점을 운영하는 친구 이자벨을 만나는 것이 거의 유일한 사교 활동이다. 가끔 아들 레오의 여자 친구인 로진이 방문하여 나이를 초월한 우정을 쌓아 나가기도 한다. 그런데 이 두 친구들은 마갈리를 그냥 두지 못한다. 그녀의 심심한 삶을 보다 못한 이자벨은 마갈리에게 남자를 소개해 주고자 하고, 로진 또한 마갈리에게 자신의 예전 철학 선생을 연결해 주고 싶어 한다. 이렇게만 본다면 중매를 서는 아주 단순한 이야기가 되겠지만, 두 친구가 마갈리에게 남자를 소개하는 과정은 너무나도 엉뚱하다. 로진이 마갈리에게 소개해 주고자 하는 철학 선생 에티엔은 과거 로진과 애인 사이였다. 즉, 로진은 자신의 예전 남자 친구를 현재 남자 친구의 엄마에게 연결해 주려고 하는 듣도 보도 못한 요상한 계획을 세운다. 그녀는 에티엔과 애매한 관계를 유지하고 있지만 에티엔과 마갈리가 사귀게 된다면 자신과 에티엔이 진정한 우정을 나누는 친구 사이가 될 수 있으리라고 생각한다. 터부시되는 관계를 만들어서라도 옛 애인, 그리고 현재 애인의 엄마 모두와 관계를 유지하기를 원하는 로진의 이상한 욕망이 만들어낸 기상천외한 아이디어이다. 한편, 이자벨은 도통 움직이지 않는 마갈리를 대신해서 신문에 애인을 구한다는 광고를 게재한다. 그리고 마갈리인 척하면서 제랄드라는 남성을 몇 번 만난 후 그에게 사실을 털어놓고 마갈리와 만나볼 것을 제안한다.

말만 들어도 머리가 지끈한 이 복잡한 관계는 엄청난 사건들을 만들어 낼 것만 같지만, 실제로 특별한 사건은 거의 일어나지 않는다. 앞서 언급한 대로 로메르는 가시적으로 보이는 행위가 아닌 내면에 집중하기 때문에 대사가 행위를 대신한다. 로메르의 인물들은 자신의 행동을 합리화하기 위해 사유하고, 언어를 통해 논리적으로 설명하고자 노력한다. 그들은 행동하기 전에 행동의 이유와 동기를 스스로 납득하고자 하는 사람들이다. 로진과 에티엔은 자신들의 관계를 규정하기 위해서 끊임없이 대화를 주고받는다. 애인, 혹은 파트너를 만나는 것의 어려움에 대하여, 그리고 남녀의 나이 차이에 대하여 자신의 생각을 상대에게 설득하고자 한다. 나이를 먹을수록 사람들은 그만큼 생각도 많아지고 자신의 삶을 합리화하기 위한 변명이 더 많이 필요해지는 것 같다. 중년 남성인 에티엔은 자신의 나이에는 좋은 상대를 만나기 어렵다고 반복해서 변명한다. 마갈리는 남자를 만나고 싶지만 방어적으로 거부해 온 과거의 모습을 후회하면서도 여전히 경계하는 태도로 이자벨에게 이것저것 털어놓는다. 이처럼 로메르의 주인공들은 자신의 세계에 갇혀 있는 사람들이며, 스스로 감정의 이유를 알고자 사유하고 분석하는 것을 즐긴다. 그들은 자신의 생각과 감정을 행동으로 직접 드러내기보다는 언제나 말로 먼저 표현하고자 한다. 그래서 때로는 듣고 있는 것만으로 피곤해지기도 한다. 다행스럽게도 〈가을 이야기〉의 인물들은 선호하는 이성의 타입이나 관계에서의 나이 차 등 통속적인 대화 정도에서 멈춘다. 그러나 다른 작품들에서 로메르는 문학을 인용하거나 철학과 수학 이론으로 상황을 분석하는 형이상학적인 대사를 통해 인간이 자신의 생각을 정당화하는 과정을 다양한 방식으로 전달하고자 한다. 로메르의 영화는 그래서 행위가 아니라 말의 영화이다. 이는 자연스러운 공간에 대한 애착과도 일맥상통하는 감독의 신념이라 할 수 있다. 로메르는 한 인터뷰에서 밝히길, 자신이 영화를 통해 보여주고자 한 것은 '중요한 일이라고는 아무것도 일어나지 않는 순간, 그리고 어떤 절대적인 결론도 가져오지 않는 순간을 보여주는 것'이라고 했다. 이처럼, 일상에 대한 사유, 그리고 일상의 자연스러운 아름다움을 찾아내려 노력하는 감독이기에 그의 영화는 극적인 드라마보다는 에피소드 위주로 사건이 전개되는 아기자기한 스타일의 코미디 장르를 취한다. 이런 고집을 이해한다면 그의 영화가 화려함과는 거리가 멀 것임을 충분히 짐작할 수 있다.

〈가을 이야기〉의 진정한 매력은 바로 이러한 로메르적인 스타일과 더불어 한 걸음 더 나아간 인생의 주제를 전달한다는 점이다. 마갈리는 포도밭에 대해 자식에게와도 같은 엄청난 열정과 긍지를 품고 있다. 포도와 와인을 돈을 위한 것이 아니라 자신의 자존심을 위한 것으로 여기기에 수확량에 욕심 부리지 않고 질 좋은 소량의 와인을 선보이고 싶은 장인 정신을 숨기지 않는다. 지인들의 만류에도 불구하고 제초제도 쓰지 않고 잡초와 함께 포도밭을 일구면서 자연적인 방식으로 키우고자 한다. 잘 익힌 좋은 와인을 만들고자 하는 마음에 포도의 '숙성'을 위해 수확 시기를 늦추는 리스크도 감행한다. 와인을 만드는 것에만 집중하며 금욕적인 생활을 하는 독불장군 같은 마갈리는 정작 자신의 삶을 가꾸는 데에는 적극적이지 않다. 이러한 고집은 표면적으로는 그녀의 고지식한 성격과 외로운 현재의 상황을 드러내는 것이기도 하다. 한 번도 등장하지 않지만 그녀는 집을 떠난 딸에 대한 그리움을 은연중에 표현하고 이 외로움을 잊기 위해 더욱 포도 농사에 몰두한다. 더하여 인내의 시간을 바탕으로 하는 숙성은 인생의 행복을 발견해 나가는 의미 있는 기다림을 의미한다. 마치 약을 치지 않은 포도밭에서 우연히 예쁜 들꽃을 발견하는 것처럼 예상치 못한 소소한 기쁨을 만날 수 있는 시간이기도 한 것이다.

프로방스의 포도밭 풍경

무엇보다도 마갈리는 자연의 특성을 존중하고 영예롭게 여겨야 한다고 믿는데, 이처럼 자신이 원하는 결과를 위해 꾹 참고 기다리는 그녀의 방식은 수확을 의미하는 가을이라는 계절의 특징과 통한다. 가을은 포도가 충분히 숙성해서 그 결실을 맺는 시간이다. '가을'과 '와인'은 숙성이라는 공통된 특징을 가지고 있으며, 중년이라는 그녀의 나이도 마찬가지이다. 이 두 가지 키워드는 〈가을 이야기〉를 특징짓는 것이면서 동시에 로메르의 미적 취향을 보여 주는 단서라고도 할 수 있다. 즉, 마갈리의 고집스러운 캐릭터는 어쩌면 로메르 자신의 모습일지도 모르겠다. 로메르는 일반적으로 생각하는 테크니션과는 정반대편에 위치한다. 카메라 무빙의 소박함을 넘어 그는 영화를 찍을 때 소규모의 스태프와 저예산으로 작업하여 아마추어적인 방식으로 찍는 것을 선호한다. 이는 단순한 감독이 아니라 '작가'가 되고자 하는 의지의 표현이다. 절제의 미덕을 바탕으로 그의 영화는 나름의 확실한 스타일을 보여준다. 고다르와 같은 다른 누벨바그 감독들이 종종 의식적이고 과잉된 스타일을 시도했다는 점을 상기할 때 로메르의 절제된 스타일이 오히려 매력적으로 느껴지는 지점이다.

마갈리의 기다림은 보람을 찾은 것처럼 보인다. 이자벨은 딸의 결혼식에 마갈리와 제랄드를 초대하고 제랄드는 아무것도 모르는 마갈리와 우연히 마주친 척하면서 대화를 시작한다. 그리고 두 사람은 그동안의 염려가 무색하게도 너무 쉽게 서로 호감을 느끼게 된다. 이자벨과 제랄드가 같이 있는 것을 보고 마갈리는 둘의 사이를 오해하고 잠시 감정적 부침을 겪기도 하지만 결국 오해를 푼 후 제랄드와 다음의 만남을 기약하며 기분 좋게 헤어진다. 반면, 마갈리는 같은 장소에서 에티엔도 소개받지만 서로 관심도 없는 상태로 몇 마디 주고받다가 헤어진다. 이 모든 일련의 소동을 보고 있자면 사랑을 두고 계략은 아무 의미가 없다는 생각마저도 든다. 모든 것은 결국 기다림 뒤에 자연스럽게 찾아오는 우연과 운명에 의한 것이기 때문이다.

이처럼 〈가을 이야기〉는 대단한 드라마 대신 사랑과 외로움 때문에 벌어지는 일상 속의 소소한 사건들을 보여주며, 그 과정에서 미묘한 감정의 얽힘을 슬쩍슬쩍 그려내기도 한다. 예를 들면, 결혼식장에서 에티엔은 또 다른 과거의 여제자를 만나 눈길을 주는데 그 장면을 본 로진은 은근한 질투심을 드러낸다. 더하여 남자 친구인 레오 앞에서 에티엔의 차를 타고 떠나기까지 한다. 말로는 우정을 이야기하지만 로진 또한 사실 마음속으로는 갈등을 겪고 있는 것이다. 모든 인물들은 자신의 욕망을 거부하고 컨트롤해야 한다는 이성적인 의지로 인해 오히려 에로티시즘에 빠지는 아이러니함을 보여주고 이것이 바로 로메르식 연애담이다. 더하여, 로메르의 팬이라면 〈가을 이야기〉를 좋아할 수밖에 없는 이유가 하나 더 있다. 〈클레르의 무릎〉에서 어린 소녀였던 베아트리스 로망Béatrice Romand과 〈녹색 광선〉의 풋풋한 아가씨였던 마리 리비에르Marie Rivière가 성숙한 중년 여성이 된 모습을 보는 건 로메르의 초기작을 기억하는 팬이라면 마음이 아련해지는 순간일 것이다.

〈가을 이야기〉를 포함한 '사계절 이야기' 시리즈는 로메르가 말년에 만든 만큼 일상을 담아내고자 하는 그의 영화 철학을 가장 잘 보여준다. 일상과 계절은 큰 변화가 없는 것처럼 보이지만 사실은 서서히 그리고 지속적으로 변화하는 것이다. 동일한 행위라 하더라도 그것은 단순한 반복이 아니라 새로운 무언가를 향해 나아가는 여정이다. 이런 맥락에서 '사계절 이야기' 시리즈는 일본 영화의 거장 오즈 야스지로의 영화를 떠올리게 한다. 1950년대에 오즈는 〈만춘〉, 〈초여름〉, 〈이른 봄〉, 〈가을 햇살〉로 이어지는 작품을 연달아 발표했는데 이 작품들에서 오즈는 인생의 흐름을 계절의 특징과 매치시키면서 평범하고 일상적인 가족의 이야기를 다뤘고, 이 부분에서 단순히 제목을 넘어 주제적으로도 로메르의 영화와 충분히 통하고 있음을 알 수 있다. 더하여, 간결하고 엄격한 미장센 또한 프랑스의 오즈라는 평가에 고개를 끄덕이게 만든다. 한편, 일상성에 집중한다는 점, 그리고 복잡한 연애관계를 다룬다는 점에서 로메르는 홍상수 감독과 비교되기도 한다. 마음에 둔 여성이 있지만 새로운 유혹의 상대를 만나 내적 갈등을 겪다가 결국엔 원래의 상대에게 돌아간다는 삼각관계와 선택의 테마, 그리고 공간의 영향을 깊게 받는다는 점에서 두 감독 사이의 공통점을 발견할 수 있다. 하지만 우아함을 잃지 않으면서 내면을 조심스럽게 드러내는 연출에 있어서는 개인적으로 로메르를 한 수 위로 평가하고 싶다.

누벨바그의 시기는 오래전 끝났지만 로메르를 비롯해 노익장을 과시하며 활발한 작업을 해 오던 감독들이 최근 10년 사이에 하나둘 세상을 떠났다는 소식이 연달아 들려왔다. 프랑스 영화를 보고 환상을 키워 온 수많은 시네필들에게는 영화사의 가장 치열하고 훌륭했던 한 시기가 진짜로 끝나는 서글픔이 드는 순간이었을 것이다. 프랑스에서 한창 로메르의 '도덕 이야기' 시리즈에 관한 석사 논문을 쓰고 있던 2010년 1월 로메르의 부고를 확인하고 눈물이 핑 돌았던 기억이 아직도 생생하다. 매년 기일 즈음에 몽파르나스 묘지를 찾아 모리스 쉐레Maurice Schérer라는 본명으로 소박하게 마련된 묘비 앞에서 묵념을 하며 혼자만의 추모식을 갖곤 했는데, 언제쯤 다시 찾아갈 수 있을지 모르겠다.

프랑스의 산책자
– 바르다가 사랑한 얼굴들 Visages, Villages(2017)

한국의 극장가에는 프랑스 영화가 자주 걸리지도 않지만 개봉하더라도 관객을 많이 동원하는 편은 절대 아니다. 그나마 입소문을 탄 작품들은 〈언터처블: 1%의 우정〉처럼 프랑스적 감수성보다는 보편적인 대중성을 지향하는 경우가 많다. 그래서인지 프랑스 영화만의 매력을 느낄 수 있는 작품이 그리워지는 순간들이 종종 있다. 2년 전이었던가 살짝 더웠던 어느 날 횡단보도 앞에 서 있다가, 우연히 지나가던 버스 광고판에 부착된 영화 포스터에 시선이 붙잡혔다. 프랑스 영화의 가장 아름다운 시기를 떠올리게 하는 이름, 하지만 한동안 잊고 있던 반가운 이름, 아녜스 바르다Agnès Varda를 발견하고 처음에는 회고전이라도 하는 건가 싶었다. 알고 보니, 10년 만에 등장한 아녜스 바르다의 신작 〈바르다가 사랑한 얼굴들〉의 포스터였다. 바르다는 1960년대 새로운 영화 경향을 이끌어나간 젊은 감독 집단의 핵심 멤버이자 〈쉘부르의 우산〉을 만든 자크 드미의 영혼의 동반자이기도 하다. 수많은 남자 감독들 사이에서 꿋꿋하게 자신만의 개성을 보여주며 지속적으로 영화 연출을 해 온 너무나도 귀한 여성 감독이다.(생각해 보니, 이 책에 등장하는 유일한 여성 감독이기도 하다.)

바르다는 1950년대 중반부터 꾸준히 작품 활동을 해 왔는데 그 중에서도 그녀의 이름을 대표하는 작품은 단연코 〈5시부터 7시까지 클레오〉(1962)이다. 자신이 암에 걸린 것이 아닐까 불안해하면서 결과를 기다리는 두 시간 동안 파리의 길을 돌아다니는 여자 주인공의 모습을 그린 작품으로, 실제 시간의 흐름과 영화 속의 시간을 거의 동일하게 맞춰서 보여주는 독특한 작품이다. 이 영화는 인물의 감정 변화를 지켜보는 재미도 있지만, 동시에 파리의 다양한 풍경들을 감상할 수 있다는 점이 매력이기도 하다. 병과 죽음에 대한 공포를 겪는 인물의 우울한 심정과 파리의 활력 넘치는 풍경의 대비가 눈에 띄는 이 작품은 바르다의 이름을 알리는 데 가장 큰 계기가 되었다. 그러나 사실 바르다는 픽션뿐 아니라 다큐멘터리 작업도 활발하게 지속해 오면서 장르를 넘나드는 재능을 보여 줬다. 2000년 이후로는 다큐만 연출해 왔는데 〈바르다가 사랑한 얼굴들〉 역시 여기에 해당된다.

이 작품에서 바르다는 〈5시부터 7시까지 클레오〉의 주인공 클레오가 수행했던 산책자의 역할을 스스로에게 부여한다. 그리고 산책의 영역을 파리에서 프랑스로 확장한다. 아흔 살이 다 되어가는 노년의 감독이 프랑스의 이곳저곳을 돌아다니며 직접 보고 겪은 것을 카메라에 담아내는 것이다. 다큐멘터리라니 자칫 지루하거나 심심할 것 같은 걱정이 슬쩍 들지만, 이 작품만은 예외로 해야 할 것 같다. 독특한 사진 작업으로 유명한 젊은 아티스트 JR이 동반하면서 두 사람이 함께하는 여행의 과정은 때로는 버디 로드 무비*처럼 보이기도 한다. 어떤 소녀보다도 귀여운 노년의 여인과 선글라스와 한 몸이 된 폼 잡는 청년 예술가는 때로는 투닥이고 때로는 토닥이며 흥미진진한 투어를 진행한다. 여행은 바르다가 거의 평생을 살아온 파리 14구의 다게르 길, 그리고 JR의 작업실에서 서로에 대해 조금씩 알아가며 조심스레 시작된다. 초반부 그들의 계획은 얼핏 단순해 보인다. 프랑스의 여러 지역을 방문해서 마을 사람들의 얼굴을 사진으로 찍고 공공장소에 전시하는 것이다. 카메라 모양으로 꾸며진 JR의 트럭을 타고 평범해 보이는 한 마을에 도착한다. 거대한 사이즈로 사진을 바로 출력할 수 있는 놀라운 기계를 장착한 이 트럭을 이용해 마을 주민들의 사진을 찍는다. 모델에게는 단 하나의 조건만 주어진다. 바게트를 가로로 들고 있을 것. 어른의 키만큼 큰 사이즈로 인쇄되어 나오는 사진들은 마을의 벽에 나란히 붙여진다. 수십 미터에 거쳐 인화된 사진들을 연결해 놓고 보니 여러 사람들이 엄청나게 긴 바게트를 다 같이 들고 있는 것처럼 보인다. 한 명씩 개인 사진을 찍었지만 결과물은 협동 프로젝트와 같은 느낌을 풍기는 것이다. 사실 이러한 작업은 JR이 가장 잘하는 것이기도 하다. 그는 그래피티 아티스트이기도 하고, 세계 여러 도시를 다니며 사람들의 얼굴 사진을 흑백으로 출력하여 공공의 공간에 전시하는 '인

---

* 로드 무비는 여행의 과정, 말 그대로 어떤 목적지로 향하는 길 위에서 벌어지는 이야기를 다루는 장르이다. 미국의 광활한 국도를 배경으로 하는 영화들이 주로 해당된다. 버디 무비는 전통적으로 서로 다른 성격을 가진 두 남성의 우정을 중심으로 전개되는 장르로 오늘날에는 코미디나 액션 영화에서 종종 발견할 수 있다.

사이드 아웃'이라는 이름의 프로젝트를 지속해 왔다. 특히, 프랑스에서는 2014년에 파리 팡테옹을 배경으로 한 작업이 큰 반향을 불러일으켰다. 이처럼 평범한 개인들의 사진을 공개적인 장소에 전시함으로써 사회적 의미를 창출하는 작업 활동을 통해 세계적으로 이미 인정받은 예술가이다. 그래서인지 여기까지만 해도 JR의 기존 작업에 바르다가 동참한 다소 평범한 설치 미술 이상으로는 느껴지지 않고 방향성도 아직은 모호해 보인다. 하지만 여행이 계속될수록 바르다와 JR의 작업은 일시적인 이벤트를 넘어 일종의 사명감을 띠고 있는 것처럼 보인다. 이 여행의 진정한 목적은 프랑스의 다양한 지역을 경험하며 특정한 공간의 역사를 환기하고 그곳에서 현재 살아가는 사람들의 삶을 축복하는 것이다.

프랑스를 대표하는 위인들이 안장되어 있는 엄숙한 건물인 팡테옹의 천장과 바닥을 평범한 사람들의 얼굴로 가득 채운 JR의 프로젝트 Au Panthéon(By Yann Caradec from Paris, France – Installation de JR #AuPanthéon, CC BY-SA 2.0, https://commons.wikimedia.org/w/index.php?curid=33352462)

북부 여행에서 이들의 목표는 보다 명확하게 드러나기 시작한다. 프랑스인들이 프랑스 북부를 떠올릴 때 가장 먼저 스치는 이미지는 바로 광산일 것이다. 바르다와 JR은 과거 수많은 광부들로 북적였지만 이제는 폐허만 남은 작은 마을을 찾아간다. 집들은 비어 있고 썰렁한 분위기만 가득하다. 하지만 이 광산촌에는 모두가 떠난 뒤에도 홀로 남아 꿋꿋하게 자신의 집을 지키고 있는 노년의 여성이 있다. 그녀는 자신의 아버지가 일하던 시기의 모습을 생생하게 기억하고 있으며, "우리가 겪은 인생은 누구도 이해할 수 없죠."라며 자긍심을 드러내기도 한다. 그녀의 증언에서 영감을 받아 바르다와 JR은 오래전 이 마을을 활기 넘치게 만들었던 광부들의 모습을 대형 사진으로 인쇄하고 집의 정면 벽에 설치함으로써 쓸쓸함만이 남아 있던 공간에 과거로부터 빌려온 생명력을 불어넣는다. 이 사진은 모두가 떠나 버린 마을을 마지막까지 지키고 있는 노인에게 경의를 표하는 것이기도 하지만 그녀만을 위한 것은 아니다. 벽에 부착된 광부들의 거대한 사진을 보고 이웃 마을의 주민들 역시 광산을 들락거리며 치열하게 삶을 일구었던 조상들을 회상할 수 있는 소중한 시간을 갖게 된다.

다른 마을에서는 농부를 만난다. 왜 그 사람을 선택했는지는 전혀 중요하지 않다. 그저 우연히 누군가를 만나고 그가 살아온 과거의 이야기, 혹은 현재의 삶에 귀 기울이고 그 사람의 모습을 가감 없이 렌즈에 담을 수만 있다면 그걸로 바르다와 JR의 작업은 충분히 의미가 있는 것이다. 한적한 들판에서 홀로 묵묵하게 농사를 짓는 외로운 농부의 헛간은 그의 전신사진으로 덮인다.

바르다의 말처럼 이제는 지나가는 사람 모두가 헛간의 주인이 누구인지 알게 될 것이고, 그의 거대한 사진은 농부로서 한평생을 보낸 그의 삶에 박수를 보내는 의식이기도 하다. 프랑스의 따뜻한 남부 마을에서는 한 마을 주민의 조상 사진에서 영감을 받아 앨범에 묻혀 있던 옛 사진을 앤티크한 액자 그림처럼 인쇄하여 벽에 붙인다. 또한, 마을 토박이인 카페 여종업원에게 빈티지한 느낌의 원피스를 입히고 양산을 들게 하더니 복고풍 패션 화보와 같은 사진을 찍어 모두가 오가며 볼 수 있도록 마을 한가운데 있는 건물의 외벽에 붙인다. 사람들은 너도나도 몰려와 그 사진 앞에서 셀카를 찍기에 여념이 없다. 조용한 일상만이 가득하던 작은 마을에 핫한 포토 스팟이 탄생한 순간이다. 이들의 작업은 이처럼 개인의 과거를 추억하고, 무료한 일상에 예상치 못했던 활기를 선사하기도 하며, 때로는 연대감을 고취하는 촉매제가 되기도 한다. 한 소금 공장을 견학하게 된 바르다와 JR은 그곳에서 일하는 노동자들의 단체 사진을 촬영하여 시멘트 느낌만 가득하던 근무지의 벽을 화사하게 장식한다. 두 조로 나눠서 찍은 사진이지만 마치 모두가 한데 모인 것 같은 느낌이 들도록 연출한다. 노동자들의 단체 사진은 공동체 의식을 만들어 냄과 동시에 성별도 나이도 표정도 다른 얼굴 하나하나가 분명하게 담기도록 함으로써 사진 속에서 자신만의 특별함을 발견할 수 있는 기회가 되기도 한다. 바르다의 말처럼 모든 얼굴에는 사연이 있으며, 이 사연들이 모여 공동의 이야기를 만들어가는 것이다. 프랑스 북서쪽 노르망디에서는 완전히 버려진 한 마을을 찾아가 귀신이라도 나올 것만 같은 폐허를 전시장으로 택한다. 이들의 작업에 동참하기 위해 인근 마을 사람들이 모이고 이들의 얼굴은 버려진 집들의 벽에 장식되어 나간다. 그리고 이 작업 과정에서 주민들은 본의 아니게 즐거운 친목과 단합의 시간을 갖게 된다.

이러한 과정을 거치면서 두 작가의 작업은 궁극적으로 프랑스의 역사를 추적하는 방향으로 나아간다. 노르망디 해변에는 2차 세계대전 시기 독일군에 의해 만들어진 벙커가 아직도 남아 있다. 바르다는 이곳에서 과거 함께 작업했던 동료 사진작가 기 부르댕Guy Bourdin과의 추억을 떠올린다. 바르다는 아주 오래전 찍은 기의 사진을 벙커에 전시하기로 결정한다. 이렇게 해서 70여 년이나 지난 옛 사진은 그보다도 더 전에 만들어진 벙커에 전시됨으로써 현재의 이미지로 다시 태어난다. 마치 평온하게 쉬는 듯한 포즈를 취한 기 부르댕의 사진은 전쟁을 상징하는 벙커의 전면에 전시되고, 이 대조적인 분위기는 과거의 비극을 더욱 강렬하게 상기시킨다. 그런데 이 사진은 다른 작업들과는 달리 겨우 몇 시간만 지속될 수 있다. 밀물에 의해 잠식되어 버린 벙커의 사진은 곧 흔적도 없이 씻겨 나가고 벙커는 아무 일도 없었다는 듯 흉측한 고철 덩어리의 모습을 회복한다. 일회적이고 어찌 보면 허무하기도 하지만 사진이 남지 않아도 상관없다. 이 작업은 프랑스의 비극적 역사를 환기시키며, 그 시간 속에서 희생당한 사람들을 향한 추모의 행위로서 충분히 의미가 있다. 이처럼, 〈바르다가 사랑한 얼굴들〉에서는 지금 눈에 보이는 현재의 이미지를 넘어 각 개인이 겪어 온 일련의 과정을 추적함으로써 결국에는 프랑스라는 거대한 공동체의 현대사를 반추하고자 한다. 시대의 변화는 벙커 에피소드처럼 직접적으로 제시되기도 하지만 간접적이고 미시적인 방식으로 드러나기도 한다.

이 영화는 프랑스의 여러 지역, 특히, 일상의 변화가 거의 일어나지 않는 시골 마을에서 살아가는 다양한 직업인들의 삶을 기록한 소중한 사료이기도 하다. 대를 이어 마을 종탑의 종을 울리는 연주자를 만나서는 멀리서 소리만 들었던 종소리를 울리는 과정을 눈앞에서 지켜보기도 하며, 시골 마을 우체부의 정겨운 일과를 관찰하기도 하고, 평생을 최저생계보장으로 살아온 한 노인의 자유롭고 욕심 없는 삶의 모습을 확인하기도 한다. 농부의 작업 과정을 보면서는 농사법의 현대화에 놀라고, 심지어 한 번도 생각해 보지 못했을 소금 공장의 작업 과정에 대해 듣는다. 그중에서도 바르다는 염소를 키우는 한 축산업자의 이야기에 주목한다. 대부분의 축산업자들이 수익성과 효율성을 위해 염소의 뿔을 인위적인 방식으로 제거하고 업무의 부담을 덜기 위해 유축기를 이용하지만, 어떤 축산업자는 자연 그대로의 모습을 존중하기 위해 뿔을 그대로 둔 상태에서 사육하고 손으로 젖을 짠다. 염소의 희생을 강요하지 않는 축산업자의 신념에 박수를 보내고 인간의 이익을 위해 희생당하는 동물의 실태를 알리기 위해 바르다와 JR은 인간이 아니라 뿔이 있는 염소의 사진을 찍어 농장의 한쪽 벽에 붙인다. 이 에피소드는 직접 염소를 사육해 본 사람이 아니라면 누구도 생각하지 못했을 사소한 깨달음을 전하는 계기가 된다. 〈바르다가 사랑한 얼굴들〉은 현대인들이 자신의 일에만 몰두하면서 빡빡하게 살아가느라 관심을 두지 못했던 타인의 삶의 모습을 엿볼 수 있는 소중한 기회이다.

이 작품에서 무엇보다도 인상적으로 담긴 마지막 작업 대상은 여성이다. 여성 감독답게 바르다는 남성들의 영역에서 자신의 역할을 멋지게 수행해 나가고 있는 강한 여성들의 모습을 담아내고자 한다. 이들은 프랑스 북부의 유명한 항구 도시 르아브르에 도착한다. 남자들만 가득한 항구의 작업장에서 바르다는 항만 노동자들의 아내들을 따로 만난다. 바르다는 그녀들의 직업, 일에 대한 이야기에 귀 기울이고 남편 뒤에 가려져 있던 그녀들의 존재를 드러내기 위한 사진을 기획한다. 사진에는 얼굴뿐만이 아니라 당당하게 서 있는 여성들의 전신이 담김으로써 그녀들의 위대함과 당당함을 드러낸다. 남자들만의 세계로 인식되며 여성의 존재가 낯설게만 느껴지는 항만에, 세 여성이 서 있는 거대한 사진이, 그 어느 때보다도 거대한 사진이 수십 개의 컨테이너 박스의 전면에 전시된다. 토템을 연상시키는 압도적인 아내들의 사진 아래 각자의 남편이 서 있는 모습을 연출함으로써 거대한 여성과 작은 남성의 모습을 담아내는 데 성공한다.

이처럼, 〈바르다가 사랑한 얼굴들〉은 단순한 여행 다큐멘터리가 아니다. 계획 없는 우연한 여행처럼 보이지만 이 모든 여정 하나하나는 의미를 갖는다. 오래전부터 영화를 통해 자신이 속한 공간과 시간을 담아내는 작업을 지속해 왔던 바르다와 평범한 사람들의 얼굴을 통해 사회적 의미를 던지고자 했던 JR은 이 공동 작업을 통해 프랑스의 여러 지역에 쌓인 역사를 추억하고 현재 그곳에서 살아가는 개인들의 이야기를 담아냄으로써 프랑스라는 공동체의 현재를 다양한 시선에서 기록한다. 이 모든 과정을 통해 〈바르다가 사랑한 얼굴들〉은 순간을 생생하게 남길 수 있는 사진과 영화라는 현대 예술 장르의 사회적 역할을 훌륭하게 증명해 낸다. 영화 중간에는 스마트폰을 통해 즉각적으로 사진을 찍고 SNS에 바로 업로드하는 사람들의 모습이 등장하는데 이는 새로운 세대가 역사를 만들어 가는 방식이기도 하다. 즉, 대단한 공적 역사가 아니라 각 개인의 기억 조각들이 모여 만들어지는 것이 결국 인류의 이야기라는 것을 이 영화는 자연스럽게 깨닫게 해 준다.

시종일관 유쾌하게 모든 계획이 착착 진행되어 갔지만 영화는 마지막 순간 안타까움을 남긴다. 두 사람이 함께하는 여행의 마침표는 스위스의 작은 마을로 고다르를 만나러 가는 여정이다. 너무나도 오랜만에 만난다는 생각에 바르다는 설레어 시계만을 바라보다가 약속 시간에 맞춰 고다르의 집을 찾아가지만 고다르는 대문에 암호와도 같은 문장만을 남기고 끝내 나타나지 않는다. 바르다는 서운한 마음에 눈물을 흘린다. "누군가를 만날 때마다 그게 나한테는 마지막 같아."라는 바르다의 말이 아프게 떠오르는 순간이다. 충분히 나이가 많은 그녀는 어쩌면 지금이 아니면 고다르를 다시 보지 못할 수도 있다는 생각에 눈물이 터졌을 것이다.(이 에피소드가 얼마나 안타까웠으면 나보다 먼저 이 영화를 봤던 몇몇 지인들의 입에서 제일 먼저 나온 감상평이 "고다르 나쁜 놈!"이라는 욕이었다.) 낙심한 바르다에게 JR은 처음으로 선글라스를 벗고 얼굴을 보여주는 서프라이즈 이벤트를 펼친다. 여행 내내 선글라스를 벗지 않는 JR에게 한 소리 하면서도 고다르가 생각난다고 했던 바르다에게 이보다 더 큰 위안이 있을까. 그렇게 나란히 벤치에 앉은 두 사람이 호수를 바라보는 모습을 마지막으로 영화는 끝난다.

〈바르다가 사랑한 얼굴들〉은 프랑스의 과거와 현재의 조각들로 모자이크를 만들어 나가는 과정에서 프랑스 문학과 예술을 깨알 같은 레퍼런스로 가져오면서 보는 재미를 더한다. 파리 근교 마을 세랑스에서는 작가 나탈리 사로트를 떠올리고, 남부의 한 마을에서는 앙리카르트티에 브레송의 묘비를 찾는다. 고다르를 떠올리며 그의 작품 〈국외자들〉에 등장했던 루브르 미술관을 질주하는 장면을 직접 연출해 보기도 한다.(물론, 지금 바르다의 건강 상태는 젊은 안나 카리나처럼 뛰는 것을 허락하지 않으므로 휠체어에 앉아 JR의 도움을 받아야 하지만 휠체어에 앉은 그녀는 충분히 자유롭고 행복해 보인다.) 바르다가 병원에서 검사를 받는 과정에서 안구에 주사를 맞는 장면이 등장하기도 하는데, 걱정하는 JR에게 바르다는 두려움을 토로하는 대신 루이스 부뉴엘의 〈안달루시아의 개〉에 등장하는 면도날 시퀀스를 떠올렸다는 대답을 한다. 이처럼 바르다는 자신과 함께 활동했던 동시대의 예술가들을 추억하기도 하고 과거의 예술 전반에 대한 경외심을 보이기도 한다.

이러한 매력들에 더해서, 〈바르다가 사랑한 얼굴들〉이 성공적인 프로젝트로 남을 수 있었던 데에는 세대 차이를 뛰어넘는 바르다와 JR의 우정이 큰 역할을 했을 것이다. 이들의 여행은 그들

개인적으로는 나이의 격차를 넘어 공감대를 형성해 나가는 시간이기도 하다. 1928년생의 노인과 1983년생 청년의 공동 작업은 사실 떠올리기 어려운 이벤트이다. 영화의 첫 시퀀스는 페이크 다큐의 스타일로 두 사람이 계속해서 마주치지만 서로를 알아보지 못하는 어긋남을 연출한다. 만일 그들이 거장 감독 아녜스 바르다, 유명한 사진작가 JR이 아니라 그저 80대의 노인과 30대의 청년이었다면 아마 서로에게 눈길조차 주지 않은 채 평생 모르고 살았을 것이다. 50년이 넘는 이 엄청난 시간적 격차는 웬만해서는 좁히기 힘들다. 하지만 같은 목표를 향해 함께 작업을 해 나가는 과정에서 서로의 생각과 감정을 공유하는 시간을 쌓으며 노인과 청년은 진심으로 소통할 수 있는 친구로 거듭난다. 영화에서는 장소의 이동 사이사이에 두 사람이 등을 보인 채 같은 곳을 바라보며 나란히 앉아 대화하는 장면을 몇 번에 걸쳐 삽입하는데, 이 순간은 그들에게는 감정을 나누는 우정의 시간이자 관객에게는 관조의 시간이다. 두 사람이 동등한 입장에서 친구가 될 수 있었던 것은 나이 차이를 장애 요소나 일방적인 배려의 조건으로 보지 않았기에 가능했다. 굉장히 긴 계단을 오르는 장면에서 JR은 경쾌하게 사뿐사뿐 뛰어 올라간다. 바르다는 그의 뒤를 조금은 힘겹게 천천히 따른다. 왠지 JR이 바르다를 배려하거나 도와야 할 것만 같은 느낌이 들기도 하지만, 오히려 JR은 친구에게 말하듯 빨리 오라고 재촉한다. 또한 JR은 바르다의 작은 키를 종종 놀리기도 한다. 친절하게 예의를 차리기보다 동년배를 대하듯 거리낌 없는 그의 자연스러운 태도는 거리감을 두지 않겠다는 친근

감의 표현이다. 한편, 바르다는 권위를 내세우지 않는다. 가끔씩 JR을 원망하기도 하고 아주 사소한 말다툼을 벌이기도 한다. 하지만 자신의 나이를 앞세워 어른의 입장에서 그를 나무라는 법은 결코 없으며 처음부터 끝까지 동료이자 친구로 대한다.

이는 바르다가 자신의 노화를 자연스러운 삶의 과정으로 받아들이기 때문에 가능한 것이다. 프랑스 영화사에 큰 획을 그은 대단한 영화감독이지만 막상 디지털 카메라 다루는 법에는 서툰 바르다의 모습은 평범한 할머니 같아서 오히려 귀엽다. 나이를 먹으면서 그녀는 약해진 시력 때문에 어려움을 겪지만 한탄하거나 안타까워하는 대신 오히려 눈앞이 살짝 흔들리는 것이 좋다고 말한다. 이런 바르다를 이해할 수 없다는 JR에게 바르다는 너는 선글라스를 끼고 세상을 까맣게 보고 있지 않느냐며 "어떻게 보느냐에 따라 다른 거지."라는 멋진 대답으로 응수한다. 또한, 죽음을 두려워하기보다는 오히려 기다린다는 바르다의 대사는 세상의 순리를 담담하게 따르고자 하는 초연함을 담고 있다. 무심한 듯 흘러나오는 바르다의 말 하나하나는 긴 시간을 살아온 어른이 따뜻하게 건네는 삶의 교훈이다. 영화를 보는 내내 그리고 보고 나서도 〈바르다가 사랑한 얼굴들〉이 바르다의 유작이 되지 않을까 걱정했지만 다행히도 그녀는 이후 한 편의 다큐멘터리를 더 발표하고 2019년에 아름다운 생을 마감했다. 비록 눈은 흐릿하고 무릎 관절은 약할지 몰라도 그 어떤 젊은이보다도 명철한 정신과 위트를 보여준 한 노감독의 위대한 산책에 동반할 수 있다는 점만으로도 이 작품은 몹시 소중하다.

이방인의 눈에 담긴 파리

파리의 황금시대를 찾아서
– 미드나잇 인 파리 Midnight in Paris(2011)

당신의 파리는 무엇입니까?
– 밤과 낮(2007)

파리의 황금시대를 찾아서

– 미드나잇 인 파리 Midnight in Paris(2011)

영화가 발명된 순간부터 지금까지 파리는 국적을 불문하고 수많은 영화인들을 끊임없이 매혹해 온 공간이다. 비단 시네필뿐일까, 조금 과장하자면, 누구에게나 파리는 프랑스의 수도 이상의 의미를 갖는다. 에펠탑, 샹젤리제 거리, 개선문, 알렉상드르 3세 다리 아래 흐르는 센강… 다들 파리에 대한 자신만의 판타지 하나쯤은 품고 있다. 전 세계의 수많은 도시들 중 파리는 영화사를 통틀어서 가장 많이 등장한 도시일 것이다. 특히, 수많은 미국 영화들에서 파리는 노골적으로 동경 어린 시선에 담기며 세상에서 가장 아름다운 곳이라는 찬사를 들어 왔다. 실제로 세계 영화계를 선도하는 할리우드 영화에서 가장 많이 재현된 도시가 바로 파리이다. 이 열렬한 애정 공세에 답이라도 하듯, 2012년 가을에는 파리 시청에서 '할리우드에 비친 파리'라는 제목의 전시회가 열리기도 했다. 할리우드 영화들 중에 파리를 배경으로 삼고 있는 작품들만을 선별해서 소개하고 이미지를 재현하는 등 꽤나 좋은 기억으로 남아 있는 흥미로운 이벤트였다. 당시 자료들을 살펴보니 무려 800편이 넘는 미국 영화가 파리에서 촬영되었거나 혹은 파리의 모습을 그대로 재현해 놓은 스튜디오 세트에서 촬영이 되었다는 사실을 알게 되었다. 독일에서 태어났지만 할리우드 로맨틱 코미디의 거장 감독으로 알려진 에른스트 루비치Ernst Lubitsch는 "파라마운트의 파리가 있고 MGM의 파리가 있다. 그리고 진짜 파리가 있다."라는 말을 남기기도 했다. 그만큼 할리우드에서는 파리에 대한 엄청난 환상을 숨김없이 드러내는 수많은 영화들이 제작되어 왔던 것이다. 할리우드 영화에서의 파리는 꿈이다. 주인공들은 에펠탑에 취하고, 카바레의 흥겨움에 취하고, 가로등이 비치는 센강에 취하고, 사랑에 취한다.

오늘날에는 영화가 아니어도 파리를 접할 수 있는 영상 자료도 많고, 아무래도 실제로 여행을 할 만한 기회가 많다 보니 파리를 중요하게 다루는 영화들이 과거에 비해 훨씬 적어졌지만, 20세기 중반에는 파리를 배경으로 하는 미국 영화들을 정말 자주 만날 수 있었다. 가장 많이 언급되는 작품인 빈센트 미넬리의 〈파리의 미국인〉(1951)은 파리를 배경으로 하는 할리우드 영화들에 모범적인 원형을 제시했다. 미국 뮤지컬 영화를 대표하는 진 켈리의 혼을 쏙 빼놓을 정도로 흥겨운 춤은 파리의 골목골목에 활기를 불어넣는다. 사실 이 영화는 실제 파리가 아니라 파리를 흉내 내어 만들어진 스튜디오에서 촬영되었는데 그럼에도 불구하고 파리의 분위기를 꽤 훌륭하게 담아내면서 '파리를 배경으로 하는 영화는 이렇게 찍는 거야!'라고 당당하게 보여주는 데 성공했다. 〈파리의 미국인〉의 백미인 센 강가에서의 왈츠 장면은 12년 후 스탠리 도넌 감독이 만든 〈샤레이드〉에서 오드리 헵번의 대사를 통해 오마주되기도 한다. 〈샤레이드〉에서의 파리는 단순히 로맨틱한 분위기로 소비되는 것을 넘어 미스터리까지 공존하는 보다 복합적인 공간으로 다시 태어난다. 이제는 현대식 쇼핑몰이 되어 버린 레알Les halles의 옛 풍경, 캐리 그랜트가 터프하게 싸우던 오스만 스타일의 회색 지붕, 그리고 센 강가에서 키스하는 연인들의 풍경 등 스탠리 도넌은 파리의 팔색조 같은 얼굴을 하나도 놓치지 않는다. 이 두 편을 포함한 수많은 고전 영화들은 물론이고 〈비포 선셋〉, 〈라따뚜이〉 등 오늘날 대중적으로 많이 알려진 미국 영화들에서의 파리는, 아무리 시간이 흘러도, 꿈이 현실이 되는 환상의 세계라는 모토를 꾸준히 유지하고 있다.

시간이 지나면서 파리에는 이전과는 다른 새로운 성격이 더해지기도 했다. 1980년대부터 파리는 미국 블록버스터에서 액션, 스릴러 혹은 미스터리의 공간으로 다시 태어났다. 007시리즈 중 로저 무어가 나왔던 1985년작 〈뷰 투 어 킬〉부터 시작해서, 2000년대에 들어서면, 〈본 아이덴티티〉, 〈다빈치 코드〉, 〈인셉션〉처럼 액션의 공간으로 파리를 재발견하는 작품들도 등장한다. 특히, 크리스토퍼 놀란 감독의 〈인셉션〉에서 길과 다리의 공간성을 변형시키는 그 유명한 시퀀스의 경우에는 파리라는 공간을 기하학적인 방식으로 새롭게 인식할 수 있는 기회를 제공하면서 파리라는 도시를 채우고 있는 건축적인 특징까지도 새로운 관점으로 포착해 냈다.

이처럼 영화사에 걸쳐 무수한 할리우드 영화들이 파리를 향한 애정을 아낌없이 표현해 왔고 2006년에는 〈사랑해, 파리〉라는 옴니버스 영화가 개봉하기도 했다. 이 작품은 파리를 구성하는 각구의 특징을 포착함으로써 파리가 품고 있는 다양한 성격들을 확인할 수 있는 기회이기도 하다. 하지만 파리를 배경으로 하는 영화 중 지금 이 시대에 가장 아름다운 작품으로 꼽히는 것은 우디 앨런 감독의 〈미드나잇 인 파리〉가 아닐까. 우디 앨런은 선배 감독들의 감성을 노스탤지적 시선으로 이어받아 그 어떤 작품에서보다 아름다운 파리를 연출하는 데 성공했다. 이 영화가 개봉한 후 정말 많은 사람들이 영화 속의 파리에 홀딱 빠져서 여행을 떠났다가 오히려 실망했다는 후기가 다수 등장할 정도였다. 사실 우디 앨런은 파리뿐만이 아니라 유럽 각국의 여러 도시를 배경으로 삼은 작품을 연달아 발표했다. 도시가 마치 주인공처럼 다뤄지는 것이다. 많은 사람들이 영화를 볼 때 인물과 사건에만 집중하는 경향이 강하지만 사실 도시는 우리가 실제로 살아가는 세상에 대한 다른 해석을 이끌어내는 흥미로운 영화적 요소이기도 하다. 평범하게만 보였던 한 도시가 영화에서 새롭게 생명을 부여받는 순간 이 공간은 보이는 것 이상의 다층적인 의미를 품게 되는 것이다. 이런 관점에서 〈미드나잇 인 파리〉는 바로 지금의 파리를 넘어 이 공간을 관통해 왔던 100여 년이라는 시간의 흐름까지 훑어낸다는 점에서 파리라는 공간의 매력을 가장 잘 재현한 작품이라고 감히 단언할 수 있다.

〈미드나잇 인 파리〉는 우디 앨런의 복합적인 가치관과 시선을 그대로 반영한다. 사실 우디 앨런은 미국 감독이지만 가장 미국적이지 않은 감독으로 평가되기도 하는데, 이러한 이중성은 이 작품에서도 발견된다. 일단, 그는 이전 미국 감독들의 전통을 그대로 이어받아, 그리고 개인적인 매혹을 진솔하게 고백하듯 미국인의 눈에 비친 파리의 아름다움을 탁월하게 포착한다. 파리의 곳곳은 물론이고 베르사유 궁전의 풍경까지도 십분 활용된다. 많은 미국 영화들 속에서 이처럼 특별한 파리의 모습이 결국에는 미국인 주인공의 사랑과 모험을 위한 배경에 그치는 것과는 달리 〈미드나잇 인 파리〉에서 파리는 주인공 그 자체이다. 미국인들은 오히려 이 공간을 망치거나 공간 속에서 부수적인 요인 정도로 그려진다. 그동안 우디 앨런이 자조적이고 시니컬한 성격을 숨기지 않음으로써 일반적인 할리우드 감독과는 다른 분위기로 영화를 만들어 왔다는 점을 떠올린다면 이러한 설정도 이상할 것이 없다.

2010년을 살고 있는 미국 남자 길은 할리우드에서 꽤 인정받는 시나리오 작가지만 자신의 상상력을 온전히 펼칠 수 없는 상업적인 글을 쓰는 데 환멸을 느끼고 있다. 약혼녀 이네즈, 그리고 그녀의 부모님과 함께 파리로 잠시 여행을 온 길은 할리우드와는 전혀 다른 파리의 낭만적인 분위기에 매혹되어 이곳에서 살고 싶다는 생각을 하게 된다. 하지만 길을 제외한 주변의 다른 미국인들에게 파리는 일회적인 소비의 공간일 뿐이다. 이네즈의 가족과 그녀의 친구들은 낭만이나 여유는 느낄 줄도 모르고 오로지 보이는 것만을 평가의 잣대로 삼는 소위 '천박한 미국인'의 전형으로 묘사된다. 이네즈는 소설가가 되고자 하는 길을 전혀 이해하지 못하며, 그녀의 엄마는 명품과 빈티지 가구에만 관심이 있고, 이네즈의 아빠는 프랑스 와인 앞에서 캘리포니아 와인을 그리워한다. 이네즈의 친구인 폴은 소르본 대학에 초청을 받을 정도로 능력을 인정받는 학자지만 사람들 앞에서 자신의 지식을 뽐내고 뿌듯해하는, 성숙한 지식인이라 평하기엔 여러모로 부족한 인물이다. 당연히 모든 미국인이 이러진 않겠지만 우디 앨런은 자신이 속한 미국 사회의 자본주의적이고 속물적인 분위기를 과장되게 표현함으로써 프랑스적인 미덕과 가치의 정반대편에 위치시킨다. 비 내리는 파리의 길을 산책하기를 즐기고, 과거의 음악과 문학을 선망하는 주인공 길이 이런 사람들 사이에서 불편함을 느끼는 것은 당연해 보인다. 주위 사람들로부터 전혀 이해받지 못하고 오히려 무시당하기 일쑤인 길이라는 캐릭터를 우디 앨런 감독은 공감과 동정적 시선으로 그려낸다. 이러한 캐릭터의 명확한 대비는 이분법적이고 전형적인 시선으로 파리와 프랑스인을 바라보는 우디 앨런의 편애를 증명하는 것이기도 하다.

조금 다른 관점에서 본다면, 길은 아날로그적인 감수성에 취해 있는 몽상가라고 해도 틀린 말은 아닐 것이다. 그는 혼자 계속해서 소설을 써 왔지만 미국에서는 이해받지도 좋은 평가를 받지도 못하고 있다. 골동품점을 운영하는 남자를 주인공으로 삼은 소설은 누가 봐도 21세기 미국과는 전혀 어울리지 않는다. 길은 1920년대 파리 예술가들의 삶을 로망으로 삼고 있으며, 전형적인 파리 이미지에 대한 환상에 취해 있다. 그는 미국인 친구들과의 식사 자리를 마치고 그들로부터 벗어나 파리의 낭만을 만끽하고자 혼자 밤길을 걷다 길을 잃고 잠시 주저앉는다. 그때 자정을 알리는 성당의 종소리가 들리고 빈티지한 분위기를 풍기는 구형 푸조가 그의 앞에 멈춰 선다. 차 안의 사람들은 안면도 없는 길을 초대하고 얼떨결에 그들의 차를 얻어 타고 어디엔가 내린 길의 눈앞에는 자신이 그토록 바라왔던 환상의 세계가 펼쳐져 있다. 어리바리한 상태로 들어간 어느 집에서는 1920년대 파리의 사교계를 대표하는 작가와 예술가들이 흥겹게 파티를 벌이고 있다. 다재다능한 음악가 콜 포터Cole Porter의 피아노 연주와 노래를 직접 보고 들으면서도 여전히 상황을 파악하지 못한 길에게 스콧 피츠제럴드Scott Fitzgerald와 그의 아내 젤다가 다가와 말을 건다. 지금 길은 시인이자 영화인이기도 했던 천재 예술가 장 콕토Jean Cocteau를 위한 파티에 참석해 있다는 것이다.

꿈인지 생시인지 판단하기도 전에 피츠제럴드 부부를 따라 춤을 추러 갔다가, 한 술집에까지 들어간 길은 가장 존경하는 작가 중 한 명인 헤밍웨이Ernest Hemingway를 만난다. 그리고 글을 통해서만 상상하고 짐작할 수 있던 헤밍웨이의 직설적인 성격을 경험하고 심지어 조언까지 직접 듣는 행운을 누린다. 이런 경험을 하고 나면 내가 미친 건가 싶은 생각이 드는 게 당연할 것 같다.

길이 헤밍웨이를 만난 레스토랑 폴리도르Polidor의 내부 모습.
19세기에 오픈한 곳이지만 지금도 여전히 영업 중이다.

흥분한 길은 다음 날 이네즈를 동반하고 차를 탔던 그 장소에 다시 오지만 아무것도 나타나지 않자 지친 이네즈는 택시를 타고 혼자 호텔로 돌아가 버린다. 그녀가 떠난 지 얼마 지나지 않아 자정을 알리는 종소리가 들리더니 혼자가 되길 기다렸다는 듯 1920년대로 통하는 열쇠인 어제의 바로 그 자동차가 다시 등장한다. 이제 제법 과거의 작가들과 친해진 길은 헤밍웨이의 소개로 모든 예술가들의 멘토인 거트루드 스타인Gertrude Stein의 집에 가고, 그곳에서 스타인은 물론 피카소Pablo Picasso까지 직접 만나게 된다. 하지만 정작 길의 눈길이 향한 사람은 스타인도 피카소도 아닌 아드리아나라는, 역사적으로는 이름도 남아 있지 않은 미모의 여인이다. 지금은 피카소의 애인이지만 예전에는 모딜리아니, 브라크와도 연애를 했다고 하니 놀랄 노 자라는 말로밖에는 표현할 수가 없다. 자신이 그토록 원하던 시대에서 그토록 동경하던 예술가들에게 동료 작가로 인정받으면서 길은 처음으로 이해받는 행복을 만끽한다. 더하여, 세기의 예술가들의 뮤즈인 아드리아나와 사랑에 빠진다.

사실 역사 내내 파리는 언제나 반짝이는 곳이었다. 하지만 그 수많은 시기 중에서 1920년대를 선택한 것은 우디 앨런이 갖고 있는 예술가적 기질의 반영일 것이다. 그 시기 파리에는 지금 우리가 거장으로 기억하는 전 세계의 작가와 예술가들이 모두 몰려들었다. 이들 덕분에 파리는 문화 예술의 화려한 중심지가 되었으며 이로부터 프랑스 예술계는 풍부한 자양분을 바탕으로 자극을 받으며 발전할 수 있었다. 피츠제럴드, 헤밍웨이, 스타인, 주나 반스 등의 영미 작가들은 물론이고 피카소, 살바도르 달리와 같은 화가, 만 레이, 루이스 부뉴엘 등의 영화인들이 활발하게 교류하며 창작 활동을 하고 있었다. 올드한 낭만적 기질을 보이는 길에게 있어서는 1920년대의 파리야말로 천국이기에 그는 현재로 돌아갈 이유를 찾을 수 없다. 2010년을 살아가는 사람들은 길의 책이나 말에 아무도 관심을 기울이지 않지만 1920년대의 예술가들은 있는 그대로 인정한다. 당시로서는 상상하기 힘든 미래를 배경으로 한 소설인데도 스타인은 길의 책을 참신한 SF로 평가하면서 칭찬한다. 달리, 레이와 부뉴엘 앞에서 길은 자신이 미래에서 왔다는 허무맹랑한 고백을 하지만 그들은 오히려 그럴 수 있다며 태연하게 받아들인다. 이성과 과학으로 무장한 현대인의 고집과 상반되는 과거 초현실주의자들의 유연하고 열려 있는 태도는 그 시대의 에스프리에 대한 우디 앨런의 향수를 보여준다. 어느새 과거에 익숙해지고 이대로 머물러도 되겠다는 생각이 들 때쯤 우디 앨런은 예상하지 못했던 교훈을 던진다.

아드리아나와 달콤한 데이트를 즐기고 있던 길의 앞에 갑자기 가스등을 단 마차가 도착한다. 1920년대로 향하는 푸조를 탔듯 두 사람은 호기심 반 경계 반으로 마차에 탑승한다. 그런데 마차에서 내려 보니 과거 파리의 명사들이 즐겨 찾았다는 그 유명한 레스토랑 '막심' 앞이다. 그렇다, 그들은 20여 년을 거슬러 올라가 벨 에포크에 도착한 것이다. 막심에서 부르주아들의 취향을 맛본 후 아드리아나는 길을 물랭 루주로 이끈다. 벨 에포크 시기 하위문화의 중심지는 몽마르트르, 그중에서도 물랭 루주는 쇼를 주로 하는 큰 카바레로 지금도 관광객들 상대로 캉캉춤 공연을 하고 있다. 19세기 후반에서 20세기 초반 성황을 이뤘던 물랭 루주에는 보헤미안이라 불리는 자유로운 영혼들이 모여들었다. 이곳을 드나들었던 대표적인 화가는 툴루즈 로트렉으로 그는 물랭 루주에서 공연을 하는 캉캉 댄서들의 그림과 물랭 루주의 포스터로 유명하다. 고독하게 테이블에 앉아 있는 로트렉을 발견한 아드리아나는 흥분을 감추지 못한다. 이어서 인상주의의 거장 고갱과 드가까지 만나게 된다. 이 시기는 프랑스 근대 회화에 가장 큰 영향력을 끼친 인상주의를 비롯한 어마어마한 화가들이 창작력을 뿜어냈던 예술의 또 다른 황금기이다. 길이 1920년대에서 머물면서 천국에 온 것 같은 기분을 느꼈듯 아드리아나는 자신의 시대로 돌아가기를 거부하며 벨 에포크에 남기를 원한다. 그녀에게는 벨 에포크야말로 동경의 대상인 것이다. 그 순간 길은 환상 여행을 마쳐야 할 때가 되었음을 직감한다. 길에게 21세기는 천박하고 낭만을 모르는 시대이다. 아드리아나는 1920년대가 너무 바쁘게 돌아가는 매력 없는 시대라고 생각한다. 하지만 벨 에포크에 사는 고갱은 자신의 세대는 공허하고 상상력이 없다고 한탄하며 르네상스를 꿈꾼다. 위대한 화가가 되었든 평범한 사람이 되었든 모든 인간에게 "현재는 언제나 지루한 것"이며, 최고의 시대 또한 각자 다를 수밖에 없다. 인간은 모두 현재에 만족하지 못하고 한 번도 경험해 보지 못한 상상 속의 과거, 또는 오지 않은 미래를 동경하며 살아간다는 당연한 교훈을 길은 그제야 깨닫게 된다.

〈미드나잇 인 파리〉에는 2010년, 1920년대, 벨 에포크라는 세

개의 서로 다른 시기가 등장하지만 과거와 현재는 명확하게 구분되지 않고 끊임없이 만나거나 서로 영향을 주고받는다. 예를 들면, 길은 미국인 친구들과 미술관에 갔다가 피카소의 그림을 한 점 보게 되는데 길에게는 1920년대 스타인의 집에서 이미 본 적 있는 익숙한 작품이다. 심지어 그 추상적인 그림이 모델로 삼은 인물과 창작 의도마저도 잘 알고 있는 길은 잘난 척하는 폴의 해석을 조목조목 반박한다. 그림에 얽힌 에피소드는 애교 수준이다. 길은 헤밍웨이의 결정적인 충고 덕분에 이네즈가 바람난 것을 알게 되고 이별을 선언한다. 이렇게 과거는 현재에 큰 영향을 끼치기도 한다. 한편, 현재가 과거를 바꾸는 일도 일어난다. 헌책방에서 길은 오래된 책을 한 권 발견하는데 그것은 다름 아닌 아드리아나의 일기였다. 거기에는 길과 만난 순간, 그리고 그에 대한 감정이 솔직하게 서술되어 있다. 귀걸이를 선물받고 사랑을 나누게 되었다는 아드리아나의 회고를 읽은 길은 책의 수순을 그대로 따라가고자 아드리아나의 책에 쓰인 대로 그녀에게 귀걸이를 선물한다. 이뿐만이 아니다. 길은 부뉴엘에게 그가 1960년대에 만들게 될 영화 〈학살의 천사〉의 모티브를 슬쩍 제안하기도 한다. 미래(혹은 현재)가 과거를 창조하는 순간이다. 고흐의 〈별이 빛나는 밤〉을 모티브로 만든 이 영화의 포스터부터가 이미 과거와 현재의 만남이라는 테마를 품고 있다.

아드리아나를 벨 에포크에 남겨두고 돌아온 길은 1920년대를 거쳐 결국 현재로 돌아감으로써 일장춘몽 같았던 신비로운 과거 여인과의 연애, 대단한 작가들과의 우정을 마무리한다. 그리고 맞지 않는 옷 같던 불편한 현재의 관계들을 모두 정리하고 자신이 진정 원하던 꿈을 찾아 파리에서 살기로 결심한다. 이네즈와 헤어지고 혼자 길을 나선 주인공 길은 파리를 대표하는 서점인 '셰익스피어 앤드 컴퍼니'에 들르기도 하고 반짝이는 에펠탑의 야경을 보며 오렌지색 불이 켜진 알렉상드르 3세 다리를 건너면서 쓸쓸하게 파리의 낭만을 느낀다. 그리던 중, 며칠 전 벼룩시장에서 만난 적 있는 프랑스 여인 가브리엘을 우연히 마주친다. 두 사람이 대화를 나누는 동안 말 그대로 영화처럼 갑자기 비가 쏟아지기 시작하고, 비의 불편함을 질색하던 미국 여자 대신 비 오는 파리의 아름다움을 아는 프랑스 여자와 나란히 비 내리는 밤의 '빛의 도시'를 걸어가며 영화는 끝난다. 이렇게, 길은 환상으로 포장된 과거의 파리가 아니라 현재 눈앞의 파리에서 새로운 행복을 찾게 된 것이다.

영화의 마지막을 장식한 알렉상드르 3세 다리. 해가 지고 저 수많은 등에 불이 켜지면 영화의 주인공이 된 것 같은 느낌이 절로 든다.

〈미드나잇 인 파리〉의 인트로 시퀀스는 재즈풍의 음악을 배경으로 에펠탑에서 시작해 물랭 루주, 샹젤리제 거리, 오르세 미술관, 오페라 가르니에 등 파리 곳곳에 자리 잡은 명소들의 이미지로 구성되어 있다. 화창한 파리, 비에 젖은 파리, 낮의 파리, 밤의 파리 모두 등장한다. 이 시퀀스는 우디 앨런 감독이 파리에 품고 있는 애정을 고스란히 전달하는 역할을 하면서, 동시에 파리라는 공간의 역사성과 보편성을 상징하는 것이기도 하다. 4, 5분 남짓한 시퀀스를 장식한 수많은 장소들은 2010년의 풍경이지만 그중에는 1920년대에도 존재했던 장소들도 있다. 카페, 골목, 술집 등 하나하나의 장소들은 긴 역사를 거쳐 온 만큼 수많은 개인의 이야기가 모두 덧입혀져 있다. 설사 헤밍웨이가 고독하게 술을 마시던 곳이 2010년에는 빨래방으로 변해 있을지라도 아쉬워할 필요는 없다. 그 공간은 그렇게 자신의 역사를 만들어 가는 것이며 파리는 그렇게 쌓여 온 오랜 세월의 흔적을 모두 담고 있기에 특별한 도시이다. 그리고 길 또한 그곳에 자신만의 이야기를 추가할 참이다.

최대한 감상에 빠지지 않고 글을 쓰려고 노력했지만 사실 〈미드나잇 인 파리〉는 개인적으로는 아련한 추억으로 남아 있기도 하다. 영화의 첫 시퀀스에서 카메라에 담긴 오데옹 역 앞의 바로 그 극장에서 이 작품을 봤다. 스크린을 보면서 로맨틱한 환상에 듬뿍 빠져 있다가 영화관 문을 열고 나오는 순간 평범한 일상의 공간이 되어 버린 파리를 목도하고 조금은 실망했다. 그날 함께 영화를 봤던 친구와 "우리가 사는 곳이 저 영화에 등장한 그 파리

맞지?"라는 대화를 나눴던 웃픈 기억이 떠오른다. 영화의 교훈에도 불구하고 나 또한 젊은 누벨바그 감독들을 만날 수 있는 1960년대로 가 보고 싶다는 상상을 한번쯤 했듯 영화를 보는 다른 관객들도(말도 안 되는 걸 알면서도) 잠시나마 달콤한 상상에 빠지는 시간을 가져 보면 좋겠다는 생각을 해 본다.

당신의 파리는 무엇입니까?

– 밤과 낮(2007)

미국 감독의 편파적인 애정을 아낌없이 담아냈던 〈미드나잇 인 파리〉에서 파리는 완벽하게 낭만적인 공간이자 동경의 대상으로 그려졌다. 그렇다면, 과연 프랑스 감독들은 파리를 보며 무슨 생각을 할까? 영화사를 살펴보면, 파리지앵들에게 있어서도 파리는 영화적 영감을 불어넣는 뮤즈 같은 도시라는 점에는 일단 동의할 수밖에 없을 것 같다. 물론, 프랑스 영화들은 할리우드 영화와는 달리 파리가 가진 다양한 얼굴들, 특정한 구역의 매력을 보다 세밀하게 포착하고 있다는 점에서 분명 차이가 존재한다. 파리에 대한 프랑스 감독들의 애착을 발견할 수 있는 영화의 시작은 상당히 많이 거슬러 올라간다. 러시아 출신이지만 파리에서 활동했던 디미트리 키르자노프 감독이 1926년 연출한 〈메닐몽탕〉이라는 단편 무성 영화에서는, '메닐몽탕'이라는 파리 변두리 지역의 사실적인 풍경을 바탕으로 노동자 계층의 이야기가 펼쳐진다. 조금 더 익숙한 시기로 오면, 시적 리얼리즘의 거장 마르셀 카르네의 〈천국의 아이들〉, 장 르누아르의 〈프렌치 캉캉〉 또한 파리를 배경으로 하는 대표적인 작품으로 꼽힌다.

하지만 누가 뭐래도 가장 눈에 띄는 시기는 역시 누벨바그이다. 누벨바그 영화에서의 파리는 배경이 아니라 영화의 주인공이라고 해야 할 것 같다. 트뤼포의 〈400번의 구타〉, 고다르의 〈네 멋대로 해라〉, 리베트의 〈파리는 우리의 것〉, 로메르의 〈사자자리〉 등 누벨바그를 대표하는 감독들의 첫 작품은 파리를 배경이자 중요한 모티브로 다루고 있다. 에펠탑이 보이는 집을 구하고 그렇게도 행복해했다는 트뤼포는 〈400번의 구타〉를 여는 에펠탑 시퀀스에서부터 파리를 향한 무한한 애정을 당당하게 고백한다. 앙리 랑글루아에 대한 헌사로 시작해 또다시 에펠탑으로 시선이 향하는 〈도둑맞은 키스〉에서의 파리는 청년이 된 앙투안 드와넬의 탐정 놀이를 위한 신나는 놀이터가 된다. 〈마지막 지하철〉까지 이어지는 파리 사랑을 보고 있노라면 트뤼포에게 파리는 영화와 동의어인 것 같다. 고다르의 파리도 젊음의 에너지로 넘친다. 〈네 멋대로 해라〉의 진 세버그가 "뉴욕 헤럴드 트리뷴!"을 외치고 장폴 벨몽도와 함께 샹젤리제 거리를 걸어 내려오는 모습은 누벨바그의 키치적 상징으로 자리 잡은 지 오래다. 고다르의 필모그라피를 쭉 보면, 우리가 보통 '카리나 시기'라고 부르는 60년대의 작품들은 다른 한편으로는 '파리 시기'라고 불러도 무방하다. 그의 영화들에서 파리는 단순한 배경을 넘어 감독 자신이 그 배경으로부터 발견하는 특별한 분위기, 그리고 인물들과의 케미가 중요하다. 1962년에 카이에 뒤 시네마와의 인터뷰에서 고다르는 이런 말을 한다. "내가 아이디어들을 찾게끔 돕는 것은 바로 데코décor, 배경이다. 자주 나는 거기에서부터 출발한다. 시나리오를 쓰고 나서 어떻게 사전 작업을 할지를 고민하는데, 무엇보다 배경에 대해서부터 생각해야 한다. 다양한 배경 속에서 우리는 같은 방식으로 살지 않는다. 예를 들면, 우리는 샹젤리제를 코앞에 두고 산다. 그런데도 〈네 멋대로 해라〉 전까지, 어떤 영화도 샹젤리제가 품고 있는 분위기를 드러내지 않았다. 나의 인물들은 하루에 수십 번씩 그 배경을 보는데 말이다. 그래서 나는 그 안에서 그들을 보여주고자 했다." 샹젤리제를 비롯해서 고다르의 작품에서는 잘 알려진 파리의 스팟들이 자주 등장한다. 하지만 고다르 영화에서 진짜로 파리를 대표하는 공간들은 카페, 비스트로, 바와 같은 오히려 지극히 평범한 곳들이다. 〈비브르 사 비〉에서는 당구대가 설치된 바에서 안나 카리나가 춤추는 장면이, 〈국외자들〉에서는 카페에서 주크박스를 틀어 놓고 세 인물이 나란히 서서 춤을 추는 시퀀스가 시그니처로 알려져 있다. 파리의 카페에서 주인공이 담배 피우면서 커피 마시는 장면은 셀 수도 없을 것이다. 프랑스의 영화비평가 알랭 베르갈라는, '고다르 영화 속에서의 파리는 익명의 공간, 평범하고 흔해 빠진 공간'이라고 표현하기도 했다. 즉, 누구든 언제나 들락거리는 전혀 특별하지 않은 공간이지만, 영화의 인물들이 그 공간에 속함으로써 새롭게 생겨나는 의미, 개별적인 관계성에 초점을 맞췄던 것이다.

트뤼포나 고다르가 파리에서 유년기를 보낸 파리지앵인 반면, 자크 리베트는 지방 도시 루앙에서 태어나 성인이 될 때쯤 파리에 상경했다. 그래서인지 트뤼포나 고다르의 파리가 시끌시끌하고 복잡한 전형적인 도시의 이미지를 보여주는 것과는 다르게, 리베트의 파리는 몽상적인 공간으로 재현된다. 〈셀린느와 줄리

배 타러 가다〉에서 드러나는 동화적인 혹은 시적인 분위기가 대표적인 예라고 할 수 있다. 또 하나 흥미로운 점은, 리베트는 건축적인 유기성을 잘 이용함으로써 건물 사이의 통로, 다리, 혹은 지하로 같은 건축물들을 자주 활용하는데, 이런 맥락에서 리베트의 파리는 하나의 복잡한 유기체 혹은 미로 같은 성격을 품고 있다. 로메르에게 파리는 일상과 일탈을 오가는 양가적인 공간이다. 대학생 청년이 이상형을 찾아 헤매던 17구의 작은 골목들(〈몽소 빵집의 소녀〉), 젊음의 동네 카르티에 라탱(〈수잔느의 경력〉), 모두가 항상 바쁘게 스쳐지나가는 생라자르 역 주변까지(〈하오의 연정〉) 파리지앵의 일상적 장소들은 담백하게 카메라에 담긴다. 이 일상의 공간 속에서 로메르의 인물들은 우연한 만남으로 인해 유혹에 흔들리며 감기 같은 사랑앓이를 한다. 이렇게 당시 활동 중이던 감독들이 파리를 어찌나 좋아했던지, 클로드 샤브롤, 장 두셰, 고다르, 로메르, 장 루슈, 그리고 장다니엘 폴레 등 1960년대 프랑스 영화계를 이끌어 갔던 여섯 명의 감독들이 모여 자신들의 눈에 비친 다양한 파리의 모습을 한데 엮은 〈내가 본 파리〉라는 작품을 1965년 발표하기도 했다. 미장센이나 내러티브의 경우에는 감독 각자의 스타일이 구분되지만 그럼에도 파리에 젊음과 자유의 공간이라는 옷을 입혔다는 점에서 그 시대 감독들이 공유하고 있던 정서를 확인할 수 있다.

이처럼 파리를 영화에 자주 담아낸 것은 파리에 대한 애정에 더해 이 도시를 배경으로 삼았을 때 얻어지는 미학적 효과들이 첫 번째 이유일 것이다. 하지만 실리적인 이유도 배제할 수는 없다. 파리는 1950, 60년대 시네필과 영화인들이 활발하게 교류하고 협업할 수 있는 장이었다. 카이에 뒤 시네마의 편집국, 앙리 랑글루아의 시네마테크 프랑세즈, 여러 영화관 등에서 매일 모여 영화를 보고 영화에 관해 떠들던 멤버들이 드디어 연출을 하게 되자, 경제성과 효율성을 따졌을 때 자신들이 활동하고 있는 파리를 배경으로 영화를 찍는 것이 당연했던 것이다. 무엇보다도 누벨바그는 스튜디오 촬영을 거부하고 야외에서 있는 그대로의 배경을 담아내는 것을 선호하다 보니, 감독들의 첫 장편에서 파리가 유난히 눈에 띄게 된 것이기도 하다. 하지만 모두가 매일 같은 곳에 모여 놀았음에도, 파리라는 도시에서 발견하는 매력들은 작가마다 모두 다르다는 점에서 감독의 재능은 물론 파리가 품고 있는 다채로움을 확인할 수 있다.

그럼 조금 다른 시선에서 파리를 그려낸 경우를 보자. 장피에르 멜빌의 파리는 비정한 도시이다. 일관되게 자신만의 스타일을 지켜온 멜빌에게 파리는 뉴욕 못지않은 누아르적 공간이다. 〈암흑가의 세 사람〉의 카메라는 시테섬부터 방돔 광장까지 건물의 안과 밖을 자유롭게 넘나들며 파리의 구석구석을 은밀하고 치밀하게 훑는다. 멜빌의 파리는 뉴욕에 버금가는 비정한 누아르적 도시로 묘사되면서 지금까지 이야기한 다른 어떤 감독과도 뚜렷하게 구분되는 독특한 파리를 구축한다. 멜빌의 파리는 회색, 잿빛의 차가운 느낌이 두드러지면서 컬러인데도 흑백 같은 느낌이 들 정도이다. 이런 공간의 성격은 인물의 알 수 없는 캐릭터로 연결되기도 한다. 멜빌이 그려내는 파리의 야경은, 가로등이 비치는 로맨틱한 분위기와는 거리가 멀다. 멜빌의 영화에 등장하는 파리의 밤은 위험하고 불법적인 일들이 발생할 것 같은 분위기로 재현된다. 밤새 영업하는 당구장, 음침한 술집처럼 낮에는 있는 줄도 몰랐던 은밀한 장소들이 등장한다. 회색빛의 밤거리는 어디에선가 총알이 날아오더라도 이상하지 않을 것 같은 범죄의 시공간으로 기능한다. 또한, 멜빌의 카메라는 단순히 건물들의 익숙한 겉모습이 아니라 건물과 건물 사이의 틈, 엘리베이터, 계단, 사무실의 창문 밖처럼 상당히 내밀한 구석들, 파리를 배경으로 하는 영화에서 전혀 기대하지 않는 공간들을 포착한다. 멜빌은 이렇게 동시대의 다른 감독들과는 명확하게 구별되는 자신만의 확고한 관점에서 파리라는 공간을 재발견한다.

동시대 영화로 오면 파리에 대한 환상은 더 이상 찾아볼 수 없다. 필립 가렐의 〈인 더 섀도우 오브 우먼〉에서의 파리는 권태로운 일상의 공간이다. 이 영화의 첫 장면은 벽에 기대 바게트를 뜯어 먹는 건조한 표정의 남자이다. 이어서 우리는 시끄럽게 공사중이거나 지저분한 뒷골목, 엘리베이터도 없는 낡은 아파트, 흔한 카페와 타바tabac(카페에 속해 있는 작은 가판대로 담배, 우표 등을 판매하는 곳) 등 파리 어디에나 있는 모습들을 질리도록 구경한다. 우리가 알던 아름다운 파리 대신 권태에 찌든 부부의 불륜 행각이 펼쳐지는 구질구질한 파리가 펼쳐진다. 어떻게 보면 이 영화야말로 파리지앵의 파리를 솔직하게 그려내고 있는 것이 아닐까 하는 생각이 든다. 이처럼 프랑스 영화에서의 파리는 다층적이면서도 사실성이 두드러짐으로써 영화를 통해서 굳이 이상화시킬 필요성을 못 느끼고 있다는 인상을 받게 된다. 그곳에서 평생, 혹은 오랜 시간을 살아온 사람들이 자신의 공간을 재현하는 것이니 어떻게 보면 당연하다 할 수 있겠다. 한마디로, 굳이 예쁜 모습만 찾아서 보여줄 필요가 없는 것이다. 사람이 사는 공간답게 시끄럽고 더러운 풍경 또한 지극히 자연스럽다.

그런데 프랑스인도 아니면서 프랑스 감독들의 시선으로, 아니 그보다도 더 쿨한 눈으로 파리를 포착한 감독이 있다. 한국을 대표하는 세계적인 거장 홍상수 감독의 〈밤과 낮〉에 담긴 파리는 외국 감독의 시선이라고는 믿기지 않을 정도로 비루하고 일상적이다. 〈미드나잇 인 파리〉에 등장했던, 그야말로 우리가 기대하는 파리지앵 느낌 물씬 풍기는 풍경의 정반대편에 위치한다. 〈밤과 낮〉의 파리는 에펠탑으로 대표되는 로맨스의 상징이 아니다. 화가인 김성남은 대마초를 피웠다가 같은 자리에 있던 지인이 체포되자 겁을 먹고 무작정 프랑스행 비행기를 탄다. 여름이 한창인 8월 8일 샤를 드골 공항에 도착하는 것을 시작으로 영화는 이후 날짜의 흐름을 자막을 통해 제시하면서 파리에 도망 온 김성남의 두 달 남짓한 체류기를 관찰한다. 주인공의 숙소와 동네는 어디에나 널려 있을 법한 지극히 평범한 주택가이다. 카페나 타바 또한 아무런 특색이 느껴지지 않는다. 홍상수는 파리를 수식하는 전형적인 이미지에는 관심이 없으며 그저 인물이 새로운 장소에 익숙해지는 과정을 보여줄 뿐이다. 파리에 처음 방문한 한국인을 주인공으로 설정했음에도 불구하고 영화 속에는 파리를 상징하는 이정표들은 거의 등장하지 않는다. 쿠르베의 〈세상의 기원〉이 걸려 있던 오르세 미술관, 그리고 멀리서 아주 잠깐 바라본 그랑 팔레 정도가 그나마 눈에 익은 장소이다. 그 유명한 몽마르트르 언덕에 방문한 장면이 있긴 하지만 정작 사크레 쾨르 성당은 전혀 잡히지 않고 그 앞 계단에 서 있는 성남의 모습만이 나올 뿐이다. 오히려, 파리에서 가장 흉측한 건물로 평가되는 시꺼먼 몽파르나스 타워는 정확하게 보인다. 홍상수는 프랑스, 파리가 갖는 기존의 이미지를 완전히 배제하고 사소한 일상적 풍경에만 관심을 둔다. 길을 가던 주인공의 어깨에 아기 새가 떨어진 에피소드와 같은 귀여운 순간도 있지만 사실 이건 파리가 아니라도 충분히 일어날 수 있는 일이다. 오히려 무심하게 도로에 자리 잡고 있던 개똥이 물청소에 씻기는 장면이야말로 어떤 의미에서는 파리적인 풍경에 가깝다. 그것이야말로 그 안에서 살아가는 사람들의 눈에 가장 익숙한 모습일 것이다.

〈밤과 낮〉의 이야기가 펼쳐지는 장소는 누군가에게는 이보다 더 파리스러울 수 없겠지만 다른 누군가에게는 가장 파리스럽지않은 동네이다. 14호선 알레지아Alésia역이나 13호선 페르네티Pernety역 주변이 주인공의 활동 범위로 자주 등장하는데 사실 이 두 역이 해당되는 14구는 프랑스에서 가장 평범하고 일상적인 거주 지역이다. 파리를 대표하는 유명한 장소들은 전혀 찾아볼 수 없는, 어떻게 보면 가장 특색 없는 지역 중 하나이다. 게다가 주인공이 파리에서 만나는 사람들은 죄다 한국인뿐이다. 한인 민박집 사장과 한국인 관광객들, 미술 공부를 하는 젊은 유학생들, 한국 식당 주인 등과 한국어로 대화하는 장면, 한국 식당에서 밥을 먹고 소주를 마시는 장면들을 보고 있노라면 여기가 서울인지 파리인지 헷갈릴 지경이다. 담배를 사러 들어간 가게에서도 한국인 커플을 만나고 프랑스어를 할 줄 모르는 성남이 유일하게 읽는 것은 한국어로 된 성경과 한인신문뿐이다. 동일한 테마곡을 반복적으로 삽입하는 연출 또한 한국과 다름없는 단조로운 삶의 모습을 부각시킨다. 심지어 성남은 공원에서 기 체조를 하는 프랑스인 옆 벤치에 앉아 한국어로 번안된 가곡 〈메기의 추억〉을 틀어 놓고 감상하는 등 파리에 적응하느라 애쓰는 대신 파리를 자신의 공간으로 만들어 버리는 편을 선택한다. 파리라는 도시는 그냥 하나의 배경일 뿐이며, 그곳에서 살아가는 한국인들과의 관계, 그리고 그 사이에서 피어나는 감정에 초점을 맞추는 것이다. 그 과정에서 지저분하고 소란스럽고 정리되지 않은 파리의 구석구석은 자연스럽게 인물들과 함께 담긴다.

성남이 매일 오고 가는 알레지아 역 근처의 풍경. 아주 평범한 파리지앵들의 일상이 펼쳐지는 동네이다.

하지만 눈에 보이는 지루한 풍경과는 다르게 주인공에게 있어서 파리는 욕망의 시험대에 오르는 위험한 일탈의 공간으로 기능한다. 애초에 한국에서는 금지된 대마초를 피웠다는 사실에서부터 김성남의 모험은 이미 시작된 것이다. 한국은 어떠한 일탈도 허용되지 않는 규범적 공간인 반면, 처벌을 피해 도망 온 파리는 금기가 사라진 공간이다. 프랑스에 도착해 공항에서 담뱃불을 빌리기 위해 접근한 한 프랑스 남자가 의미심장하게 반복해서 던진 "Be careful."이라는 대사는 김성남의 파리 체류 동안 벌어질 사건들을 암시하는 것만 같다. 파리에 온 지 얼마 지나지 않아 그는 십 년도 더 전에 사귀었던 옛 애인 민선을 우연히 마주친다. 그것도 유명한 관광지가 아니라 동네의 횡단보도에서. 처음에는 과거의 아픔을 떠올리며 성남을 원망하고 욕을 내뱉던 모습이 무색하게도 민선은 얼마 지나지 않아 성남을 유혹하려 든다. 민선을 따라 호텔에 들어가긴 하지만 성남은 갑자기 민박집에서 집어 온 성경을 펼친다. 그리고 "네 손이 죄를 짓거든 그 손을 잘라버려라."와 같은 구절을 민선에게 읽어 주며 욕망을 참고 죄를 짓지 말자며 호텔을 나갈 것을 종용한다. 애초에 유부남이 유부녀와 호텔에 온 것도 이해가 안 되지만, 중요한 순간에 갑자기 도덕적인 사람처럼 구는 성남의 태도에 실소를 금할 수 없다. 민선은 계속해서 유혹해 보지만 결국 두 사람은 그대로 호텔을 나와 헤어진다. 첫 번째 유혹은 이렇게 극복하는 데 성공한다.

하지만 이제부터 진짜 시작이다. 민박집 사장의 소개로 미술 공부를 하는 현주라는 젊은 여학생을 알게 되고, 그녀의 룸메이

트인 유정까지 소개받으며 성남은 두 여학생과 자주 어울린다. 그녀들의 집에도 허물없이 놀러가고 함께 여행을 다녀오기도 한다. 두 젊은 여성은 은근슬쩍 성남에게 호감을 표하며 조금은 위험한 분위기를 연출한다. 특히, 셋이 도빌Deauville로 여행을 다녀오는 에피소드에서는 두 여학생 사이에 다툼이 일어나 어색한 분위기가 조성되는데, 이 과정에서 두 여성은 성남을 자신의 곁에 두려고 은근히 신경전을 벌이기도 한다. 결국 성남은 유정과 연애를 시작한다. 이처럼 주인공의 정신적 방황이 목적 없는 산책의 과정으로 연결되고 이로부터 이성과의 우연한 만남이 이루어지는 것은 전형적인 홍상수식 이야기이다. 서울이든 제천이든 대천이든 파리든 주인공은 끊임없이 돌아다니는데 이는 결국 성적 욕망의 충족을 위한 여정에 다름 아니다. 바람 따라 어디든 흘러갈 수 있고 모양도 변하는 구름을 소재로 삼아 그림을 그린다는 점 또한 김성남이라는 인물의 캐릭터를 이루는 중요한 특징이다. 게다가 파리는 한국에 비해서 구름이 훨씬 낮게 뜬다는 말이 강조됨으로써 이곳 파리는 이 남자의 욕망이 발현되기에 적당한 배경임을 알 수 있다. 이외에도 영화 곳곳에는 에로티시즘적인 요소들이 배치되어 있다. 굴에 대한 집착은 김성남의 성적 욕망을 암시하는 대표적인 소재이다. 해산물 레스토랑 앞을 지나다가 프랑스 가족이 석화를 맛있게 먹는 모습을 본 뒤로 계속해서 굴이 먹고 싶었던 성남은 현주의 집에서 마침내 굴을 먹는다. 유정은 굴을 먹는 두 사람의 옆에서 깊이 잠이 들어 일어나지 못하고 있는데 성남은 난데없이 잠든 유정의 발에 시선이 꽂힌다. 심지어 꿈에서는, 자는 유정의 발을 핥다가 남자답지 못하다며 핀잔을 듣는 상황을 겪기도 한다. 굴로 대표되는 날것에 대한 식욕은 발에 대한 페티시즘으로 연결되고 성남은 결국 유정에게 직접 고백하기에 이른다. 그리고 이번에는 단둘이 도빌로 다시 여행을 떠나는데, 그는 셋이 떠났던 첫 번째 여행에서 실패했던 일들을 성취한다. 카지노에서 돈을 벌어 굴을 잔뜩 먹고는 호텔에 들어가 유정과 성관계를 갖는다.

파리는 김성남이 한국에서 누리지 못한 욕망을 자유롭게 드러낼 수 있는 일탈의 공간이라는 측면에서는 예외적인 장소로 기능하지만 낯선 곳, 새로운 곳이라는 점을 제외하면 대부분은 한국과 크게 다르지 않다. 성남은 마치 집 앞 슈퍼에라도 다녀오듯 언제나 후줄근한 옷에 제대로 된 가방도 없이 비닐봉지를 덜렁덜렁 들고 다닌다. 그의 외양이나 태도는 한국에 있는 것처럼 지나치게 자연스럽고 익숙해 보인다. 비닐봉지가 경계심을 의미하는 주황색이라는 점, 그리고 언제 찢어져도 이상하지 않을 정도로 약해 보인다는 점 정도만이 성남이 서 있는 아슬아슬한 긴장과 경계의 상태를 보여준다. 파리에서 그는 새로운 사람들을 만나지만 그들의 모습은 한국과 다를 바가 없다. 좁은 한인 사회이다 보니 다들 아는 사이로 얽혀 있고, 그 사이에서 이런저런 소문이 돌고 타인을 쉽게 평가하고 감정이 상하는 등 지극히 평범한 사람들이 사는 모습이 그대로 파리로 옮겨졌을 뿐이다. 한국을 벗어났는데 한국적인 삶을 벗어나지는 못한 것 같다. 프랑스인은 길이나 공원에서 마주치는 사람들 정도만 등장하고 결국은 한국인들과의 이야기가 영화를 가득 채운다. 〈밤과 낮〉은 파리가 아니라 파리에 사는 한국인들에 관한 영화이며, "우린 다 똑같아요."라는 민박집 사장님의 말처럼 보편성에 대한 영화이기도 하다.

그런데 김성남은 유부남이다. 한국에 혼자 남아 남편을 걱정하는 그의 아내는 김성남이 파리에 체류하는 내내 전화기에서 흘러나오는 목소리만으로 등장함으로써 실질적으로는 부재한다. 남편의 바람을 직감했던 것일까, 성남의 아내는 갑작스럽게 거짓 임신 소식을 전하고 성남은 쌀쌀한 가을에 진입할 무렵인 10월 10일 다시 한국으로 돌아간다. 파리를 떠나기 직전 만난 유정 역시 불안해하며 임신 가능성을 전하지만 이미 안정적인 삶으로의 복귀를 결정한 성남은 책임을 회피한다. 유정이 작업한 포트폴리오의 테마인 '사상누각'이 이들의 관계를 정리하는 가장 간결한 한마디가 아닐까 싶다. 젊은 여자와 잠깐 동안의 뜨거운 사랑을 나눌 수는 있겠지만, 어느 순간이 되자 성남은 집도 직장도 차도 갖고 안정적으로 살아가는 프랑스인들의 모습을 보며 안정감을 갈망하기 시작한다. 그의 모험이 끝날 때가 된 것이다. 한국에 돌아와 안도감을 느낀 지 얼마 지나지 않아, 그는 파리에서 딱 한 번 만난 적 있는 잘 알지도 못하는 여학생과 부부가 되어 있는 꿈을 꾼다. 일상에 돌아온 성남에게 꿈은 파리를 대신해서 욕망을 성취하는 또 다른 차원의 공간으로 기능한다.

홍상수의 파리는 이런 곳이다. 환상을 충족시키는 아름다운 로맨스나 인생의 꿈을 이루는 이야기 따위는 존재하지 않는다. 추접한 불륜 이야기가 징글징글하게 펼쳐지는 〈밤과 낮〉의 파리는 그곳에서 평생을 살아온 프랑스인의 시선보다도 더욱 리얼리즘적이다. 그래서 역설적으로 더 매력적으로 보이는 것인지도 모르겠다. 다른 어떤 한국 감독보다 프랑스적 감수성에 잘 부합한다고 평가를 받는 감독인 만큼 홍상수의 눈에 비친 파리에 프랑스인들도 공감하지 않을까 하는 생각이 들기도 한다. 감히 이러한 추측을 해 보는 근거 중 하나는, 앞서 언급했던 프랑스 감독들조차 노년에 접어들면서 파리에 대한 애정이 약해졌다는 글을 본 기억이 있기 때문이다. 아예 다른 장소에서 촬영을 하거나, 파리에서 촬영을 하는 경우에도 그저 형식적인 배경 정도로만 다루는 경우가 많아졌는데, 이 프랑스 감독들은 몇몇 인터뷰에서, 관광객들로 넘쳐나고 현대화된 파리의 풍경에서 그들이 젊은 시절에 느꼈던 매력을 더 이상 발견하지 못한다고 한탄한다. 그들에게 파리는 더 이상 예전과 같은 빛의 도시가 아닌 것 같다.

그럼에도… 파리는 지금 이 순간에도 카메라에 담기고 있는 도시이다. 장편, 단편, 텔레비전용 영화, 다큐멘터리, 광고용 사진 등을 다 포함하면 평균적으로 매년 900회 이상의 촬영이 이 도시 안에 있는 5천 곳의 서로 다른 공간에서 이루어지고 있다고 한다. 파리의 면적이 서울의 6분의 1인 걸 생각하면, 이 작은 곳에서 매번 새롭게 찾아낼 매력이 있다는 점에 감탄할 수밖에 없다. 파리는 누군가에게는 청춘, 사랑일 수도 있고, 누군가는 범죄와 미스터리를 떠올릴 수도 있으며, 또 다른 누군가에게는 전혀 특별할 것 없는 평범한 일상일 수도 있다. 이번에는 여러분에게 묻고 싶다. 당신에게 파리는 무엇입니까?

찾아보기

ㅈ

ㅋ

ㅌ

ㅍ

ㅎ

영문

J

번호

이 선 우

서울대학교 불어불문학과를 졸업하고 중앙대학교 첨단영상대학원에서 프랑수아 오종 영화에 재현된 섹슈얼리티 연구로 영화이론 석사 학위를 취득했다. 도불하여 파리3대학에서 에릭 로메르와 홍상수의 영화에 드러난 욕망의 양상을 비교한 논문으로 영화영상이론 석사 학위를, 파리10대학에서 아피찻퐁 위라세타쿤의 작품에 드러난 현실과 상상의 교차에 관한 연구로 영화이론 박사 학위를 받았다. 한국에서 프랑스 문화 및 영화에 대한 연구와 강의 활동을 지속해 왔으며, 2021년 3월부터 성신여자대학교 프랑스어문 · 문화학과 조교수로 다시 한 번 인생의 시동을 걸고 있다.

영화로 읽는 프랑스 문화

2021년 3월 5일 1판 1쇄 인쇄
2021년 3월 10일 1판 1쇄 발행

저 자 : 이 선 우
발행인 : 한 정 주
발행처 : 지성공간

경기도 파주시 광인사길 71
전화 : (031) 955-6956~8 팩스 : (031) 955-6037
Home-page : www.kyoyookbook.co.kr / E-mail : kyoyook@chol.com
등록 : 1970년 5월 18일 제2-73호

정가 13,000원

ISBN 979-11-86317-70-9

Printed in Korea.